O bracelete misterioso de Arthur Pepper

PHAEDRA PATRICK

Tradução de Elisa Nazarian

Título original
THE CURIOUS CHARMS OF ARTHUR PEPPER

Esta é uma obra de ficção. Nomes, personagens, lugares e incidentes foram usados de forma puramente ficcional e não têm nenhuma relação com a vida real de pessoas, vivas ou não, ou mesmo com locais, estabelecimentos comerciais, localidades, acontecimentos ou incidentes. Qualquer semelhança é mera coincidência.

Copyright © 2016 by Phaedra Patrick

Todos os direitos reservados, incluindo os de reprodução no todo ou em parte sob qualquer forma.

FÁBRICA231
O selo de entretenimento da Editora Rocco Ltda.

Direitos para a língua portuguesa reservados com exclusividade para o Brasil à
EDITORA ROCCO LTDA.
Av. Presidente Wilson, 231 – 8º andar
20030-021 – Rio de Janeiro – RJ
Tel.: (21) 3525-2000 – Fax: (21) 3525-2001
rocco@rocco.com.br
www.rocco.com.br

Printed in Brazil/Impresso no Brasil

preparação de originais
ANA ISSA

CIP-Brasil. Catalogação na fonte.
Sindicato Nacional dos Editores de Livros, RJ.

P341b Patrick, Phaedra
O bracelete misterioso de Arthur Pepper/Phaedra Patrick; tradução de Elisa Nazarian. – 1ª ed. – Rio de Janeiro: Fábrica231, 2017.

Tradução de: The curious charms of Arthur Pepper.
ISBN 978-85-9517-017-9 (brochura)
ISBN 978-85-9517-020-9 (e-book)

1. Ficção americana. I. Nazarian, Elisa. II. Título.

17-41254
CDD–813
CDU–821.111(73)-3

1

A SURPRESA NO GUARDA-ROUPA

Todos os dias, Arthur saía da cama precisamente às 7h30, exatamente como fazia quando sua esposa, Miriam, era viva. Tomava uma ducha, vestia a calça cinza, a camisa azul-clara e a camiseta regata mostarda que havia separado na noite anterior. Barbeava-se e descia.

Às oito horas, preparava seu café da manhã, geralmente uma fatia de torrada com margarina, e se sentava à mesa rústica de pinho onde cabiam seis, mas agora se sentava apenas um. Às 8h30, lavava as vasilhas e limpava o balcão da cozinha, primeiro com a mão, depois com dois paninhos descartáveis com aroma de limão. Então seu dia podia começar.

Se fosse uma manhã ensolarada, poderia se sentir satisfeito de que o sol já estivesse brilhando. Poderia passar um tempo no jardim, arrancando as pragas e revolvendo a terra. O sol aqueceria a parte de trás do seu pescoço e acariciaria sua calva até que ficasse cor-de-rosa e formigando. Isto o faria se lembrar de que estava aqui e vivo, ainda na luta.

Mas hoje, o 15º dia do mês, era diferente. Era o aniversário que vinha temendo há semanas. A data no seu calendário "Scarborough Espetacular" chamava sua atenção sempre que passava por ele. Olhava-o por um instante, depois procurava algum servicinho que o distraísse. Aguava sua trepadeira, Frederica, ou abria a janela da cozinha e gritava – Passa! – para impedir os gatos do vizinho de usarem seu jardim de pedras como banheiro.

Fazia um ano que sua esposa morrera. "Falecera" era o termo que todos gostavam de usar. Como se dizer a palavra "morreu" fosse um palavrão. Arthur detestava a palavra "faleceu". Soava gentil como o barulho de um motor de barco nas águas onduladas de um canal, ou uma bolha flutuando num céu sem nuvens. Mas sua morte não tinha sido assim.

Após mais de quarenta anos de casados, agora só restava ele na casa, com seus três dormitórios e a suíte que sua filha adulta, Lucy, e o filho, Dan, haviam recomendado que fizesse com o dinheiro da aposentadoria. A cozinha recentemente instalada era feita de faia maciça e tinha um fogão com controles, como o centro espacial da Nasa, que Arthur nunca usava para evitar que a casa decolasse como um foguete.

Que falta ele sentia das risadas em casa! Sonhava em ouvir novamente o som de pés na escada e até portas batendo. Queria encontrar pilhas ocasionais de roupas lavadas no patamar dos quartos, e tropeçar em botas de borracha enlameadas no corredor. As crianças costumavam chamá-las *wellibobs*. O silêncio, pelo fato de ser apenas ele, era mais ensurdecedor do que qualquer ruído familiar contra o qual costumava reclamar.

Arthur tinha acabado de limpar o balcão da cozinha e estava se dirigindo para a sala da frente, quando um forte barulho perfurou seu crânio. Instintivamente, colou as costas na parede. Seus dedos abriram-se contra o papel de parede de magnólias, o suor formigou em suas axilas. Pelo vidro da porta de entrada, desenhado com margaridas, viu assomar uma grande forma roxa. Estava prisioneiro em seu próprio corredor.

A campainha voltou a tocar. Era impressionante como ela podia fazê-la soar alto. Como um alarme de incêndio. Seus ombros ergueram-se para proteger seus ouvidos, e seu coração disparou. Apenas mais alguns segundos e, com certeza, ela vai se cansar e partir. Mas então a caixa de correio se abriu.

– Arthur Pepper, abra! Sei que você está aí.

Era a terceira vez nesta semana que sua vizinha, Bernadette, aparecia. Nos últimos meses ela vinha tentando alimentá-lo com suas tortas de porco, ou com o caseiro picadinho com cebola. Às vezes, ele se rendia e abria a porta; na maioria das vezes, não.

Na semana anterior ele havia encontrado um enroladinho de salsicha no corredor de entrada, espiando de dentro do saco de papel como um animal assustado. Levou um tempão para limpar as migalhas de massa do seu capacho de sisal de boas-vindas.

Precisava se controlar. Caso se mexesse agora, ela saberia que estava se escondendo. Então, teria que pensar numa desculpa, "estava levando as latas de lixo para fora", ou "aguando os gerânios no jardim". Mas sentia-se muito cansado para inventar uma história, acima de tudo hoje.

– Sei que você está aí, Arthur. Não precisa passar por isto sozinho. Você tem amigos que se importam com você.

A caixa de correio chacoalhou. Um pequeno folheto lilás com o título "Colegas no luto" flutuou até o chão. Trazia na frente um desenho malfeito de um lírio.

Embora ele não tivesse falado com ninguém por mais de uma semana, embora tudo que tivesse na geladeira fosse um pequeno pedaço de cheddar e uma garrafa de leite vencido, ainda tinha seu orgulho. Não se tornaria uma das causas perdidas de Bernadette Patterson.

– *Arthur*.

Ele fechou os olhos com força, e fingiu ser uma estátua no jardim de uma propriedade senhorial. Ele e Miriam adoravam visitar as propriedades do National Trust, mas apenas durante a semana, quando havia menos gente. Gostaria que eles dois estivessem lá agora, os pés ressoando em caminhos de cascalhos, maravilhando-se com as borboletas-da-couve voando entre as rosas, e ansiando por uma grande fatia de pão de ló Victoria, no salão de chá.

Sentiu um nó na garganta ao pensar na esposa, mas não fraquejou. Desejaria realmente ser feito de pedra para deixar de sentir dor. Por fim, a caixa de correio foi fechada com um tranco. A forma roxa afastou-se. Arthur deixou que seus dedos relaxassem primeiro, depois os cotovelos. Rodou os ombros para aliviar a tensão.

Não totalmente convencido de que Bernadette não estivesse à espreita no portão do jardim, abriu uma fresta da sua porta de entrada. Pressionando os olhos contra a abertura, espiou em volta.

No jardim em frente, Terry, que usava o cabelo rastafári preso com uma bandana vermelha e que, eternamente, podava sua grama, arrastava o cortador para fora do seu galpão. Os dois garotos ruivos do vizinho corriam para cima e para baixo na rua, sem nada nos pés. Pombos haviam salpicado o para-brisa do seu abandonado Micra. Arthur começou a se sentir mais calmo. Tudo havia voltado ao normal. A rotina fazia bem.

Leu o folheto, depois o colocou cuidadosamente com os outros que Bernadette lhe mandara: "Amigos de Verdade", "Associação dos Moradores de Thornapple", "Homens nas Cavernas" e "Festival Diesel na North Yorkshire Moors Railway", e se forçou a preparar uma xícara de chá.

Bernadette tinha comprometido sua manhã, abalado seu equilíbrio. Agitado, não deixou seu saquinho de chá tempo suficiente no bule. Cheirando o leite na geladeira, recuou e o despejou na pia. Teria que tomar o chá puro. Tinha gosto de limalha de ferro. Deu um profundo suspiro.

Hoje, não passaria um pano no chão da cozinha, nem aspiraria o carpete da escada com tanta força que os lugares esgarçados ficavam mais ralos. Não daria um lustro nas torneiras do banheiro, nem dobraria as toalhas em quadrados perfeitos.

Estendendo o braço, tocou o rolo preto e gordo de sacos de lixo, que havia colocado na mesa da cozinha, e o apanhou com relutância. Eram pesados. Bons para a função.

Para facilitar as coisas, leu mais uma vez o folheto de assistência a gatos: "Salvadores de Gatos. Todos os itens doados são vendidos para levantar fundos para gatos e gatinhos maltratados."

Ele mesmo não era chegado a gatos, principalmente por terem dizimado seu jardim de pedras, mas Miriam gostava deles, ainda que a fizessem espirrar. Ela tinha guardado o folheto debaixo do telefone, e Arthur tomou isto como um sinal de que era para essa central de caridade que ele deveria dar seus pertences.

Adiando propositalmente a tarefa que o aguardava, subiu a escada lentamente e parou no primeiro patamar. Ao separar as coisas do guarda-roupa da esposa, sentiu-se como se estivesse novamente se despedindo dela. Estava removendo-a da sua vida.

Com lágrimas nos olhos, olhou pela janela para o jardim dos fundos. Se ficasse na ponta dos pés, poderia ver a extremidade da catedral de York, seus dedos de pedra parecendo apoiar o céu. O vilarejo de Thornapple, onde vivia, ficava na periferia da cidade. Flores já estavam começando a cair das cerejeiras, rodopiando como confetes cor-de-rosa. Três lados do seu jardim eram delimitados por uma alta cerca de madeira que conferia privacidade; alta demais para que os vizinhos apontassem a cabeça em busca de um bate-papo. Ele e Miriam gostavam da companhia um do outro. Faziam tudo juntos e era assim que gostavam, muito obrigado.

Havia quatro canteiros elevados, feitos por ele, com dormentes, e que continham fileiras de beterrabas, cenouras, cebolas e batatas. Neste ano, ele até poderia tentar abóboras. Miriam costumava fazer uma ótima galinha cozida com esses vegetais, além de sopas caseiras. Mas ele não era um cozinheiro. As lindas cebolas roxas que colhera no verão passado haviam ficado no balcão da cozinha até que suas cascas ficassem tão enrugadas quanto a sua pele, e ele as jogara na lixeira de reciclagem.

Por fim, subiu os degraus que restavam e chegou ofegante em frente ao banheiro. Costumava descer correndo de cima a baixo atrás de Lucy e Dan, sem qualquer problema. Mas agora, tudo estava desacelerando. Seus joelhos rangiam, e ele tinha certeza de estar encolhendo. Seu cabelo, antes preto, agora tinha a brancura de uma pomba, embora continuasse tão abundante que era difícil mantê-lo assentado. A ponta redonda do seu nariz parecia estar ficando mais vermelha dia a dia. Era difícil se lembrar de quando deixara de ser jovem e se tornara um velho.

Lembrou-se das palavras da filha, Lucy, na última vez em que conversaram, algumas semanas atrás:

– Seria bom você fazer uma limpa geral, papai. Vai se sentir melhor depois que as coisas da mamãe tiverem ido embora. Vai conseguir seguir em frente.

Dan telefonava ocasionalmente da Austrália, onde vivia agora com a mulher e os dois filhos. Foi menos delicado:

– Jogue tudo fora. Não transforme a casa num museu.

Seguir em frente? E para onde seria? Tinha sessenta e nove anos, não era um adolescente que poderia ir para a universidade ou ter um ano sabático. *Seguir em frente.* Suspirou enquanto entrava no quarto, arrastando os pés.

Lentamente, abriu as portas espelhadas do guarda-roupa.

Marrom, preto e cinza. Confrontou-se com uma fileira de roupas cor de terra. Curioso, não se lembrava de que Miriam se vestisse com roupas tão apagadas. Uma súbita imagem dela lhe veio à cabeça. Era jovem e dava voltas com Dan, segurando-o por uma perna e um braço, um avião. Usava um vestido de alças com bolinhas azuis e uma echarpe branca. A cabeça estava inclinada para trás, e ela ria, a boca convidando-o a se juntar a eles. Mas a imagem esvaneceu-se com a mesma rapidez com que veio. Suas últimas lembranças dela eram da mesma cor das roupas no armário. Cinza. Ela tinha o cabelo matizado de alumínio no formato de uma touca de natação. Ressecara como as cebolas.

A doença durara poucas semanas. Primeiro foi uma infecção no peito, um problema anual que a deixava de cama por duas semanas tomando antibióticos. Mas desta vez a infecção virara pneumonia. O médico prescrevera mais tempo de repouso, e sua mulher, que nunca reclamava, obedecera. Arthur descobriu-a na cama, olhar fixo, sem vida. De início pensou que estivesse observando, pela janela, os passarinhos nas árvores, mas, quando sacudiu seu braço, ela não acordou.

Metade do seu guarda-roupa era ocupada por cardigãs. Pendiam sem forma, os braços soltos como se tivessem sido usados por gorilas e pendurados novamente. Depois havia as saias de Miriam: azul-marinho, cinza, bege, comprimento abaixo dos joelhos. Podia sentir seu perfume, algo com rosas e lírio-do-vale, e isso o fez querer aninhar o nariz na sua nuca, *só mais uma vez, por favor, Deus*. Frequentemente desejava que isto não passasse de um pesadelo, e que ela estivesse sentada no andar de baixo, fazendo as palavras cruzadas da *Woman's Weekly*, ou escrevendo uma carta para um dos amigos que tinham conhecido nos feriados.

Permitiu-se sentar na cama e se entregar à autopiedade por alguns minutos; depois, desenrolou rapidamente dois sacos de lixo e os sacudiu para que se abrissem. *Tinha* que fazer isto. Um dos sacos era para caridade, o outro para coisas que seriam descartadas. Pegou um bocado de roupas e as enfiou no saco para caridade. Os chinelos de Miriam – gastos e um com um buraco no dedo – foram para o saco de descarte. Trabalhou com rapidez e em silêncio, sem parar para deixar a emoção aflorar. Meio caminho andado, e um par de Hush Puppies com cadarços foi para o saco de caridade, seguido por um par quase idêntico de sapatos Clark. Puxou uma caixa grande de sapatos e tirou um par de práticas botas de camurça marrom, forradas de pele.

Lembrando-se de uma das histórias de Bernadette sobre um par de botas que ela havia comprado em um mercado de pulgas e onde encontrara um bilhete de loteria (não premiado), automaticamente enfiou a mão dentro de um dos pés da bota (vazia), e depois dentro do outro. Surpreendeu-se quando as pontas dos dedos tocaram em uma coisa dura. Estranho. Envolvendo a coisa com os dedos, puxou-a para fora.

Viu-se segurando uma caixinha no formato de um coração, recoberta com couro escarlate texturizado, e fechada com um minúsculo cadeado dourado. Algo com relação à cor o fez ficar tenso. Parecia caro, fútil. Um presente de Lucy, talvez? Não, com certeza ele teria se lembrado. E ele nunca teria comprado algo do gênero para sua esposa. Ela gostava de coisas simples e úteis, como brincos simples de prata, de tacha, redondos, ou bonitas luvas térmicas de cozinha. Eles tinham dado um duro com dinheiro durante toda a vida de casados, poupando e guardando para tempos difíceis. Quando finalmente tinham esbanjado na cozinha e no banheiro, ela só os tinha aproveitado por um curto período. Não, também não seria uma compra dela.

Examinou a fechadura do cadeado minúsculo. Depois, remexeu no fundo do armário, afastando o restante dos sapatos de Miriam, misturando os pares, mas não conseguiu encontrar a chave. Pegou uma tesourinha de unhas e cutucou o cadeado com ela, mas a fechadura resistiu com rebeldia. A curiosidade ferroava dentro dele. Sem querer aceitar a derrota, voltou para o andar de baixo. Quase cinquenta anos como serralheiro e não conseguia abrir uma maldita caixa em formato de coração. Na gaveta de baixo da cozinha, pegou a embalagem plástica de sorvete de dois litros que usava como caixa de ferramentas, sua caixa de truques.

De volta para o andar de cima, sentou-se na cama e tirou uma argola cheia de chaves mestras. Enfiando a menor na fechadura, fez uma ligeira torção. Desta vez houve um clique e a caixa se abriu em alguns torturantes milímetros, como uma boca prestes a sussurrar um segredo. Desenganchou o cadeado e levantou a tampa.

A caixa estava forrada com veludo, do tipo molhado, preto. Exalava decadência e fartura. Mas o que o deixou sem fôlego foi a pulseira com pingentes que havia dentro. Era luxuosa e dourada, com elos redondos e maciços, e um fecho em formato de coração. Outro coração.

O mais peculiar era o conjunto de pingentes que se expandia da pulseira como raios de sol numa ilustração de livro infantil. Eram oito no total: um elefante, uma flor, um livro, uma paleta, um tigre, um dedal, um coração e um anel.

Tirou a pulseira da caixa. Era pesada e tilintou quando ele a rodou na mão. Parecia antiga, ou tinha certa idade, e era finamente trabalhada. Os detalhes de cada pingente eram precisos. Mas por mais que tentasse não conseguia se lembrar de Miriam usando a pulseira ou mostrando algum dos pingentes para ele. Talvez ela a tivesse comprado como um presente para alguém. Mas para quem? Parecia cara. Quando Lucy usava joias, elas eram coisas modernosas, com curvas de arame prateado e pedaços de vidro e concha.

Por alguns instantes, pensou em telefonar para os filhos para ver se eles sabiam alguma coisa a respeito de uma pulseira de pingentes escondida no guarda-roupa da mãe. Parecia um motivo válido para entrar em contato. Mas depois disse a si mesmo para reconsiderar, já que eles estariam ocupados demais para se incomodar com ele. Fazia um tempo que havia ligado para Lucy com a desculpa de perguntar como funcionava um fogão. Com Dan, a última vez que falara com o filho fora há dois meses. Não podia acreditar que Dan tivesse agora quarenta anos e Lucy trinta e seis. Para onde fora o tempo?

Agora, eles tinham suas próprias vidas. Por um tempo Miriam fora o sol deles e ele, a lua; agora Dan e Lucy eram estrelas distantes em suas próprias galáxias.

De qualquer modo, a pulseira não teria vindo de Dan. Com certeza, não. Todo ano, antes do aniversário de Miriam, Arthur telefonava para o filho para lembrá-lo da data. Dan insistia que não havia se esquecido, que estava prestes a ir até o correio naquele dia para mandar alguma coisinha. E geralmente era uma "coisinha": um ímã de geladeira no formato da Opera House de Sidney, uma foto dos netos, Kyle e Marina, numa moldura de papel cartão, um ursinho coala dando um abraço, que Miriam prendia na cortina do antigo quarto de Dan.

Se ela ficava decepcionada com os presentes do filho, nunca demonstrava. "Que encanto", exclamava, como se fosse o melhor presente que já recebera. Arthur desejava que ela conseguisse ser sincera pelo menos uma vez, e dissesse que seu filho deveria se esforçar mais. No entanto, mesmo quando menino, ele nunca tinha prestado atenção nas outras pessoas e em seus sentimentos. Nada o deixava mais feliz do que quando estava desmontando motores de carro, todo coberto de óleo. Arthur sentia orgulho de o filho possuir três oficinas mecânicas em Sidney, mas gostaria que ele tratasse as pessoas com tanta atenção quanto a que dava a seus carburadores.

Lucy era mais cuidadosa. Mandava cartões de agradecimento e nunca, jamais, esquecia um aniversário. Tinha sido uma criança calada a ponto de Arthur e Miriam se perguntarem se teria dificuldades de fala. Mas não, um médico explicou que ela era apenas sensível, sentia as coisas com mais profundidade do que as outras pessoas. Gostava de pensar muito, e explorar suas emoções. Arthur dizia a si mesmo que este era o motivo de ela não ter ido ao funeral da própria mãe. O motivo de Dan era estar a milhares de quilômetros de distância. Mas embora Arthur descobrisse desculpas para os dois, magoava-o mais do que eles podiam imaginar, que seus filhos não tivessem estado lá para se despedir de Miriam corretamente. E era esta a razão, quando falava com eles esporadicamente pelo telefone, de parecer existir uma barreira entre eles. Não apenas tinha perdido a esposa, mas também estava perdendo os filhos.

Juntou os dedos, mas a pulseira não passava pelos nós de sua mão. Gostava mais do elefante. Tinha uma tromba virada para cima e orelhas pequenas; um elefante indiano. Sorriu com ironia perante seu exotismo. Ele e Miriam haviam discutido uma viagem ao exterior num feriado, mas sempre decidiam por Bridlington, na mesma pousada na praia. Se alguma vez compravam uma lembrança, era um pacote de cartões-postais para destacar, ou um pano de prato novo, não um pingente de ouro.

Nas costas do elefante havia uma banqueta com uma canópia, e dentro dela estava incrustada uma pedra verde-escura facetada. Ela virou quando ele a tocou. Uma esmeralda? Não, claro que não, apenas vidro ou uma imitação de pedra preciosa. Correu o dedo ao longo da tromba, depois sentiu a traseira redonda do elefante, antes de parar em seu minúsculo rabo. Em alguns lugares, o metal era macio, em outros, parecia entalhado. Contudo, quanto mais olhava, mais indistinto parecia o pingente. Precisava de óculos para ler, mas nunca conseguia encontrá-los. Devia ter uns cinco pares pela casa, guardados em lugares seguros. Pegou sua caixa de truques e tirou seu monóculo; pelo menos uma vez por ano ele era útil. Depois de tê-lo prendido na órbita ocular, examinou o elefante. Ao aproximar a cabeça, afastando-a depois à procura do foco certo, viu que os entalhes eram, de fato, a gravação de letras e números minúsculos. Leu, e depois releu:

Aia. 0091 832 221 897

Seu coração começou a bater mais rápido. Aia. O que isto poderia significar? E os números também. Seriam uma referência de mapa, um código? Pegou um pequeno lápis e um bloco na sua caixa, e anotou. Seu monóculo caiu na cama. Tinha assistido a um programa de adivinhações na TV, na noite anterior. O despenteado apresentador havia perguntado o código de discagem para chamados do Reino Unido para a Índia. Zero, zero, nove, um, fora a resposta.

Arthur fechou a tampa da caixa de sorvete e desceu com a pulseira de pingentes. Ali, olhou em seu dicionário de bolso; a definição da palavra "aia" não fez qualquer sentido para ele: "uma babá ou empregada na Ásia Oriental ou Índia."

Normalmente não telefonava para ninguém por impulso; preferia não usar o telefone de jeito nenhum. As chamadas para Dan e Lucy só traziam decepção. Mas, mesmo assim, tirou o fone do gancho.

Sentou-se na cadeira que sempre usava à mesa da cozinha, e discou o número atentamente, só para constatar. Isto era simplesmente ridículo, mas havia algo em relação ao curioso elefantinho que o fez querer saber mais.

Passou-se um bom tempo, até que a discagem se completasse, e mais ainda até que alguém atendesse ao chamado.

– Residência dos Mehra, pois não?

A educada senhora tinha um sotaque indiano. Soava muito jovem. Arthur falou num tom vacilante. Isto não era uma coisa idiota?

– Estou telefonando com relação à minha esposa – ele disse. – Seu nome era Miriam Pepper, bom, era Miriam Kempster antes de nos casarmos. Encontrei um pingente de elefante com este número gravado. Estava no guarda-roupa dela. Eu o estava esvaziando... – ele foi se calando, refletindo sobre que bobagem estava fazendo, o que estava dizendo.

Por um momento, a senhora ficou calada. Ele tinha certeza de que ela estava prestes a desligar ou a lhe passar um carão por estar passando um trote, mas ela disse:

– Sim, ouvi falar em srta. Miriam Kempster. Vou só chamar o sr. Mehra para conversar com o senhor. É quase certo que ele poderá ajudá-lo.

Arthur ficou de queixo caído.

2

O ELEFANTE

Arthur agarrou o fone com força. Uma voz em sua cabeça lhe disse para desligar, para esquecer o assunto. Em primeiro lugar, havia o custo. Estava ligando para a Índia. Isto não poderia ser barato. Miriam sempre era muito cuidadosa em relação à conta telefônica, especialmente com o custo de ligar para Dan, na Austrália.

E então houve a sensação dolorosa de estar espionando a esposa. A confiança sempre fora um elemento importante em seu casamento. Quando viajava pelo país, vendendo fechaduras e cofres, Miriam tinha exposto sua preocupação de que, nos pernoites fora de casa, ele pudesse sucumbir aos encantos da bela proprietária do lugar em que se hospedasse. Ele lhe havia assegurado de que nunca faria nada que pusesse em risco seu casamento ou a vida familiar. Além disso, não era do tipo que as mulheres considerassem atraente. Uma ex-namorada comparara-o a uma toupeira. Disse que ele era tímido e um pouco nervoso. Mas, surpreendentemente, ele *tinha* sido assediado algumas vezes. Embora provavelmente fosse mais por causa da solidão ou do oportunismo das mulheres (e uma vez de um homem) do que por seus próprios encantos.

Às vezes, seus dias de trabalho eram longos. Viajava muito pelo país. Gostava especialmente de mostrar novas fechaduras de embutir, explicando o trinco, a lingueta e a maçaneta para seus clientes.

Havia algo nas fechaduras que o intrigava. Eram sólidas e confiáveis. Protegiam você e o mantinham em segurança. Ele adorava como seu carro sempre cheirava a óleo, e gostava de conversar com os fregueses em suas lojas. Mas, então, surgiram a internet e os pedidos online. As serralherias já não precisavam de vendedores. As lojas que permaneceram abertas começaram a fazer seus pedidos pelo computador, e Arthur viu-se confinado a um serviço de escritório. Usava o telefone para conversar com seus fregueses, em vez de conversar cara a cara. Nunca gostara de telefone. Não era possível ver as pessoas sorrindo, ou seus olhos, quando faziam perguntas.

Também era difícil ficar longe das crianças, às vezes chegando em casa quando já estavam na cama. Lucy entendia, e encantava-se ao vê-lo na manhã seguinte. Passava os braços ao redor do seu pescoço, dizendo o quanto sentira sua falta. Dan era mais complicado. Nas raras ocasiões em que Arthur terminara seu trabalho mais cedo, Dan parecera se ressentir disso.

– Gosto mais de ficar com a mamãe – disse uma vez.

Miriam advertiu Arthur para não levar isso a sério. Algumas crianças eram mais apegadas a um dos pais do que a outro. Isto não impediu Arthur de se sentir culpado por trabalhar tanto para sustentar sua família.

Miriam tinha jurado que sempre lhe seria fiel, não importava quantas horas ele trabalhasse, e ele confiava que ela o tivesse sido. Ela nunca lhe dera motivos para não acreditar nisso. Nunca a vira flertar com outros homens, nem descobrira evidências de que algum dia pudesse ter pulado a cerca. Não que estivesse procurando por isso. Mas, às vezes, quando chegava em casa depois de viajar a trabalho, se perguntava se ela teria tido companhia. Devia ser difícil ficar só com as duas crianças. Não que algum dia ela tivesse reclamado. Miriam era uma verdadeira batalhadora.

Engolindo o bolo que se formara na garganta ao pensar em sua família, ele começou a afastar o ouvido do fone. Sua mão tremia. É melhor deixar isto de lado. Desligar. Mas então ouviu uma voz fraquinha chamando-o.

– Alô, sr. Mehra falando. Pelo que entendi, o senhor está telefonando a respeito de Miriam Kempster, é isto? Arthur engoliu com dificuldade. Sua boca estava seca.
– É, é isto. Meu nome é Arthur Pepper. Miriam é minha esposa. Pareceu errado dizer "Miriam *era* minha esposa", porque embora ela já não estivesse ali, eles continuavam casados, não é mesmo? Ele explicou como encontrara uma pulseira de pingentes, e o elefante com o número gravado. Não esperava que alguém atendesse sua ligação. Depois, contou ao sr. Mehra que sua esposa havia morrido.

O sr. Mehra ficou calado. Demorou mais de um minuto para que voltasse a falar.

– Ah, meu caro senhor. Sinto muito. Ela cuidou tão bem de mim quando eu era menino! Mas isto foi há muitos anos. Ainda moro na mesma casa! Nossa família muda pouco. Temos o mesmo número de telefone. Sou médico, e meu pai e meu avô também foram médicos. Nunca esqueci o carinho de Miriam. Esperava vê-la novamente um dia. Deveria ter me esforçado mais.

– Ela cuidou do senhor?

– Cuidou. Era minha aia. Cuidou de mim e das minhas irmãs mais novas.

– Sua babá? Aqui na Inglaterra?

– Não, senhor. Na Índia. Vivo em Goa.

Arthur não conseguiu falar. Estava atordoado. Não sabia de nada disso. Miriam nunca tinha mencionado ter vivido na Índia. Como era possível? Olhou para o jarro recheado de *pot-pourri* pendurado por barbantes, na espiral do corredor.

– Devo-lhe contar um pouco sobre ela, senhor?

– Sim, por favor – murmurou. Qualquer coisa para preencher certas lacunas, dizer que eles deveriam estar falando de outra Miriam Kempster.

A voz do sr. Mehra era tranquila e confiável. Arthur não pensou em sua conta telefônica. Mais do que nunca, queria ouvir alguém que tivesse conhecido e amado Miriam, ainda que fosse um estranho. Às vezes, não falar sobre ela dava a impressão de que sua lembrança estava se esgarçando.

– Tivemos muitas aias antes de Miriam se juntar a nós. Eu era uma criança difícil. Fazia brincadeiras de mau gosto com elas. Punha lagartixas nos seus sapatos e pimenta em suas sopas. Elas não ficavam muito tempo. Mas Miriam era diferente. Comia a comida apimentada e não dizia uma palavra. Tirava as lagartixas dos sapatos e as punha de volta no jardim. Eu examinava seu rosto, mas ela era uma boa atriz. Nunca deixava transparecer nada, e eu não sabia se ela estava chateada comigo, ou se divertindo. Aos poucos, desisti de provocá-la. Não fazia sentido. Ela conhecia todos os meus truques! Lembro-me de que ela tinha um saco de bolinhas de gude maravilhosas. Brilhavam como a Lua, e uma delas parecia um verdadeiro olho de tigre. Ela não se incomodava de se ajoelhar na terra. – Ele soltou uma risada gutural. – Eu estava um pouco apaixonado por ela.

– Quanto tempo ela ficou com a sua família?

– Alguns meses, na Índia. Fiquei arrasado quando ela foi embora. Foi tudo culpa minha. Esta é uma coisa que nunca contei a ninguém. Mas o senhor, sr. Pepper, merece saber. É uma vergonha eu ter carregado isto comigo por todos esses anos.

Arthur remexeu-se nervosamente na cadeira.

– Incomoda-se se eu lhe contar? Significaria muito para mim. É como um segredo abrindo um buraco no meu estômago. – O sr. Mehra não esperou uma resposta para prosseguir com sua história: – Eu só tinha nove anos, mas amava Miriam. Era a primeira vez que eu reparava numa menina. Ela era muito bonita e sempre usava roupas muito elegantes. Sua risada, bem, soava como sininhos minúsculos. Quando eu acordava de manhã, ela era a primeira coisa em que eu pensava, e quando ia para a cama, ansiava pelo dia seguinte. Agora eu sei que isto não era um amor de verdade, como quando conheci minha esposa, Priya, mas para um menino pequeno era muito real. Ela era muito diferente das meninas com quem eu ia para a escola. Era exótica, com sua pele de alabastro e o cabelo cor de nozes. Seus olhos eram como águas-marinhas. Provavelmente eu a seguia um pouco demais, mas ela nunca fez com que eu me sentisse idiota. Minha mãe morreu quando eu era muito pequeno, e eu costumava pedir a Miriam para se sentar comigo no seu quarto. Olhávamos a caixa de joias da minha mãe, juntos. Ela adorava o pingente de elefante. Costumávamos olhar através da esmeralda e ver o mundo em verde.

Então é uma verdadeira esmeralda, pensou Arthur.

– Mas, então, Miriam começou a sair sozinha duas vezes por semana. Passávamos um pouco menos de tempo juntos. Eu já tinha idade suficiente para não precisar de uma aia, mas minhas irmãs precisavam. Ela estava disponível para elas, mas não tanto para mim. Fui atrás dela um dia, e ela se encontrou com um homem. Era um professor da minha escola. Um inglês. Ele apareceu em casa, e ele e Miriam tomaram o chá da tarde. Vi que ele gostava dela. Ele pegou uma flor de hibisco do jardim para dar a ela.

"Sr. Pepper, eu era um moleque. Estava crescendo e os hormônios uivavam pelo meu corpo. Fiquei furioso. Contei ao meu pai que tinha visto Miriam e o homem se beijando. Meu pai era um homem muito antiquado e já tinha perdido uma aia por circunstâncias semelhantes. Então, na mesma hora, ele foi atrás de Miriam e a despediu. Ela ficou muito surpresa, mas se comportou com dignidade e fez a mala.

"Fiquei devastado. Não queria que isso acontecesse. Peguei o elefante da caixa de joias e corri até a vila para que ele fosse gravado. Enfiei-o no bolso da frente da sua mala, enquanto ela estava à espera, ao lado da porta. Eu era covarde demais para me despedir, mas ela me viu escondido e me deu um beijo. Disse: 'Adeus, queridíssimo Rajesh.' E nunca mais a vi.

"A partir daquele dia, sr. Pepper, juro que tentei nunca mais contar uma mentira. Só digo a verdade. É a única maneira. Rezei para que ela pudesse me perdoar. Ela contou isto ao senhor?"

Arthur não sabia coisa alguma sobre essa parte da vida da sua esposa. Mas sabia que ambos haviam amado a mesma mulher. A risada de Miriam realmente soava como sininhos. Ela tinha um saco de bolinhas de gude, que deu a Dan. Ele ainda estava zonzo de perplexidade, mas conseguiu ouvir a nostalgia na voz do sr. Mehra. Limpou a garganta.

– Contou. Ela o perdoou há muito tempo. Falava do senhor com ternura.

O sr. Mehra riu alto. Um curto "Ha, ha".

– Sr. Pepper! O senhor não faz ideia de como suas palavras me deixam feliz. Durante anos senti isto como um enorme peso. Agradeço por ter se dado ao trabalho de me telefonar. Sinto muito que Miriam já não esteja com o senhor.

Arthur sentiu uma luz no coração, coisa que há muito não sentia. Sentiu-se útil.

– O senhor foi um homem de sorte por ter sido casado por tanto tempo, não é? Por ter uma esposa como Miriam. Ela teve uma vida feliz?

– Teve, acho que teve. Foi uma vida calma. Temos dois filhos ótimos.

– Então, o senhor deve tentar ser feliz. Ela gostaria que o senhor ficasse triste?

– Não, mas é difícil não ficar.

– Sei disso. Mas há muita coisa para ser festejada em relação a ela.

– É.

Ambos os homens se calaram.

Arthur girou a pulseira na mão. Agora sabia sobre o elefante. Mas e os outros pingentes? Se desconhecia a vida de Miriam na Índia, que histórias guardavam os outros pingentes? Perguntou ao sr. Mehra se ele sabia alguma coisa sobre a pulseira.

– Só dei a ela o elefante. Ela me escreveu uma vez, alguns meses depois de ter partido, para me agradecer. Sou um idiota sentimental, e ainda tenho a carta. Sempre disse a mim mesmo que entraria em contato, mas tinha muita vergonha da minha mentira. Posso ver que endereço tem na carta, se o senhor quiser.

Arthur engoliu em seco.

– Seria muita gentileza sua.

Esperou cinco minutos, até o sr. Mehra retomar a ligação. Estendeu a mão para impedir o jarro de *pot-pourri* de girar. Examinou os folhetos que Bernadette tinha enfiado pela porta.

– Ah, aqui está: Solar Graystock, em Bath, Inglaterra, 1963. Espero que isto ajude na sua pesquisa. Na carta ela diz que está hospedada com amigos. Tem alguma coisa sobre tigres na região.

– A pulseira tem um pingente de tigre – Arthur disse.

– Ah. Então, esta deve ser sua próxima escala. O senhor vai descobrir as histórias dos pingentes uma a uma, não é?

– Ah, não estou fazendo uma pesquisa – Arthur começou. – Só estava curioso...

– Bom, se um dia vier para a Índia, sr. Pepper, precisa me procurar. Mostrarei ao senhor os lugares que Miriam adorava. E seu antigo quarto. Não mudou muito com o passar dos anos. O senhor gostaria de vê-lo?

– Isto é muito respeitável da sua parte, mas nunca saí do Reino Unido. Não consigo me ver viajando para a Índia num futuro próximo.

– Sempre existe uma primeira vez, sr. Pepper. Fique com meu convite em mente, senhor.

Arthur despediu-se e agradeceu o convite. Ao colocar o fone no gancho, as palavras de sr. Mehra reviraram na sua mente... "próxima escala"... "descobrir as histórias dos pingentes uma a uma"...

E começou a imaginar.

3

A GRANDE ESCAPADA

Quando Arthur acordou na manhã seguinte, ainda estava escuro. Os números em seu despertador cintilavam 5h32, e ele ficou deitado por um tempo, olhando para o teto. Lá fora, um carro passou e ele viu o reflexo dos faróis percorrerem o teto como se passassem através da água. Deixou seus dedos arrastarem-se pelo colchão, tentando alcançar a mão de Miriam, sabendo que não estava lá, e sentindo apenas o frio lençol de algodão.

Todas as noites, ao ir para a cama, ficava chocado ao ver como era fria sem ela. Quando ela estava ao seu lado, sempre dormia a noite toda, embarcando no sono suavemente, e acordando ao som dos tordos cantando lá fora. Ela sacudia a cabeça e perguntava se ele não tinha ouvido a tempestade, ou o alarme tocando no vizinho, mas ele nunca ouvia.

Agora, seu sono era intermitente, inquieto. Acordava com frequência, tremendo e se enrolando no acolchoado como em um casulo. Deveria pôr mais um cobertor na cama, para acabar com o frio que se infiltrava em suas costas e entorpecia seus pés. Mas seu corpo encontrara seu próprio e estranho ritmo de sono, acordando, tremendo, dormindo, acordando, tremendo, o que, embora desconfortável, ele não queria alterar. Não queria apagar e depois acordar com os passarinhos, descobrindo que Miriam já não estava ali.

Isto seria um tremendo choque. Agitar-se noite adentro fazia com que se lembrasse de que ela tinha partido, e ele gostava destes pequenos lembretes. Não queria correr o risco de esquecê-la.

Se tivesse que descrever em uma palavra como se sentia nesta manhã, a palavra seria *perplexo*. Livrar-se das roupas de Miriam seria um ritual, livrar a casa das suas coisas, dos seus sapatos, dos seus artigos de banheiro. Era um pequeno passo para lidar com sua dor e seguir em frente.

Mas a recém-descoberta pulseira de pingentes era um obstáculo a suas intenções. Despertava perguntas onde antes não havia nenhuma. Abrira uma porta e ele tinha entrado por ela.

Ele e Miriam diferiam quanto à maneira de ver filmes de suspense. Regularmente, desfrutavam um *Miss Marple*, ou um *Hercule Poirot* em uma tarde de domingo. Arthur mergulhava na história. – Você acha que foi ele? – diria. – Ele está sendo muito prestativo, e seu personagem não acrescenta nada à história. Acho que ele poderia ser o assassino.

– Assista ao filme. – Miriam apertaria seu joelho. – Aproveite. Você não precisa analisar todos os personagens. Não precisa adivinhar o final.

– Mas é um suspense. Foi feito pra você tentar adivinhar. A gente deve tentar resolver o mistério.

Miriam riria e sacudiria a cabeça.

Se tivesse sido o contrário e ele tivesse morrido (ele detestava pensar isto), Miriam poderia não se interessar muito, caso encontrasse um objeto estranho no guarda-roupa de Arthur. Enquanto que aqui estava ele, o cérebro girando como um cata-vento de criança no jardim.

Saiu da cama e tomou uma ducha, deixando a água quente se espalhar pelo seu rosto. Depois, se secou, se barbeou, vestiu a calça cinza, a camiseta mostarda, a camisa azul e desceu. Miriam gostava quando ele usava estas roupas. Dizia que elas o tornavam "apresentável".

Nas primeiras semanas após a morte dela, ele não podia nem mesmo se dar ao trabalho de se vestir. Quem estava lá que valesse esse esforço? Sem a presença da mulher e dos filhos, por que se incomodar? Ficava de pijama dia e noite. Pela primeira vez na vida, deixou crescer a barba. Quando se viu no espelho do banheiro, ficou surpreso com sua semelhança com o capitão Birdseye. Barbeou-se.

Deixava rádios ligados em todos os quartos, para não ter que ouvir seus próprios passos. Sobreviveu à base de iogurte, e sopas enlatadas, que nem se preocupava em esquentar. Uma colher e um abridor de latas eram tudo que precisava. Descobriu pequenas tarefas para fazer: apertar as porcas da cama para evitar que ela rangesse, esfregar o rejunte escurecido à volta da banheira.

Miriam mantinha um tipo de trepadeira no peitoril da janela da cozinha. Era uma coisa que comia moscas, com folhas caídas e plumosas. De início ele a desprezava, ressentindo-se de como uma coisa tão patética poderia viver, quando sua esposa morrera. Tinha sido posta no chão, ao lado da porta dos fundos, esperando o dia do lixeiro. Mas, sentindo-se culpado, cedeu e colocou-a de volta no lugar. Deu-lhe o nome de Frederica, e começou a regá-la e a conversar com ela. Lentamente, ela se recuperou. Não murchou mais. Suas folhas ficaram mais verdes. Alimentar alguma coisa dava-lhe uma sensação boa. Achava mais fácil cuidar e conversar com uma planta do que com pessoas. Fazia-lhe bem se manter ocupado. Significava não ter tempo para ficar triste.

Bom, em todo caso era isso que ele dizia a si mesmo. E prosseguia com seus afazeres diários, de certo modo se saindo bem, mantendo-se. Então, avistava o jarro verde cheio de *pot-pourri* pendurado no corredor, ou os sapatos de Miriam na área de serviço, incrustados de barro, ou o creme para mãos Crabtree & Evelyn, de lavanda, na prateleira do banheiro, e a sensação era como uma avalanche. Itens tão pequenos e insignificantes agora cortavam seu coração.

Sentava-se no primeiro degrau na escada e segurava a cabeça nas mãos. Balançando para a frente e para trás, fechando os olhos com força, dizia a si mesmo que era inevitável se sentir assim. Seu luto ainda era recente. Ia passar. Ela estava num lugar melhor. Ela não gostaria que ele ficasse assim. Blá-blá-blá. Toda a costumeira lengalenga dos folhetos de Bernadette. E passava. Mas nunca sumia completamente. Ele carregava sua perda consigo, como uma bola de boliche na boca do estômago.

Todo esse tempo imaginava seu próprio pai, duro, forte. – Tenha dó. Recomponha-se, cara. Chorar é pra maricas – e ele ergueria o queixo e tentaria ser corajoso.

Talvez, a esta altura, já devesse estar superando isso.

Suas lembranças daqueles primeiros dias sombrios eram confusas. O que ele realmente lembrava parecia a imagem em um aparelho de TV em branco e preto, com interferências. Viu-se arrastando os pés pela casa.

Para ser sincero, Bernadette tinha sido de grande ajuda. Aparecera em sua soleira como um gênio indesejável e insistira para que ele tomasse um banho, enquanto ela preparara o almoço. Arthur não queria comer. Não sentia gosto ou prazer na comida.

– Seu corpo é como um trem a vapor que precisa de carvão – Bernadette dizia, quando ele protestava em relação às tortas, sopas e cozidos que ela trazia para dentro da sua casa, esquentava e depois colocava à sua frente. – Como é que você vai prosseguir na sua jornada sem combustível?

Arthur não estava planejando nenhuma jornada. Não queria deixar a casa. A única viagem que fazia era subir a escada para ir ao banheiro ou para a cama. Não tinha nenhum desejo de fazer nada além disso. Para ter sossego, comeu a comida dela, ignorou sua conversa, leu seus folhetos. Realmente, preferiria ser deixado em paz.

Mas ela insistia. Às vezes, ele abria a porta para ela; outras, retorcia-se na cama, puxando os cobertores para cima da cabeça, ou ficava imóvel como uma estátua. Mas ela nunca desistia dele.

Mais tarde naquela manhã, como se soubesse que ele estivera pensando nela, Bernadette tocou a campainha. Arthur ficou na sala de jantar, parado por alguns minutos, pensando se deveria ir até a porta. O ar cheirava a bacon, ovos e torradas frescas, um café da manhã apreciado pelos outros moradores da avenida Bank. A campainha tocou novamente.

– O marido dela, Carl, morreu recentemente – Miriam lhe contou alguns anos antes, enquanto espionava Bernadette em uma barraca numa feira da igreja local, vendendo pães doces em forma de borboleta e bolos de chocolate. – Acho que as pessoas de luto agem de duas maneiras. Tem aquelas que se agarram ao passado, e aquelas que esfregam as mãos uma na outra e vão em frente. Aquela senhora ruiva é deste último tipo. Ela se mantém ocupada.

– Você a conhece?

– Ela trabalha na Lady B Lovely, a butique na cidade. Comprei um vestido azul-marinho lá. Tem botões minúsculos de pérola. Ela me disse que, em memória do marido, iria ajudar outras pessoas com os seus assados. Disse que se as pessoas estiverem cansadas, solitárias, desiludidas, ou simplesmente sem energia, então precisarão de comida. Acho que é muito corajoso da parte dela fazer da ajuda aos outros uma missão.

A partir de então, Arthur reparou mais em Bernadette, na feira de verão da escola local, na agência dos correios, de penhoar, cuidando das rosas no jardim. Eles se cumprimentavam e nada muito além disso. Às vezes, via Bernadette e Miriam conversando na esquina da sua rua. Elas riam e conversavam sobre o tempo, e sobre como os morangos estavam doces naquele ano. A voz de Bernadette era tão alta que ele conseguia ouvir a conversa de dentro de casa.

Bernadette comparecera ao funeral de Miriam. Ele tinha uma vaga lembrança de sua presença ao lado dele, dando tapinhas no seu braço.

– Se precisar de alguma coisa, é só pedir – ela disse, e Arthur se perguntou o que poderia pedir a ela algum dia. Então, ela começou a aparecer descaradamente à sua porta.

No começo, ele se sentiu irritado com a sua presença, depois começou a se preocupar com o fato de que ela tivesse algum objetivo em relação a ele, talvez o visse como um segundo marido em potencial. Não estava atrás de nada parecido. Jamais poderia fazer isso depois de Miriam. Mas, por fim, em todos os meses em que andara batendo à sua porta, Bernadette nunca tinha lhe dado motivo para pensar que sua atenção fosse algo mais do que platônica. Ela tinha toda uma lista de viúvos e viúvas para visitar.

– Torta de carne moída e cebola – ela o saudou assim que ele abriu a porta. – Feita agorinha.

Foi entrando pelo corredor, a torta na dianteira. Correu o dedo pela prateleira acima do radiador, e assentiu com satisfação por não conter poeira. Cheirou o ar.

– Está com um pouco de cheiro de mofo aqui. Você tem purificador de ar?

Arthur ficou impressionado com o quanto ela podia ser grosseira sem se dar conta, e, obediente, foi buscar um. Passaram-se alguns segundos e o perfume saturado de lavanda da montanha encheu o ar.

Ela foi apressada até a cozinha, e colocou a torta no balcão.

– Esta cozinha é incrível – disse.

– Eu sei.

– O fogão é maravilhoso.

– Eu sei.

Bernadette era exatamente o oposto de Miriam. Sua esposa tinha o corpo delicado; Bernadette era corpulenta, robusta. Seu cabelo era tingido de vermelho-bombeiro, e ela usava incrustações de strass na ponta das unhas. Um dos seus dentes da frente estava manchado de amarelo. Sua voz era forte, atravessando o silêncio de sua casa como um machete. Ele sacudiu a pulseira com nervosismo, dentro do bolso. Desde que falara com o sr. Mehra na noite anterior, mantivera-a com ele. Analisou cada pingente diversas vezes.

Índia. Tão distante. Devia ter sido uma grande aventura para Miriam. Por que ela não quisera que ele soubesse? Com certeza, a história do sr. Mehra não era suficiente para que ela a mantivesse em segredo.

– Você está bem, Arthur? Parece que está sonhando.

As palavras de Bernadette interromperam seus pensamentos.

– Eu? Estou, claro.

– Vim ontem de manhã, mas você não estava. Você estava no "Homens nas Cavernas"?

"Homens nas Cavernas" era um grupo comunitário para homens solteiros. Arthur estivera lá duas vezes, encontrando um grupo de homens com expressões melancólicas, segurando tocos de madeira e ferramentas. O homem que coordenava aquilo, Bobby, tinha o formato de um pino de boliche, cabeça pequena e corpo grande.

– Os homens precisam de cavernas – dizia num trinado. – Eles precisam de algum lugar para se refugiar e se conectar consigo mesmos.

O vizinho de Arthur, aquele com o rastafári, estivera lá. Terry. Estava ocupado, lixando um pedaço de madeira.

– Seu carro está ficando bom – Arthur disse, querendo ser educado.

– Na verdade, é um jabuti.

– Ah.

– Vi um na semana passada, quando estava podando minha grama.

– Um jabuti silvestre?

– Não. É dos meninos ruivos que não usam nada nos pés. Ele escapou.

Arthur não soube o que dizer. Tinha problemas suficientes com gatos no seu canteiro de pedras, sem que um jabuti também estivesse à deriva. Voltando para seu próprio trabalho, fez uma tabuleta de madeira que trazia o número da sua casa: 37. O três era muito maior do que o sete, mas ele a pendurou na sua porta dos fundos mesmo assim.

Teria sido fácil dizer sim, que ele estivera no "Homens nas Cavernas", ainda que fosse de manhã, muito cedo. Mas Bernadette estava parada, sorrindo para ele. A torta tinha um cheiro delicioso. Não queria mentir para ela, principalmente depois de ouvir o arrependimento do sr. Mehra por ter contado mentiras sobre Miriam. Ele não passaria pela mesma coisa, então tentaria não contar mais mentiras.

– Eu me escondi de você ontem – ele disse.

– Você se *escondeu*?

– Não queria ver ninguém. Me obriguei a esvaziar o guarda-roupa de Miriam, e aí você tocou a campainha. Fiquei imóvel no corredor, fingindo não ter ninguém em casa. – As palavras precipitavam-se da sua boca, e era uma sensação surpreendentemente boa ser tão honesto. – Ontem foi o primeiro aniversário da sua morte.

– Isto é muita honestidade da sua parte, Arthur. Admiro sua sinceridade. Dá para perceber o quanto isto pode ser perturbador. Quando Carl morreu... Bom, foi bem difícil deixar que ele se fosse. Dei suas ferramentas para o "Homens nas Cavernas".

Arthur sentiu o coração despencar. Esperava que ela não lhe contasse sobre o marido. Não queria trocar histórias de morte. Parecia haver uma estranha competitividade entre pessoas que haviam perdido o cônjuge. Justo na semana anterior, na agência dos correios, ele havia testemunhado o que descreveria como uma bravata, entre um grupo de quatro aposentados.

– Minha esposa sofreu por dez anos, até que finalmente faleceu.

– É mesmo? Bom, meu Cedric foi esmagado por um caminhão. Os paramédicos disseram nunca ter visto algo semelhante. Parecia uma panqueca, um deles disse.

Então, uma voz masculina, hesitante: – Foram os remédios, imagino. Vinte e três comprimidos por dia, eles davam pra ela. Ela até chacoalhou.

– Quando ele foi aberto, não tinha sobrado nada. O câncer tinha comido tudo dele.

Eles falavam sobre seus entes queridos como se fossem objetos. Miriam seria sempre uma pessoa real para ele. Não dividiria sua lembrança desse jeito.

– Ela gosta de causas perdidas – Vera, a senhora da agência dos correios, lhe dissera, quando ele levou um pacote de envelopes pequenos, de papel-manilha pardo, até o balcão. Ela sempre tinha um lápis enfiado em seus óculos redondos, de casco de tartaruga, e tinha como profissão de fé saber tudo sobre todos na cidade. Sua mãe fora dona da agência antes dela, e era exatamente igual.

– Quem?

– Bernadette Patterson. A gente reparou que ela leva tortas para você.

– *Quem* reparou? – Arthur perguntou, sentindo raiva. – Existe um clube cuja função é espionar a minha vida?

– Não, são só os meus fregueses numa troca de informações amigável. É isto que Bernadette faz. Ela é boa para os desesperados, desamparados e inúteis.

Arthur pagou seus envelopes e saiu batendo os pés.

Levantou-se e ligou a chaleira.

– Vou dar as coisas da Miriam para o "Salvadores de Gatos". Eles vendem roupas, enfeites e objetos para levantar dinheiro e ajudar gatos maltratados.

– É uma boa ideia, mas eu mesma prefiro cachorros pequenos. Eles são muito mais agradecidos.

– Acho que Miriam queria ajudar gatos.

– Então é isto que você tem que fazer. Quer que eu ponha esta torta no forno pra você? Podemos almoçar juntos. A não ser que tenha outros planos...

Ele estava prestes a murmurar algo sobre estar ocupado, mas então se lembrou, novamente, da história do sr. Mehra. Não tinha planos.

– Não, nada na agenda – disse.

Vinte minutos depois, enquanto enfiava a faca na torta, pensou mais uma vez na pulseira. Bernadette poderia lhe dar uma perspectiva feminina. Ele queria que alguém lhe dissesse que era coisa sem importância e que, embora parecesse cara, agora era possível comprar boas reproduções a preço barato. Mas ele sabia que a esmeralda no elefante era verdadeira. E ela poderia cochichar isto para Vera, da agência dos correios, e para suas causas perdidas.

– Você deveria sair mais – ela disse. – Você só foi uma vez ao "Homens nas Cavernas".

– Fui duas. Eu dou umas saídas.

Ela levantou uma sobrancelha. – Pra onde?

– Isto aqui é um *Quem quer ser um milionário?* Não me lembro de ter me inscrito.

– Só estou tentando cuidar de você.

Ela o via como uma causa perdida, exatamente como Vera tinha insinuado.

Ele não queria se sentir assim, ser tratado desse modo. Um impulso cresceu em seu peito. Precisava dizer alguma coisa para que ela não o considerasse desesperado, desamparado e inútil, como a sra. Monton, que não saía de casa há cinco anos, e fumava vinte Woodbines por dia; ou o sr. Flowers, que achava que havia um unicórnio vivendo na estufa. Arthur ainda tinha certo orgulho. Costumava ter um sentido como pai e marido. Costumava ter pensamentos, sonhos e planos.

Pensando no endereço de remetente que Miriam deixara em sua carta para o sr. Mehra, limpou a garganta.

– Bom, se quiser saber – disse, afobado –, andei pensando em ir até o Solar Graystock, em Bath.

– Ah, sei – Bernadette disse, pensativa. – É lá que os tigres andam à solta.

Bernadette era um almanaque ambulante do Reino Unido. Ela e Carl tinham viajado por toda parte, em seu luxuoso trailer. A nuca de Arthur arrepiou-se, enquanto ele se preparava para ouvir onde deveria ou não deveria ir, o que deveria e não deveria fazer em Graystock.

Enquanto se atarefava na cozinha, endireitando seus medidores e verificando se as facas estavam bem limpas, Bernadette contou o que sabia.

Não, Arthur não sabia que cinco anos atrás lorde Graystock tinha sido atacado por um tigre, que enfiou os dentes e as garras em sua panturrilha, e agora ele andava mancando. Também não sabia que, quando jovem, Graystock mantinha um harém com mulheres de todas as nacionalidades, como uma arca de Noé hedonista, ou que era conhecido por proporcionar loucas orgias em sua propriedade, na década de 1960. Também não sabia que o lorde usava apenas a cor azul-elétrico, até em suas roupas íntimas, porque uma vez lhe disseram em sonho que dava sorte. (Arthur se perguntou se ele estaria usando azul-elétrico durante o ataque do tigre.)

Agora, ele também sabia que lorde Graystock tentara vender seu solar para Richard Branson; no entanto, os dois homens desentenderam-se e se recusaram a voltar a falar um com o outro. O lorde era agora um recluso, e só abria o Solar Graystock às sextas-feiras e aos sábados, e já não era permitido ao público olhar os tigres.

Depois das histórias de Bernadette, Arthur passou a se sentir bem informado sobre a vida e as fases de lorde Graystock.

– Agora, só estão abertos a loja de lembranças e os jardins. E estão um pouco derrubados. – Bernadette terminou de limpar o misturador das torneiras com um floreio. – Por que você vai lá?

Arthur olhou para seu relógio. Agora, desejava não ter dito nada. Ela tinha levado vinte e cinco minutos entretendo-o. Sua perna esquerda ficara entorpecida.

– Achei que poderia ser uma boa variada – disse.

– Bom, na verdade, Nathan e eu estaremos em Worcester e Cheltenham na próxima semana. Estamos vendo algumas universidades. Venha junto, se quiser. De lá, você poderia ir até Graystock de trem.

Arthur sentiu um arrepio. Ir até Graystock só tinha sido uma ideia passageira, não tinha realmente planejado ir até lá. Só fazia passeios com Miriam. Qual seria o sentido de ir sozinho? Apenas tinha mencionado a ida até Graystock para mostrar a Bernadette que não era um inútil. Agora, a apreensão atormentava-o. Gostaria de poder voltar no tempo, e não ter enfiado a mão dentro da bota, descobrindo a pulseira. Assim, nunca teria telefonado para o número no elefante, e não estaria sentado aqui, discutindo o Solar Graystock com Bernadette.

– Ainda estou em dúvida – disse. – Talvez numa outra vez...

– Você deveria ir. Tente tocar sua vida. Passo a passo. Um passeio poderia lhe fazer bem.

Arthur ficou surpreso em sentir uma minúscula semente de excitação enraizando-se no seu estômago. Tinha descoberto algo sobre o passado da esposa, e sua natureza inquisitiva compelia-o a descobrir mais. Os únicos sentimentos que tinha nesses dias eram tristeza, desapontamento e melancolia, portanto isto era uma novidade.

– Gosto da ideia de tigres andando por um jardim inglês – disse.

E ele gostava mesmo de tigres. Eram animais fortes, imponentes, coloridos, que rondavam atrás dos propósitos básicos da vida: caçar, comer e copular. Os humanos eram muito diferentes, com suas vidas de humildade e preocupação.

– É mesmo? Eu o imaginava mais como uma pessoa chegada a cachorros pequenos, um terrier ou coisa assim. Ou você parece o tipo de pessoa que gostaria de hamsters. De qualquer modo, por que você não vem com a gente no carro? Nathan vai dirigindo.

– Você não vai no trailer?

– Estou vendendo. É grande demais pra eu manejar, e estou pagando um lugar para ela ficar desde que Carl morreu. Nathan tem um Fiesta. É uma lata enferrujada, mas confiável.

– Você não deveria perguntar pra ele primeiro? Pode ser que ele tenha outros planos...

Arthur viu-se instintivamente tentando escapar da viagem. Deveria ter ficado de boca fechada. Não poderia levar adiante suas tarefas diárias, se saísse. Seus horários ficariam completamente desorganizados. Quem cuidaria de Frederica, a trepadeira, e quem impediria os gatos de defecarem no jardim? Se fosse para o sul, talvez tivesse que passar a noite. Nunca tinha arrumado uma mala. Miriam fazia este tipo de coisa para ele... Seu cérebro acelerou-se tentando encontrar desculpas. Não queria espionar sua esposa, mas queria descobrir mais sobre sua vida antes de se conhecerem.

– Não, não, Nathan na verdade não pensa. Eu é que penso por ele. Vai fazer bem para ele ficar mais responsável. Ele não tinha se lembrado de que precisa procurar universidades. Sei que ele só vai precisar se inscrever daqui a alguns meses, mas quero começar cedo. Vou ficar muito solitária quando ele se for. Vai ser estranho ficar sozinha outra vez. Tenho medo de pensar em como ele vai se virar longe de mim. Quando for visitá-lo em seu alojamento de estudante, vou encontrar seu esqueleto, porque ele vai ter se esquecido de comer...

Arthur estava prestes a dizer que, pensando bem, poderia ir mais tarde naquele ano. Já sabia que não queria viajar com Bernadette e seu filho. Conhecera Nathan brevemente uma vez, quando ele e Miriam tinham dado de cara com Bernadette em um café da manhã beneficente. Ele parecia um tipo de rapaz monossilábico. Arthur não queria mesmo deixar a segurança da sua casa, o conforto opressivo da sua rotina.

Mas, então, Bernadette disse:

– Quando Nathan for embora, vou ficar sozinha. Uma viúva solitária. Mas, pelo menos, tenho você e meus outros amigos, Arthur. Vocês são como uma família pra mim.

A culpa embrulhou seu estômago. Ela parecia solitária. Esta era uma palavra que ele nunca teria usado para descrevê-la.

A prudência lhe dizia para não ir a Graystock. Mas ele se perguntava que ligações Miriam teria ali. Parecia um endereço altamente improvável para ela. Mas o mesmo acontecia com a Índia. Lorde Graystock parecia um personagem intrigante, e sua família era proprietária do solar havia anos, portanto existia uma possibilidade de que ele pudesse conhecer ou se lembrar de Miriam. Poderia saber as histórias por detrás de mais amuletos. Será que Arthur realmente conseguiria esquecer a pulseira de pingentes por completo, colocá-la de volta na caixa e não descobrir mais coisas sobre sua esposa quando moça?

– Posso ser sincera com você? – Bernadette perguntou. Ela se sentou ao seu lado, e torceu o pano de prato nas mãos.

– Hum, pode...

– Tem sido difícil para Nathan desde que o Carl morreu. Ele não fala muito, mas eu percebo. Para ele seria bom ter um pouco de companhia masculina. Ele tem amigos, mas, bom, não é a mesma coisa. Se você pudesse lhe dar alguns conselhos, ou orientação, enquanto estivéssemos viajando... Acho que isto faria bem para ele.

Foi com o maior esforço que Arthur não sacudiu a cabeça. Pensou em Nathan, com seu corpo de varapau e o cabelo preto caído sobre um dos olhos, como uma cortina mortuária. Quando eles se conheceram, o menino mal falou, tendo à frente seu café e o bolo. Agora, Bernadette esperava que Arthur tivesse uma conversa homem a homem com ele.

– Ah, ele não vai me escutar – disse timidamente. – A gente só se viu uma vez.

– Acho que vai. Tudo o que ele ouve sou eu dizendo o que fazer e o que não fazer. Acho que ia fazer um bem danado para ele.

Arthur deu uma olhada em Bernadette. Geralmente desviava os olhos, mas desta vez analisou seu cabelo escarlate, as raízes cinza-escuro que estavam nascendo, os cantos da boca caídos... Ela realmente queria que ele dissesse sim.

Ele poderia levar as coisas de Miriam para a loja de caridade, poderia guardar a pulseira no seu armário e esquecê-la. Seria a opção fácil. Mas duas coisas impediam-no. Uma, o mistério. Como as histórias de detetive de domingo à tarde, a que ele e Miriam assistiam, descobrir as histórias por detrás dos pingentes da pulseira ficaria atormentando seu cérebro. Poderia descobrir mais coisas sobre sua esposa, e se sentir mais próximo dela. E a outra era Bernadette. Nas inúmeras vezes em que ela tinha aparecido com suas tortas e palavras delicadas, nunca havia lhe pedido nada em troca, nem dinheiro, nem um favor, nem que a ouvisse falar em Carl. Mas, agora, ela estava lhe pedindo uma coisa.

Ele sabia que Bernadette jamais insistiria, mas também percebia, pela maneira como estava sentada à sua frente, girando sem parar a aliança no dedo, que isso era importante para ela. Queria que Arthur a acompanhasse na viagem com Nathan. Precisava dele.

Ele se balançou um pouco na cadeira, dizendo para si mesmo que tinha que fazer isto. Tinha que silenciar as vozes irritantes na sua cabeça, as vozes que lhe diziam para não ir.

– Acho que uma viagem a Graystock me faria bem – disse, antes que pudesse mudar de ideia. – E acho que eu e Nathan vamos nos dar bem. Conte comigo.

4

A CAMINHO

Nathan Patterson existia, na medida em que tinha um corpo, uma cabeça, braços e pernas, mas Arthur não tinha certeza de haver algum pensamento dentro dele que fizesse seu corpo funcionar. Andava como se estivesse numa esteira de aeroporto, parecendo que deslizava. Era magro como uma vara, vestia um jeans preto justo que descia dos quadris, uma camiseta preta com o desenho de uma caveira e tênis brancos reluzentes. A franja escondia a maior parte do seu rosto.

– Oi, Nathan. Prazer em vê-lo novamente – Arthur disse animado, estendendo a mão enquanto esperavam juntos na calçada em frente à casa de Bernadette. – A gente se conheceu em um café da manhã, uma vez, você se lembra?

Nathan olhou para ele como se ele fosse um alienígena, as mãos caídas dos lados. – Não.

– Ah, bom, foi uma coisa rápida. Soube que você está procurando universidades. Você deve ser um rapaz muito inteligente.

Nathan virou a cabeça e olhou para outro lado. Abriu a porta do carro e se sentou no assento do motorista, sem falar. Arthur olhou para ele. A viagem seria longa.

– Vou me sentar atrás, tudo bem? – perguntou, sem receber resposta, enquanto entrava no carro. – Vou deixar você e sua mãe conversarem na frente.

Depois do almoço, Arthur tinha ido até a casa de Bernadette com sua mala. Colocara uma quantidade extra de água para Frederica, e se sentira bem culpado por deixá-la. – Vai ser só por dois dias – murmurou, enquanto limpava suas folhas com pano úmido. – Você vai ficar bem. Eu e você não podemos continuar sem fazer nada. Bom, você pode. Mas eu tenho que ir. Vou descobrir coisas da Miriam que eu não sei. Acho que você quereria isto de mim. – Observou Frederica procurando um sinal, uma sacudida das folhas, uma bolha de água na terra, mas não houve nada.

Pôs na mala uma camisa extra e roupas de baixo, seus objetos de toalete, pijama de algodão, uma sacola de emergência e um sachê de chocolate quente. Bernadette havia lhe reservado um quarto de solteiro na pousada Cheltenham, onde eles passariam a noite.

– Parece bom – disse. – Alguns quartos têm uma vista da catedral de Cheltenham. Vai ser como estar em York, Arthur. Assim, você não vai sentir falta de casa.

Bernadette saiu de casa, agitada. Trazia uma mala azul-marinho de rodinhas, e mais uma roxa, acompanhadas por quatro sacolas da Marks & Spencer.

Arthur abriu a janela. Deduziu que Nathan sairia para ajudá-la, mas o rapaz ficou com os pés no painel, comendo um saco de batatas fritas.

– Quer ajuda?

– Estou bem. Só vou pôr estas coisinhas no porta-malas e a gente sai. – Ela bateu a tampa do porta-malas, depois se sentou no banco da frente, ao lado de Nathan. – E aí, você sabe aonde a gente vai?

– Sei – o filho suspirou.

– Devem levar umas três horas até chegarmos às nossas acomodações – Bernadette disse.

No carro, Nathan colocou o rádio tão alto que Arthur não conseguia pensar. O rock estava a toda. Um cantor gritava que queria matar a namorada. Periodicamente, Bernadette virava-se e sorria para Arthur, articulando em silêncio: – Tudo certo? Arthur confirmava com a cabeça e levantava o polegar. Já estava tenso quanto a mudar sua rotina matinal. Não se barbeara, e não se lembrava de ter lavado a xícara de chá. Quando voltasse da viagem, ela teria um colarinho espesso de viscosidade bege por dentro. Talvez tivesse exagerado na água de Frederica. Teria limpado as migalhas do balcão? Estremeceu com este pensamento. E tinha trancado direito a porta da frente, não tinha?

Para se livrar das suas preocupações, enfiou a mão no bolso e envolveu com os dedos a caixa em formato de coração. Alisou o couro texturizado e sentiu o pequeno cadeado. Era confortador ter algo que pertencera à esposa tão junto dele, mesmo que não soubesse de onde tinha vindo.

Enquanto percorriam ruas ladeadas de árvores em direção à estrada, Arthur sentiu seus olhos se fechando. Arregalou-os, mas eles tremeram lentamente e voltaram a se fechar. O silêncio dos pneus no asfalto o embalara para o sono.

Sonhou que estava num piquenique com Miriam, Lucy e Dan, no litoral. Não conseguia se lembrar onde. Lucy e Dan eram ainda pequenos o bastante para se animarem com uma viagem para a praia e um sorvete de casquinha. – Venha dar uma nadada, papai. – Dan puxou-o pela mão. A luz do sol ondulava como papéis de bala prateados na superfície do mar. O ar cheirava a rosquinhas frescas e vinagre, dos carros de comida no calçadão. Gaivotas grasnavam e desciam a pique lá do alto. O sol brilhava forte.

– É, entre, Arthur. – Miriam estava parada, olhando para ele. O sol atrás dela fazia com que parecesse que tinha um halo dourado no cabelo. Ele admirou a silhueta das suas pernas através do vestido branco translúcido.

Sentou-se na areia, a calça enrolada nos tornozelos. O suor se formava debaixo da sua regata mostarda.

– Estou um pouco cansado – ele disse. – Só vou dar uma deitada na areia e olhar vocês três. Vou ver quais as notícias de hoje. – Deu um tapinha em seu jornal.

– Você pode fazer isto a qualquer hora. Entre com a gente. Podemos relaxar esta noite, quando as crianças estiverem na cama. Arthur sorriu. – Vou ficar aqui. Vá nadar com as crianças. – Ele estendeu a mão e arrepiou o cabelo de Lucy.

Sua esposa e as duas crianças ficaram paradas olhando para ele por alguns segundos, antes de desistirem de convencê-lo. Ele observou-as dando as mãos e correndo para o mar. Por um instante, quase se levantou e correu atrás delas, mas elas desapareceram num mar de guarda-sóis e toalhas coloridas. Tirou a camiseta, enrolou-a e a colocou debaixo da cabeça.

Mas como isto era um sonho, ele conseguia refazer os acontecimentos na cabeça. Desta vez, quando sua esposa ficou parada ao lado dele, convidando-o a entrar na água, ele concordou. Porque sabia que talvez nunca mais tivesse um momento desses. Porque sabia que seu tempo com as crianças era precioso, e sabia que, no futuro, Dan moraria a milhares de quilômetros de distância, e que Lucy estaria longe. Sabia que haveria inúmeras vezes, nos anos futuros, em que desejaria estar novamente na praia com sua família.

Então, desta vez, em seu sonho, levantou-se e pegou as mãozinhas grudentas e cheias de areia de Dan e Lucy. Correram pela areia juntos, os quatro em fila, rindo e gritando. E ele chutou o mar até sua calça ficar ensopada até as coxas, deixando seus lábios salgados. Miriam caminhava até ele. Ria e arrastava os dedos na água. Lucy agarrou suas pernas e Dan se sentou com o mar batendo em volta da sua cintura. Arthur passou o braço ao redor da cintura da esposa, puxando-a para ele. Viu que seu nariz ganhara sardas, e suas faces estavam rosadas pelo sol. Não havia lugar em que quisesse estar mais do que este. Inclinou-se para ela, sentindo sua respiração em sua boca e...

– Arthur. *Arthur!*

Sentiu uma mão em seu joelho.
– *Miriam?*
Abriu os olhos. Seu momento com a esposa e as crianças sumiu abruptamente. Bernadette debruçava-se do seu assento dianteiro. Sua porta estava aberta. Ele podia ver extensões de asfalto cinza.
– Você cochilou. Estamos no posto de gasolina. Preciso ir ao toalete.
– Ah. – Arthur piscou, reajustando-se ao mundo real. Ainda podia sentir a mão de Miriam na sua. Queria tanto estar com ela, beijar seus lábios! Recompôs-se de sua posição largada.
– Onde estamos?
– Já estamos quase em Birmingham. As estradas estão calmas. Venha esticar as pernas.

Ele fez o que lhe diziam, e saiu do carro. Dormira por duas horas. Enquanto caminhava para o bloco de construção cinza, desejou poder voltar para o sonho e estar novamente com sua família. Parecera tão real! Por que não apreciara esses momentos enquanto estavam acontecendo?

Vagou pela banca de revistas, comprou um *Daily Mail*, e depois um café num copo de papelão em uma máquina, do lado de fora. Tinha gosto de terra. A banca de revistas retinia ao som das máquinas de jogos, suas luzes coloridas brilhando e soltando animadas músicas eletrônicas. Dava para sentir o cheiro de anéis de cebola frita e água sanitária. Colocou com cuidado seu café pela metade no lixo, e foi ao banheiro.

De volta ao carro, viu-se sozinho com Nathan.

O garoto estava sentado novamente, com os pés no painel, exibindo uma porção de tornozelo leitoso. Na parte de trás, Arthur abriu o jornal. Haveria uma onda de calor nos próximos dois dias. O maio mais quente em décadas. Pensou na terra de Frederica, e desejou que se mantivesse úmida.

Nathan pegou um enrolado amarelo do seu pacote de salgadinhos. Depois de levar o maior tempo que Arthur já vira alguém comendo um salgadinho, finalmente disse:

— E aí, você e a minha mãe, você *sabe*...
Arthur esperou a próxima parte da frase, que não chegou.
— Me desculpe, eu...
— Você e minha mãe. Vocês, você sabe, está rolando alguma coisa? — Ele então fingiu um sotaque elegante, enquanto se virava para olhar para Arthur. — Vocês estão *namorando*?
— Não. — Arthur tentou não soar horrorizado. Ficou imaginando de onde Nathan poderia ter tirado esta ideia. — Com certeza não. Somos só amigos.
Nathan assentiu solenemente.
— Então, você tem um quarto separado na pousada.
— Claro que tenho.
— Só estava pensando.
— Com certeza somos só amigos.
— Eu reparei que ela faz pra você umas coisas salgadas, tortas e outras merdas. Os outros só recebem coisas doces.
Suas outras *causas perdidas*, Arthur pensou. O maluco do sr. Flowers, a confinada sra. Monton e cia.
— Eu realmente sou agradecido pelos esforços da sua mãe em relação a mim. Estou passando por um período difícil e ela tem sido de grande ajuda. Prefiro salgados a doces.
— Ah, é. — Nathan acabou de mastigar seus salgadinhos. Dobrou o pacote, deu um nó, depois o colocou debaixo do nariz, usando-o como bigode. — Mamãe sente prazer em ajudar pessoas. É uma verdadeira santa.
Arthur não sabia se ele estava sendo sarcástico ou não.
— Sua esposa morreu, não foi? — Nathan disse.
— É, morreu.
— Isto deve ter sido uma bela merda, né?
Por um segundo, Arthur teve vontade de pular para o banco da frente do carro e arrancar o pacote de salgadinhos debaixo do nariz de Nathan. Com que facilidade os jovens conseguem desconsiderar a morte, como se ela fosse um país bem longe que eles jamais visi-

tarão. E como ele se atrevia a falar com tanta leviandade de Miriam! Enterrou as unhas no assento de couro. Suas faces queimavam, e ele olhou pela janela, para evitar encarar o olhar de Nathan no espelho retrovisor.

Uma mulher de camiseta preta estampada com um texugo arrastava, pelo estacionamento, sua filha pequena, que estava aos berros. A menininha segurava com força uma embalagem de McLanche Feliz. Uma senhora saiu de um Ford Focus vermelho e também começou a gritar. Apontava para a embalagem. Três gerações da família brigando por causa de um hambúrguer do McDonald's.

Arthur tinha que responder a Nathan, porque seria grosseiro não fazê-lo, mas não ia perder tempo descrevendo como se sentia.

– É, uma bela merda – respondeu, sem nem mesmo perceber que tinha dito um palavrão.

– Então, lá vamos nós – Felizmente, a porta da frente se abriu e Bernadette enfiou uma série de sacolas carregadas no chão do carro. Procurou, então, se curvar até o seu assento, para se encaixar no meio delas. – Prontos para zarpar? – perguntou, colocando o cinto de segurança.

– O que você tem aí, mãe? Só tem um Mac e uma banca nesse lugar – Nathan disse.

– Só algumas revistas, refrigerantes, achocolatado, coisas pra viagem. Você e Arthur podem ficar com fome.

– Não tem comida no porta-malas?

– Tem, mas é bom ter algumas coisas frescas.

– Pensei que a gente ia tomar lanche na pousada – Nathan disse. – Vamos chegar lá em uma hora.

Arthur sentiu-se desconfortável. Bernadette só estava tentando agradar.

– Na verdade, uma coisinha iria bem – disse, tentando apoiá-la, ainda que não estivesse com a mínima fome. – Uma bebida e alguma coisa para enganar o estômago seriam perfeitas.

Foi recompensado com um sorriso caloroso, um Twix tamanho gigante e uma garrafa de dois litros de Coca-Cola.

※

Seu quarto na pousada era minúsculo, apenas com espaço suficiente para uma cama de solteiro, um armário capenga e uma cadeira. A pia, a menor que ele já tinha visto, ficava num canto, com um sabonete embrulhado, do tamanho de um queijo Babybel. O chuveiro e o vaso sanitário (a proprietária informou-o) ficavam no andar acima. Nada de banhos após as nove da noite, e era preciso dar uma descarga firme no vaso, ou nem tudo iria embora.

Arthur não conseguia se lembrar da última vez em que tinha dormido numa cama de solteiro. Parecia muito estreita e confirmava sua condição de viúvo. Mas a roupa de cama era clara e fresca, e ele se sentou ao lado da cama, olhando pela janela de guilhotina. Uma gaivota andou se exibindo pelo peitoril, e a vista do parque do outro lado da rua era agradável.

Geralmente, a primeira coisa que ele e Miriam faziam ao chegar a um quarto numa pousada era tomar uma boa xícara de chá e ver que tipo de biscoito era oferecido como cortesia. Juntos, eles tinham criado um sistema de classificação. Obviamente, não receber biscoito algum contava com um grande e redondo zero. Digestivos davam dois pontos. Recheados com creme eram um pouco melhor, chegavam a pontuar quatro. Quanto aos Bourbons, ele, originalmente, pontuava como cinco, mas passou a gostar deles, e subiu para seis. Qualquer biscoito com gosto de chocolate, sem conter nem um pouco, tinha que ser admirado. Subindo na escala estavam os biscoitos chiques, normalmente oferecidos pelas cadeias de hotéis maiores – os *cookies* de limão e gengibre ou com gotas de chocolate, que chegavam a um oito. Para conseguir um dez, os biscoitos tinham que ser feitos em casa, pelos proprietários, e isto era muito raro.

Aqui, havia um pacote com dois biscoitos de gengibre. Eram perfeitamente aceitáveis, mas a visão deles na embalagem deixou-o com o coração apertado. Tirou um e comeu; depois, dobrou o pacote e o colocou de volta na bandeja. O biscoito restante era o de Miriam. Não conseguiu se convencer a comê-lo.

Ainda havia duas horas antes do horário para se encontrar com Bernadette e Nathan para a refeição noturna que fariam no restaurante, lá embaixo. Ele e Miriam normalmente vestiriam suas jaquetas e fariam uma caminhada exploratória para se situar e planejar o que fariam no dia seguinte. Mas ele não queria sair sozinho. Não fazia muito sentido descobrir as coisas sozinho. Pela janela, observou Nathan indo em direção ao parque. Tinha uma mão enfiada no bolso e fumava um cigarro. Arthur se perguntou se Bernadette sabia deste mau hábito.

Tirou a caixa do bolso e a abriu no peitoril da janela. Ainda que a esta altura estivesse acostumado a vê-la, manuseá-la, ainda não conseguia relacionar a pulseira com a esposa. Não podia imaginar algo tão volumoso e chamativo, pendurado em seu punho delgado. Ela sentia orgulho por ter um gosto elegante, e frequentemente era confundida com uma francesa, por causa do seu jeito clássico de se vestir. Na verdade, frequentemente dizia que admirava a maneira como as senhoras francesas se vestiam, e que um dia gostaria de ir a Paris. Dizia que era chique.

Quando começou a se sentir doente, a sentir o peito apertando, a respiração curta, mudou a maneira de se vestir. Suas blusas de seda azul-marinho, as saias creme e as pérolas foram substituídas pelos cardigãs amorfos. Seu único objetivo era manter-se aquecida. Chegava até a tremer quando o sol batia na sua pele. Usava sua jaqueta no jardim, o rosto inclinado bravamente para o sol, como se o desafiasse. "Ah! Não consigo sentir você."

– Simplesmente não entendo por que você não me contou sobre a Índia, Miriam – ele disse em voz alta. – A história do sr. Mehra foi uma tristeza, mas não havia nada nela para você se envergonhar.

Uma gralha parou do outro lado da janela, olhando para ele, e depois pareceu olhar para a pulseira. Arthur bateu na janela. – Xô! – Segurou a caixa junto ao peito e observou os pingentes com atenção. A flor era feita de cinco pedras coloridas, ao redor de uma pérola minúscula. A paleta de tintas tinha um pincel minúsculo, e seis gotinhas de esmalte representando tinta. O tigre rosnava, expondo dentes pontudos de ouro. Olhou novamente para seu relógio. Havia ainda uma hora e quarenta e cinco minutos até o jantar.

Se estivesse em casa, a esta hora já teria comido. Ele e Miriam sempre jantavam pontualmente às 5h30, e ele mantinha a tradição. Arrumava a mesa enquanto ela cozinhava. Depois de comerem, ele lavava e ela secava as panelas. O único dia fora desta rotina era sexta-feira, dia de peixe com fritas, quando eles se sentavam em frente à TV, e comiam peixe, batatas fritas e purê de ervilhas, direto da bandeja de poliestireno. Ele se deitou na cama com as mãos atrás da cabeça. A comida não era a mesma sem sua esposa.

Para preencher o tempo, começou a pensar no dia seguinte. Duvidava que fosse conseguir sua xícara de chá e o café da manhã na hora costumeira. Leu os horários de trem que tinha anotado num pedaço de papel e os decorou. Imaginou lorde Graystock caminhando em sua direção com a mão estendida, e cumprimentando-o como a um velho amigo. Depois, tentou imaginar Miriam ajoelhada na poeira, jogando bolinhas de gude com crianças pequenas na Índia. Era difícil demais para compreender.

Só havia passado dez minutos, então Arthur pegou o controle remoto da TV em miniatura, pendurada torta na parede do quarto. Ligou-a, percorreu todos os canais e começou a assistir aos vinte últimos minutos de um episódio de *Columbo*.

5

LUCY E O JABUTI

Lucy Pepper ficou parada na soleira de sua velha casa e olhou para cima, para a janela do seu antigo quarto. Toda vez que voltava, a casa parecia encolher de tamanho. Antes, parecia tão espaçosa com ela e Dan correndo pela escada para cima e para baixo, e mamãe e papai sentados, lendo na sala de visitas! Eles estavam sempre juntos, como dois cachorros de porcelana colocados em extremidades opostas no consolo da lareira.

Seu pai, antes forte e ereto, agora também parecia muito menor. Suas costas estavam curvas; o cabelo preto que ela adorava puxar, e vê-lo voltando para o lugar, agora era rijo e branco. Tudo tinha acontecido muito rápido. A inocência de ser jovem e pensar que seus pais durariam para sempre tinha sido quebrada.

Tudo o que Lucy sempre quisera era ser mãe. Desde pequena, quando costumava fingir que suas bonecas eram seus bebês, tinha se imaginado com dois filhos. Se seriam um menino e uma menina, dois meninos ou duas meninas, não importava. Aos trinta e seis anos, já deveria ser mãe com crianças começando a andar. No Facebook, uma de suas colegas de classe era até avó. Ela sonhava em sentir o toque de beijinhos pegajosos em seu rosto.

Nesses dias, aquilo parecia algo estranho de se admitir. Não deveria estar se esforçando por uma carreira brilhante, ou desejando viajar pelo mundo? Mas queria ser como sua mãe, Miriam, que fora tão feliz cuidando dos filhos. Ela e o pai tiveram o casamento perfeito. Nunca discutiam. Riam com as bobagens um do outro, e ficavam de mãos dadas. Lucy tinha achado estas coisas um pouco embaraçosas quando era mais nova: seus pais passeando com os braços em volta da cintura um do outro, como se fossem namorados adolescentes. Foi somente quando ela mesma começou a namorar, e parecia não conseguir encontrar alguém que pusesse a mão em suas costas ao atravessar a rua, como se ela fosse preciosa, que percebeu o que seus pais tinham. Logicamente, ela não precisava de proteção, já que era faixa marrom no caratê, mas seria agradável sentir isso.

Seu irmão, Dan, nunca tinha demonstrado qualquer interesse em ser pai. Estava concentrado em estabelecer seu próprio negócio, ou fazer carreira no exterior. Parecia injusto que ele e sua esposa, Kelly, tivessem conseguido fazer brotar duas lindas crianças assim que tentaram. Dan sempre parecia ter sorte, enquanto Lucy sentia ter que lutar para conseguir qualquer coisa, fosse com seu casamento, em seu relacionamento com o pai, ou em seu trabalho.

Ao se deitar na cama, à noite, e pensar em sua vida ideal, via-se no parque com seu marido e seus filhos, rindo e empurrando os balanços. Sua mãe também estaria presente, com um suprimento de lenços de papel à disposição, e beijos para joelhos ralados.

Mas a mãe não estava aqui, e nunca mais estaria. Nunca veria ou seguraria os netos que Lucy ainda não havia gerado.

Como professora em uma escola primária, Lucy notara que as mães que deixavam os filhos na escola agora eram mais novas do que ela. Fazia uma careta ao pensar no tempo que desperdiçava com Anthony. Ele insistiu que eles deveriam ter só mais umas férias no exterior, antes que ela jogasse fora as pílulas anticoncepcionais. Ou que deveriam se dar ao luxo de um novo sofá, antes de começarem a fazer bebês. As prioridades dos dois eram diferentes.

Ela largou as pílulas mesmo assim, sem que ele soubesse. Ao contrário da sua costumeira atitude cautelosa, sabia que, nesta situação, tinha que se tornar uma pessoa "faça agora, pense depois". Se dependesse de Anthony, ele ainda estaria refletindo sobre ter ou não filhos quando chegasse aos cinquenta anos. De qualquer modo, em algumas semanas ela estaria grávida e então, após alguns meses, já não estaria.

Anthony tinha ido embora, agora, e a mãe também. E com eles, os sonhos de Lucy de ter uma família haviam se evaporado como perfume derramado sob o sol.

Ela ainda se recriminava por não ter ido ao funeral da mãe. Que tipo de filha aquela atitude fazia dela? Uma droga de filha, era isso. Deveria ter estado lá para se despedir. Mas foi impossível. Não tinha nem ao menos conseguido contar ao pai o motivo de não poder comparecer. O recado que escreveu e enfiou debaixo da porta dizia:

Sinto muito, papai. Não vai dar. Despeça-se da mamãe por mim. Amor, Lucy.

Depois, tinha voltado para a cama, e não se levantara por uma semana.

Seu pai tinha estabelecido uma rotina. Sua vida era organizada e estável. Quando ela o visitava, sentia-se como um incômodo. Ele olhava constantemente para o relógio, e realizava tarefas à sua volta como se ela não estivesse lá, como se eles dois existissem em universos paralelos. Em sua última visita, tinha esquentado água na chaleira e feito duas xícaras de chá. Seu pai recusara-se a bebê-lo, dizendo que só tomava chá às 8h30 da manhã, às 11 horas e às vezes uma xícara às três. Era como visitar um obsessivo.

Desejou que sua mãe ainda estivesse lá para repreendê-lo. Ainda esperava encontrá-la sentada à mesa da cozinha, ou podando as roseiras no jardim. Viu-se estendendo a mão para colocá-la delicadamente nos ombros reduzidos da mãe.

Lucy gostaria que seu irmão demonstrasse mais interesse por sua vida e pela do pai. O relacionamento dele com o pai sempre tinha algo de desconfortável, como se os dois homens não conseguissem aceitar a personalidade e as maneiras um do outro. Eles eram como duas peças de quebra-cabeça, com a mesma porção de céu, mas que não se encaixavam. Agora que a mãe tinha partido, isso ficava mais evidente, e Lucy tinha que lembrar ao pai e a Dan como e quando se comunicar.

Quando Lucy voltava para casa, após uma hora frustrante com seu pai, desejava que alguém estivesse lá, esperando para abraçá-la e lhe dizer que tudo ficaria bem.

Agora fazia seis meses que Anthony caíra fora do casamento. Era um tremendo clichê, mas um dia ela havia chegado em casa depois do trabalho e encontrara a mala dele no corredor de entrada. De início, pensou que ele pudesse estar indo viajar a trabalho, e se esquecera de lhe dizer. Mas quando ele surgiu atrás da mala, ela *soube*. Ele olhava para o chão. – Não está dando certo, Lucy. Nós dois sabemos que não está.

Ela não tinha querido implorar. Olhando para trás, aquilo parecia tão fraco! Mas *implorou*. Disse-lhe que queria que ele ficasse, que ele era o futuro pai dos seus filhos; que não importava a merda que eles tinham enfrentado no ano anterior, agora era tudo passado, eles podiam seguir em frente. Ela sabia que o tinha deixado de lado com a morte da mãe. E desde que eles perderam o bebê.

Mas ele sacudiu a cabeça. – Tem havido tristeza demais. Quero ser feliz. Quero que você seja feliz. Mas a gente não pode ser com toda a história entre nós. Precisamos nos separar, deixar de insistir nisso. Tenho que ir.

E justo no mês passado, sob a desolada luz branca do corredor dos doces da cooperativa, ela tinha visto Anthony empurrando um carrinho de compras com outra mulher. Ela se parecia um pouco com Lucy, com o cabelo no corte Chanel e pescoço longo.

Lucy seguiu-os pela ala dos sucos de frutas, e pela de sobremesas congeladas, mas depois desistiu. Se Anthony a visse, pensaria que ela o perseguia. Ele a apresentaria para sua nova namorada, e Lucy teria que sorrir e dizer que era bom vê-lo novamente, mas que só tinha dado uma passada para pegar uns morangos frescos, e agora precisava voar. Quando não estivesse ao alcance de ouvi-los, ele cochicharia para sua nova namorada: – Aquela é minha ex-mulher. Ela perdeu nosso bebê com quinze semanas de gravidez, e nunca mais foi a mesma. Foi como se uma luz tivesse se apagado, ou coisa assim. Tive que cair fora. – E sua namorada demonstraria simpatia, e apertaria a mão de Anthony para lhe assegurar de que ela era superfértil, e que se ele quisesse uma família, seu corpo não falharia.

Lucy controlou-se junto aos caixas, mas, quando foi deixar seu carrinho, começou a chorar. Forçou-o contra o que estava à frente, mas ele não se encaixou. Foi embora deixando seu *token*, desenhado com a rosa branca Yorkshire entre as grades do carrinho. Um homem com um pescoço da mesma grossura da cintura ofereceu-lhe um lenço de papel, e ela assoou o nariz, foi para casa e bebeu meia garrafa de vodca.

Depois disso, mudou seu sobrenome de volta para Pepper. De qualquer modo, Lucy Pepper soava muito melhor do que Lucy Brannigan. Em silêncio, e rapidamente, varreu a casa das lembranças de Anthony e enfiou todos os folhetos de leite para bebês, cupons para fraldas e absorventes de seios na lixeira de reciclagem. Seu antigo nome fez com que se sentisse mais forte, mais equipada para voltar a enfrentar a vida.

E agora estava parada em frente a casa onde crescera, onde seus pais tinham trocado sua própria fralda milhares de vezes. Foi invadida por uma sensação de aconchego. Sorriu e tocou a campainha. Através do vidro da porta da frente, estampado de margaridas, viu o casaco do pai pendurado no corredor. Havia uma pilha de correspondência no capacho. Estranho que ele ainda não a tivesse recolhido.

Tocou a campainha novamente e deu uma batida com a aldrava. Nada.

Olhando para cima, viu que as janelas estavam fechadas. Andou pela passagem ao lado da casa até o jardim dos fundos, mas nem sinal dele.

Apertou os olhos contra a claridade do sol. Talvez, se o encontrasse, pudesse convencê-lo a ir até o centro de jardinagem. O dia estava lindo.

Fazia uma hora que tinha acabado de trabalhar. Era dia de esportes na escola, e realmente ela deveria estar lá, fazendo curativo nos joelhos ou ajudando a servir refresco de laranja. Mas, quando viu as crianças aos tropeços na corrida do ovo na colher, sentiu uma intensa necessidade de estar com o pai. Com Dan na Austrália, e a ausência da mãe, ele era o único da família que estava próximo. Pretextou uma enxaqueca e pegou o carro, afastando-se das risadas e dos aplausos, quando começava a corrida de revezamento.

Ficou na ponta dos pés, colocou as mãos em torno dos olhos e espiou pela janela dos fundos. Frederica, a trepadeira, parecia um pouco deprimida. Suas folhas estavam um pouco curvas dos lados. Seu pai tinha se tornado obcecado por aquela planta.

Então, foi tomada por um pensamento terrível. *Ele podia estar morto*. Podia ter caído da escada, ou morrido na cama, como a mãe. Podia estar esticado no chão do banheiro, incapaz de se mover. *Ai, Deus*. O pânico começou a borbulhar no seu estômago. Voltou para a frente da casa.

– Posso ajudar? – um homem gritou do jardim em frente. Era o vizinho do pai, que usava uma bandana. Lucy já o tinha visto antes. Conforme ele se inclinou em seu cortador de grama, parecia estar carregando uma pequena vasilha marrom de ponta-cabeça.

– Vim visitar meu pai. Ninguém responde. Tenho medo de que ele possa ter caído ou coisa assim. Você é o Terry, não é? – Lucy olhou nos dois sentidos e depois atravessou a rua.

– Sou eu. Não precisa se preocupar. Seu pai saiu hoje de manhã com uma mala.

Lucy passou a mão pelo cabelo.

– Uma mala? Tem certeza?
– Aham. Acho que ele estava indo para a casa daquela mulher. A que tem o cabelo cor de morango.
– Bernadette?
Em certa ocasião, Lucy apareceu para ver o pai e encontrou esta senhora sentada à mesa da cozinha, no lugar da mãe. Tinha feito enroladinhos de salsicha. Lucy não cozinhava. Enfiava coisas no micro-ondas ou no forninho.
– Não sei o nome dela. Eles entraram num carro. Tinha um rapaz dirigindo. O cabelo dele caía sobre um olho. Fiquei imaginando se ele conseguiria ver direito a rua.
– Meu pai disse aonde ia?
Terry sacudiu a cabeça. – Não. Você é filha dele? Vocês têm os mesmos olhos.
– Temos?
– Aham. Ele não disse aonde ia. Seu pai não é muito de falar, é?
– Pra falar a verdade, não.
Lucy estreitou os olhos. A pequena vasilha marrom nas mãos de Terry mexeu-se. Surgiu uma cabeça, e dois olhos olharam para ela.
– Ah, isto que você está carregando é um jabuti?
Terry confirmou com a cabeça. – Ele escapa do vizinho. Gosta da minha grama, mas eu não sei o porquê. Gosto de manter minha grama bem aparadinha. Não sobra muito pra esta coisinha aqui comer. Toda vez que ele escapa, eu pego e devolvo. Pertence aos dois moleques ruivos que vivem descalços. Você os conhece?
Lucy disse que não.
– Quer que eu diga para seu pai que você andou procurando por ele, se eu o vir?
Lucy disse que seria bom, e que ela também telefonaria para ele. Ficou cismada com o motivo de ele estar com uma mala, e para onde teria ido. Já era bem difícil convencê-lo a ir até o centrinho comprar leite.

– Talvez você devesse deixar o jabuti andar por aí por um tempo. Pode ser que acalme esse desejo dele por aventura. Aí, ele pode se sentir feliz de ficar no seu cercado, ou seja lá onde for a sua casa.

– Nunca pensei nisso. – Terry virou o jabuti de frente para ele.

– O que você acha dessa ideia, hein, cara?

– Obrigada pela ajuda! – Lucy gritou, distraída, por cima do ombro, enquanto atravessava a rua de volta.

Contornou a casa até os fundos, novamente, e se sentou na beirada de um grande vaso. Digitou o número do pai no celular. Ele tocou cerca de vinte vezes, como acontecia normalmente, enquanto ele tentava se lembrar de onde o teria posto, ou qual tecla apertar. Por fim, ele respondeu:

– Alô. Aqui é Arthur Pepper falando.

– Pai, é a Lucy – ela disse, aliviada por ouvir sua voz.

– Ah, oi, amor.

– Estou na sua casa, mas você não está.

– Eu não sabia que você viria.

– Eu... Meio que queria ver você. Seu vizinho, aquele que ama a grama dele, disse que o viu com uma mala.

– Ele está certo. Resolvi visitar o Solar Graystock. É o lugar onde vivem os tigres, em Bath.

– Eu ouvi falar nisso. Mas, pai...

– Bernadette e o filho dela, Nathan, iam praqueles lados, e me convidaram pra vir junto.

– E você quis ir?

– Bem, o Nathan está sondando as universidades. Eu, hum... Bem, achei que poderia dar uma variada.

Lucy fechou os olhos. Seu pai não tomava nem uma xícara de chá com ela se não estivesse agendado, e agora saía com sua vizinha de cabelos de fogo. Ele tinha se enfurnado em casa por um ano. Ela sentiu que havia algo meio esquisito nesta viagem repentina, que seu pai estava escondendo alguma coisa.

– É bem longe pra "dar uma variada", assim de uma hora pra outra.

– Fez com que eu saísse de casa.

Lucy preocupara-se que seu pai pudesse ficar vulnerável, morando sozinho. Os jornais estavam cheios de histórias sobre aposentados ingênuos. Agora, não sabia o que pensar. Por que ele tinha concordado em ir com Bernadette até Bath, quando ela não conseguia fazê-lo ir até o centro de jardinagem dar uma volta pelos canteiros de plantas? Tentou controlar a ansiedade para que não transparecesse na sua voz.

– Quando você volta?

– Não sei a que horas eu volto. Estou numa pousada agora, e amanhã vou para Graystock. De qualquer modo, agora preciso desligar, querida. Ligo quando chegar em casa, tudo bem?

– Pai... *Pai*. – A linha ficou muda. Lucy olhou para o seu celular.

Estava prestes a ligar para ele de novo, mas começou a pensar nos seus outros hábitos estranhos, suas rígidas rotinas. Sempre que ela o via, ele estava com aquela camiseta mostarda horrorosa. Há semanas ele não telefonava para ela. Conversava com sua planta.

Ela nunca tinha pensado nos pais como pessoas velhas, até que a mãe morrera. Mas agora ela pensava. Se seu pai não conseguisse mais se virar sozinho, ela teria que começar a procurar uma ajuda doméstica, ou até um lar de idosos. Ficou imaginando com que rapidez ele perderia a lucidez.

Ficou com a boca seca, enquanto se imaginava ajudando-o a subir a escada, alimentando-o, levando-o ao banheiro. Em vez de cuidar de um bebê, teria o pai.

Levantou-se e seus joelhos fraquejaram, enquanto ela se dirigia para o portão do jardim. Além de tudo o que dera errado em sua vida, agora ela teria que lidar com seu pai sucumbindo à demência.

6

A POUSADA

O café da manhã estava sendo servido no andar térreo da pousada e tinha um cheiro delicioso. Em casa, ele e Miriam só comiam cereais. Se ele quisesse torrada, teria que ser com margarina Flora, e não com manteiga Anchor ou Lurpak. Miriam dizia que ele precisava cuidar do seu colesterol, ainda que o médico tivesse dito que, no exame que fizera, o colesterol estava baixo. Arthur se acostumara a acordar e sentir o cheiro apenas de lençóis de algodão recém-lavados, e não de um completo café da manhã inglês, com ovos, bacon, salsichas e coisas do gênero. Aquilo era um luxo. Mas se sentiu culpado porque a esposa não estava ali para apreciá-lo também.

Apesar de ter cochilado no carro no dia anterior, a caminho da pousada, tinha dormido a noite toda. Naquela manhã, foi acordado pelas gaivotas, grasnando lá no alto, e sapateando no telhado.

Depois do telefonema de Lucy na noite passada, sentiu-se muito cansado. Bateu à porta de Bernadette, e perguntou se ela se importaria se ele não fosse jantar com ela e Nathan. Estava tentado a dormir cedo, e a veria na manhã seguinte. Bernadette concordou, mas o olhou de modo a demonstrar sua profunda decepção.

Ele tomou uma ducha, vestiu-se e se barbeou, e foi até a sala de café da manhã, um local festivo, com toalhas de plástico, narcisos de seda e cartões-postais litorâneos, emoldurados, pendurados nas paredes. Bernadette e Nathan já estavam sentados a uma mesa para quatro, perto da janela.

– Bom dia – ele disse, animado, juntando-se a eles.

– Dia – Nathan conseguiu dizer, enquanto espetava as flores de seda com sua faca.

– Bom dia, Arthur – Bernadette disse. Ela estendeu o braço e abaixou a mão do filho. – Dormiu bem?

– Feito uma pedra, pra falar a verdade. E você?

– Não tive uma boa noite. Acordei por volta das três, e minha cabeça começou a se encher de coisas. Não consegui relaxar.

Arthur estava prestes a perguntar no que ela estivera pensando quando uma garçonete, com uma elegante saia preta e blusa amarela, ofereceu chá ou café. Ele reparou que ela tinha uma âncora tatuada em um punho e uma rosa no outro. Esta parecia uma tendência preocupante entre os jovens. Não conseguia entender por que uma menina tão bonita desejaria se parecer com um marinheiro. Depois, ele se repreendeu por ser tão crítico. Miriam sempre o encorajara a ser mais liberal.

– Gosto das suas tatuagens. – Ele sorriu. – Muito bonitas.

A garçonete dirigiu-lhe um sorriso confuso, como se soubesse que as tatuagens pareciam ter sido feitas por um bebê começando a andar, que tivesse tido acesso a uma agulha e a um vidro de tinta. Arthur pediu chá e um café da manhã inglês completo, menos os tomates grelhados.

Ele e Bernadette levantaram-se na mesma hora e foram até o aparador, que continha pequenas caixas de cereais e uma jarra de vidro com leite. Arthur pegou flocos de arroz, e os levou para a mesa. Bernadette pegou duas caixas de sucrilhos.

– Estas caixas nunca têm quantidade suficiente – ela disse.

Os três comeram em silêncio. Nathan parecia que a qualquer momento cairia dormindo na mesa; sua cabeça tombava e o cabelo quase entrava na tigela.

Depois de terminarem, a garçonete levou as tigelas e trouxe o café da manhã da cozinha.

— Estas salsichas estão parecendo deliciosas — Arthur disse a Nathan, tentando conversar.

— Tá.

— Você quer dizer estão — Bernadette corrigiu.

O rosto de Nathan não tinha expressão. Ele espetou uma salsicha inteira e a comeu direto do garfo. Arthur viu-se muito tentado a chutar seu pé debaixo da mesa. Tinha certeza de que Bernadette lhe havia ensinado excelentes maneiras à mesa.

— Hoje nós vamos dar uma olhada na primeira universidade. Parece que será bem boa — Bernadette disse. — Você vem com a gente, Arthur?

— Se você não se importar, vou direto pra Graystock. Vou pegar o trem pra Bristol, e de lá faço baldeação pra Bath.

— Tenho certeza de que lá só abre às sextas e aos sábados, e hoje é terça.

— Não é preciso estar aberta ao público. Posso bater à porta.

— Acho que talvez você devesse telefonar antes...

Ele não estava no clima de lhe dizerem o que fazer. Estava bem resoluto, e tinha decidido seguir até o fim em sua missão. Cortou o bacon.

— E depois, onde a gente o pega?

— Não vou pedir pra vocês fazerem isto. De lá, vou por minha conta direto pra casa.

O rosto de Bernadette caiu um pouco.

— Você não pode fazer isto. Vai levar um tempão. A gente só reservou uma noite aqui.

— Vocês já fizeram o bastante por mim — Arthur disse com firmeza. — Vou fazer a visita, e depois ver o que acontece no restante do dia.

— Bom, não se precipite. Me ligue e me conte. Sinta-se à vontade para viajar de volta com a gente. Mas eu quero voltar a tempo para a minha aula.

– Aula?
– Mamãe faz dança do ventre. – Nathan deu uma risadinha.
Arthur refletiu. Uma imagem indesejada de Bernadette com *chiffon* roxo, e sacudindo o quadril, irrompeu na sua mente.
– Eu não sabia disso. Parece, hum, energético.
– Me faz exercitar um pouco.
Nathan deu nova risadinha.
Bernadette ignorou-o.
– Como está seu bacon, Arthur? – perguntou.
– Ótimo – Arthur disse. Estava feliz por passar um tempo sozinho, hoje. O que quer que descobrisse em relação a Miriam, tinha que ser em particular. Queria ficar sozinho com seus pensamentos.
– Gosto do bacon bem torradinho. E não se preocupe comigo. Vou ficar muito bem visitando a mansão, sozinho.

7

O TIGRE

Bernadette e Nathan deixaram Arthur na estação de trem de Cheltenham. Depois de chegar a Bath, ele decidiu caminhar os três quilômetros até o Solar Graystock.

Na hora, pareceu-lhe uma boa ideia. O sol aparecera e os passarinhos cantavam. Arthur partiu feliz, puxando a mala pelo saguão da estação, depois pela fila de táxis pretos. Seguindo um mapa que tinha rabiscado em um pedaço de papel, atravessou uma pequena rotatória, depois caminhou até a estrada B, que seguia para a propriedade senhorial. Sentiu-se muito aventureiro, orgulhoso de si por ter tomado esta decisão. Avançava a passos largos e decididos.

Logo o calçamento terminou e ele se viu atravessando urtigas e tojos que espetavam seus tornozelos. O terreno era irregular e desejou estar usando seus sólidos brogues, em vez dos mocassins de camurça cinza. Era praticamente impossível puxar sua mala de rodinhas pelas pedras e cascalhos que assinalavam o caminho. Alternou-se entre arrastá-la e carregá-la.

– Oi, vovô. – Um carro esporte vermelho-escuro passou velozmente, e ele teve certeza de que o traseiro de alguém estava para fora da janela traseira.

Depois de cerca de mais de um quilômetro, o caminho estreitou-se. Ele se viu imprensado entre uma sebe e uma larga mureta elevada. Incapaz de seguir adiante com sua mala, parou e ficou com as mãos nos joelhos enquanto recuperava o fôlego. O mais longe que havia andado desde a morte de Miriam fora até a agência dos correios. Estava seriamente fora de forma.

Havia uma abertura na sebe e ele se levantou e observou um mangangá. Vacas ruminavam placidamente. Admirou um trator vermelho arando o campo. Pôs-se novamente a caminho, mas havia uma pilha de tijolos e uma cesta de compras de arame no seu trajeto. Foi a última gota. Não conseguia suportar mais arrastar a mala. Pegou-a e a empurrou pela abertura da sebe, depois arrumou a folhagem em volta dela de novo.

Olhando ao redor, tomou nota mentalmente do lugar. Estava em frente a uma placa anunciando uma feira de produtos usados naquele domingo, e em frente a outra que dizia "Fazenda Longsdale, 1,5 km". Faria sua visita a Graystock, e depois pegaria a mala no caminho de volta. Ela era feita de nylon reforçado, portanto não faria mal ficar por um tempo na sebe.

Agora estava mais leve e mais ligeiro. Normalmente, Miriam era quem planejava o que levar nas viagens. A casa ficava infestada de pequenas pilhas de coisas: roupas íntimas, seus produtos de barbear, embalagens duplas de biscoitos e filtros solares com todos os tipos possíveis de fatores de proteção. Ele tinha sérias dúvidas de que ela fosse ficar impressionada com o fato de ele esconder sua mala em um arbusto. No entanto, sentiu-se muito satisfeito consigo mesmo. Estava sendo engenhoso, tomando decisões e seguindo em frente.

Graystock ainda estava um pouco longe, e ele continuou, sem parar para admirar as pimentas chapéus-de-frade que apontavam sob as sebes, ou os campos amarelos de couve-nabiça. Recusou a carona de duas loiras atraentes que pararam ao seu lado em seu conversível prateado, e também informou a um tratorista que agradecia a gentileza, mas não estava perdido. As pessoas eram, realmente, muito simpáticas por ali, e ele podia perdoar o incidente de exibição de bunda dos garotos no carro vermelho. O sol devia ter despertado seu comportamento inconsequente.

Quando finalmente chegou aos portões do Solar Graystock, foi recebido por uma placa de madeira descascada. A maior parte das letras tinha caído. Dizia: "Bem-vindo ao Sol__ Gray____."

Eles devem ter sabido que eu viria, Arthur pensou. Depois, olhou com desânimo o comprido caminho que seguia em curvas até a mansão. Dava para ver a construção através das árvores.

Graystock já fora magnífica. Agora, tinha um glamour decadente, como a ser exibido em um melancólico videoclipe da década de 1980. As colunas dóricas que ladeavam suas imensas portas de entrada estavam se desfazendo. A pedra tinha a cor da penugem recolhida no aspirador Dyson de Arthur. Algumas das janelas superiores estavam quebradas.

Ficou por um tempo com as mãos no quadril, ciente de que iria descobrir outro capítulo da vida de Miriam. Não sabia se deveria se sentir excitado ou temeroso.

Por ora, realmente precisava usar o banheiro. Olhou em volta, com a vaga fantasia de que repentinamente pudesse brotar algum do nada. Sua única opção era achar um arbusto. Esperando não haver nenhum turista por perto para vê-lo, entrou no mato e urinou. Um esquilo cinza apareceu, deu uma rápida olhada nele e subiu em uma árvore. Sentou-se num galho, com os bigodes se mexendo, enquanto ele terminava. Por sorte, Arthur tinha um pacote de lenços úmidos no bolso e limpou as mãos antes de prosseguir em sua jornada.

Sua respiração estava curta e sibilante ao se dirigir para a casa. Por que não tinha aceitado a carona de Bernadette? Às vezes, conseguia ser um velho cretino e teimoso.

A propriedade era cercada por uma grade alta de ferro preto. Os portões duplos estavam presos com um pesado cadeado de latão. Arthur pressionou o rosto contra as grades e espiou. As portas da casa estavam fechadas. Não sabia por que tinha imaginado que poderia simplesmente andar até a mansão e tocar a campainha. Seus pés estavam doloridos e o lencinho úmido tinha deixado suas mãos grudentas.

Ficou ali parado por no mínimo dez minutos, sentindo-se inútil e incerto quanto ao que fazer. Mas então viu movimento, uma centelha de azul por trás das roseiras do jardim. Lorde Graystock. Arthur levantou-se na ponta dos pés. A forma saiu de dentro das roseiras. O lorde usava calça azul-elétrico e estava nu da cintura para cima. Seu peito estava colorido num vermelho-lagosta.

– Alô! – Arthur gritou. – *Alô*, lorde Graystock!

O lorde não escutou, ou escutou e ignorou o grito. Foi então que Arthur avistou um sino de latão com um puxador de ferro curvo, encoberto por galhos. Puxou-o, mas o som era abafado pelas árvores. Pulou para afastar os galhos e ramos, mas eles voltavam para o lugar. Deu uma última puxada no sino, e sacudiu os portões, mas não adiantou. A distância, observou seu objetivo por um tempo. Lorde Gray enfiou as mãos nos bolsos, e caminhou pela propriedade. Parava para cheirar rosas ou arrancar pragas. Seu estômago redondo e vermelho balançava sobre o cós da calça.

Será que o homem era surdo?, Arthur pensou. *Como é que tinha conseguido atrair um harém? Com certeza Miriam não teria sido uma de suas garotas.*

Frustrado, começou a seguir a grade ao redor da propriedade, passando os dedos por ela enquanto seguia. Parava esporadicamente para se erguer na ponta dos pés e espionar os jardins. O lugar parecia uma fortaleza.

Então, descobriu que em um ponto, perto dos fundos da casa, e protegido por um grande carvalho, as grades não desciam mais até o chão, mas saíam de um muro baixo de tijolos. Teve uma ideia.

Primeiramente, olhando em volta para ter certeza de estar sozinho, tentou levantar a perna direita até um ponto que desse para subir no muro. Poderia, então, olhar sobre as grades e ter uma visão melhor. Mas seu joelho travou ao tentar levantá-lo, soltando um desconcertante rangido. Dobrou-se, esfregou-o e tentou de novo. Com as mãos apoiando atrás do joelho, levantou-o de modo a poder colocar a sola do pé no muro. Agarrou as grades, e depois puxou com toda força para tirar a outra perna do chão. Quando sentiu seu segundo pé firme no muro, a sensação foi de verdadeira euforia. Ainda havia vida naquele cachorro velho. Permitiu-se algumas inspirações profundas, e tornou a pressionar o rosto na grade.

Houve um ruído de pés se arrastando, e um jack russell de olhos alaranjados olhou para ele. Uma senhora usando uma echarpe estampada de seda e uma jaqueta Barbour cáqui olhava para Arthur de cima a baixo.

– Posso ajudá-lo?

– Não, estou bem, obrigado.

Ele ficou tão descontraído quanto podia, com ambas as mãos agarradas às grades.

A senhora insistiu: – O que está tentando fazer?

Arthur respondeu na maior rapidez: – Estou tentando achar meu cachorro. Acho que ele pode ter pulado estas grades.

– Estas grades têm no mínimo dez metros de altura.

– É. Psiu.

Ele acenou com a cabeça. Se não falasse e não explicasse, talvez ela fosse embora. Entrou em seu modo de estátua do National Trust.

A mulher pressionou os lábios. – Vou dar uma volta de dez minutos com o meu cachorro. Se você estiver aqui quando eu voltar, vou chamar a polícia, certo?

– Certo. – Arthur sacudiu a perna para soltar a calça, que tinha se enrolado ligeiramente acima da meia durante a subida. – Garanto que não sou um ladrão.

– Fico feliz em sabê-lo. Espero que encontre seu cachorro. Dez minutos... – ela avisou.

Ele esperou até ela ter se afastado. O dia tinha sido um desastre. Deveria ter ficado em casa e lido o *Daily Mail*. Mas, então, teve um vislumbre da calça azul-elétrico. Que inferno! Tinha que atrair a atenção do homem. Levantou-se e sacudiu as grades, mas elas não se mexeram. Então, começou a acenar.

– Lorde Graystock! Lorde Graystock! Lorde Graystock! – gritava. Sentiu-se um idiota, como se estivesse num show de rock. Mas *tinha* que funcionar. Viajara quilômetros para isto. Tinha ido contra sua voz interior, que lhe dizia para ficar em casa com sua rotina diária. Nem pensar que voltaria sem uma resposta.

A mulher e o cachorro voltariam. Se fosse para fazer isto, precisava ser rápido. Sem pensar muito, Arthur avistou uma crista de metal ao longo do alto da grade. Usou toda sua energia para levantar a perna e enfiar o pé na crista. Com uma força que não sabia ter, conseguiu subir no alto da grade. Ficou pendurado ali por um instante, depois se recuperou. *Vamos lá, senhor alpinista. Suba e passe, meu velho.* Equilibrou-se e jogou a perna por cima. Pulou. A flor-de-lis no alto da grade prendeu-se na bainha da sua calça. Houve um barulho alto de tecido rasgando, enquanto ele caía na grama. Olhando para baixo, viu que a perna esquerda da calça estava rasgada até a coxa, de modo que parecia que estava usando um estranho sarongue. Não importava. Estava dentro. Levantou-se e caminhou com passos firmes em direção à casa, sua perna esquerda exposta.

A grama estava úmida e rangendo. O sol suave fazia com que brilhasse. Era um lindo dia. Arthur soltou um suspiro de alívio. Passarinhos trinavam, e uma borboleta almirante-vermelho pousou no seu ombro por alguns segundos.

– Oi, você – ele disse. – Estou aqui para descobrir sobre a minha esposa.

Enquanto levantava a cabeça para vê-la se afastando, não viu o tijolo na grama.

Chutou-o, depois sentiu seu tornozelo torcer. Tropeçou de lado, caindo no chão, e depois rolou de costas. Como um besouro, tentou se endireitar, mas seus braços e pernas agitavam-se debilmente no ar. Tentou novamente e gemeu. A queda o tinha deixado sem fôlego. Seu tornozelo pulsava de dor. Tinha conseguido passar pela altura vertiginosa da grade, para ser vencido por um tijolo.

Abaixou as pernas e os braços e olhou para o céu. Estava de um azul de porcelana Wedgwood, e uma nuvem em formato de pterodátilo passou flutuando. Um avião deixou uma trilha de vapor. Duas borboletas-da-couve voaram cada vez mais alto, até que não conseguiu mais vê-las. O tijolo estava ao lado da sua orelha. Estava lascado em toda beirada, como se tivesse sido mastigado.

Tentou mais uma vez se endireitar, encolhendo o estômago e procurando se sentar, mas não adiantou. *Idiota*, suspirou. Teria que fazer, por um tempo, aquela coisa da estátua, antes de tentar se mover novamente. Procurou se lembrar se alguma vez dera com uma estátua do National Trust que estivesse prostrada. Hum, provavelmente não. Levantando a perna, tentou girar seu tornozelo torcido. Ele girou e estalou. Não era tão grave como imaginara de início. A mansão estava a poucas passadas. Estava quase lá. Alguns minutos a mais e ele giraria de lado e se levantaria. Se fosse preciso, iria engatinhando.

Levou alguns segundos para perceber que já não estava só.

Antes de tudo, percebeu um movimento debaixo da ponta dos dedos, quando a grama balançou. A sensação era estranha; não era uma batida, nem uma vibração, era mais uma sensação de um som abafado. Alguma coisa roçou seu pé direito. Um cachorro? Um esquilo? Tentou mexer a cabeça, mas uma dor aguda desceu pelo seu pescoço. *Santo Deus. Ui, aquilo doía.*

A próxima coisa que soube é que sua visão do céu tinha sido bloqueada por alguma coisa grande. Alguma coisa com pelo. Alguma coisa alaranjada, preta e branca.

Ah, Deus do céu. Não.

O tigre ficou sobre ele. Sua cara estava tão próxima que dava para sentir seu bafo de carne queimando em seu rosto. Havia um inconfundível odor de urina. Algo pesado pressionou o seu ombro, forçando-o de encontro a terra. Uma pata. Uma pata enorme. Arthur quis fechar os olhos, mas não conseguiu deixar de olhar, hipnotizado por aquele grande animal.

O tigre tinha lábios pretos e bigodes da espessura de agulhas de crochê. Seus lábios curvaram-se e um filete de baba escorreu para dentro da orelha de Arthur. Quis estender o braço e enxugá-lo, mas não ousou se mexer. Era isso. Era um homem morto. Virou a cabeça levemente, para que a baba escorresse para a grama.

Quando imaginava sua morte (e, apesar de não gostar, pensava nisso com frequência, agora que Miriam tinha partido), seu método preferido seria cair no sono e não acordar, embora quisesse que alguém o encontrasse logo em seguida. Seria terrível se começasse a feder. E queria parecer sereno, não ter o rosto contorcido de dor, nem nada parecido. Supunha que Lucy o encontraria; então, para ela isso não seria agradável. Seria de grande ajuda se ele pudesse ter uma premonição em relação à sua morte, e se preparar para ela. Se pudesse ter certeza de que, digamos, dali a quinze anos, digamos, em 8 de março, iria dormir e não acordaria, poderia avisar Terry um dia antes. – Se você não me vir amanhã de manhã, sinta-se à vontade pra arrombar a porta. Vai me encontrar na cama, morto. Não se assuste. *Sei* que isto vai acontecer.

Ou ele sabia que o câncer era muito comum entre homens da sua idade. Tinha visto um programa na TV, durante o dia, que ensinava como você deveria segurar os testículos para verificar tumores. Tinha sido desconcertante ver um par de bolas peludas na tela da sua TV, àquela hora da manhã. Depois, tinha apalpado por cima da calça, e decidido que o câncer de próstata não iria matá-lo.

O que não tinha imaginado jamais era ser comido por um tigre. Agora, conseguia ver as manchetes:

Aposentado massacrado até a morte por tigre. Osso da coxa encontrado em terras do Solar Graystock.

Não era assim que queria partir.

O tigre moveu a pata, desta vez mais para baixo, no seu braço. Arthur só podia ficar ali deitado, enquanto sentia a apavorante sensação de garras puxando sua pele. Sentiu uma dor aguda, e mexeu os olhos, vendo quatro tiras vermelhas de sangue surgindo no seu antebraço. O sangue afluiu à superfície. Ele pareceu flutuar para fora do corpo, e observar a cena de cima.

Uma vez, tinha visto uma pintura em um livro. Um leão assomando um homem. O artista era Henri Rousseau? Agora, era ele o homem no chão. O homem na pintura parecia aterrorizado? Havia sangue? Deitado ali, paralisado de medo, perdeu todo o sentido do tempo. Por quanto tempo estivera deitado no chão? Não poderia dizer se teriam sido segundos, minutos ou horas. O tigre observava-o, com olhos fixos, esperando. Seus olhos amarelos não piscavam, não tinham emoção. "Faça um movimento", o bicho incitava-o. "Provoque-me e vamos ver o que acontece."

Arthur voltou a olhar para o tigre. Ele parecia estar olhando desejoso para sua perna exposta. Pôde escutar a voz de Bernadette em sua mente: – Seu velho tonto. Por que foi escalar a maldita grade?

– Elsie, não! – uma voz masculina zangada gritou subitamente. – Caia fora. *Menina malvada.*

O tigre, ou a tigresa, como Arthur agora sabia, virou a cabeça para confrontar o grito. Depois, olhou de volta para Arthur. Eles se encararam e tiveram seu momento. Ela estava indecisa. Poderia arrancar sua cabeça a qualquer instante. Seria um prazer comer este velho de cabelo branco. Talvez um pouquinho cartilaginoso, mas ela podia lidar com isso.

– Elsie.

Houve um barulho, e um naco de carne grosso e sangrento caiu na grama, a alguns centímetros da sua orelha. Devia ser mais saboroso, porque a tigresa deu-lhe um arrogante "Desta vez vou deixar você ir", e saiu tranquilamente.

Arthur não gostava de dizer palavrão, mas... Merda. Soltou a respiração sibilando alto.

Sentiu um braço forte enfiado sob suas costas, ajudando-o a se sentar. Tentou cooperar o máximo que podia. Seu braço pendia solto ao seu lado.

Junto a ele, agachado, estava lorde Graystock. Tinha vestido uma camisa azul e um colete combinando, enfeitado com espelhinhos que reluziam ao sol. Eram da mesma cor da sua calça.

– Que diabos você está fazendo, homem?

– Só queria...

– Eu deveria chamar a polícia. Você invadiu uma propriedade privada. Poderia ter sido morto.

– Eu sei – Arthur disse com a voz rouca. Olhou para seu braço. Parecia que o tinham acertado com tinta escarlate.

– É só um arranhão – Graystock disse, irritado. Enrolou sua calça para cima, revelando uma porção de pele como cera derretida, indo do tornozelo até o joelho. – Isto é um machucado de verdade. Você teve sorte. Os tigres não são animais de estimação que você pode chegar perto e agradar.

– Não vim ver os tigres.

– Não? Então por que está brincando de luta livre com a Elsie?

Arthur abriu e fechou a boca. Era ridículo ser acusado de estar brincando.

– Vim vê-lo.

– Me ver? Ah! Não dava para tocar a campainha como uma pessoa normal?

– Vim de longe. Não poderia ir embora sem falar com o senhor.

– De início, pensei que você fosse um dos jovens daqui, dando uma de corajoso. Já peguei algumas vezes um pobre adolescente pendurado na grade pela camiseta, apavorado e implorando ajuda. Sua sorte foi que a Elsie só queria brincar com você. – Ele se sentou nos calcanhares. – Você não acha que está velho demais para acrobacias?

– É, estou.

– Você não é um desses ativistas de direitos dos animais? Arthur sacudiu a cabeça. – Sou um serralheiro aposentado. Graystock resmungou. Ajudou Arthur a ficar em pé.

– Vamos lá pra dentro fazer um curativo no seu braço.

– Acho que também torci o tornozelo.
– Bom, nem pense em me processar. Um jornalista já tentou isto, quando um dos tigres quis brincar e arranhou o ombro dele. Vou preveni-lo de que não tenho um centavo em meu nome.
– Não vou processá-lo – Arthur disse. – A culpa foi toda minha. Fui um idiota.

A mansão cheirava a umidade, lustra-móveis e decadência. O corredor de entrada era todo em mármore branco, e as paredes estavam cobertas de retratos dos antepassados de Graystock. O chão era revestido de azulejos alternados brancos e pretos, como um grande tabuleiro de xadrez. Uma escada de carvalho subia em curva do centro do corredor. A mansão estava em ruínas. Arthur não conseguia imaginar alguém pagando dez libras para conhecê-la, mas era este o preço exibido em uma mesa em frente à porta, quando eles entraram. A casa já tivera sua imponência, mas, agora, a tinta descascava no mural do teto, de onde querubins se precipitavam, em meio a tiras de cortina vermelha.

Graystock foi à frente, e Arthur seguiu-o a pouca distância, mancando. Não sabia ao certo que parte do seu corpo doía mais.

– A casa está com a minha família há anos. Agora, só uso alguns cômodos – Graystock disse. – Não tenho meios para viver aqui, mas não quero me mudar. Entre.

Arthur entrou com ele em uma sala escura, repleta de poltronas de couro, onde ardia um fogo de verdade. Sobre a cornija da lareira havia uma pintura pré-rafaelita de uma mulher num vaporoso vestido branco. Estava sentada na grama, com os braços ao redor de um tigre que se aninhava sob seu queixo. Examinou mais de perto para se certificar de que não era Miriam. Não era.

Enquanto se acomodava em uma confortável cadeira de couro verde, próxima à lareira, Graystock encheu um copo de conhaque.

– Não, eu... – Arthur protestou.

– Você encarou a morte de frente, homem. Precisa de um drinque.

Arthur aceitou e deu uma provada.

Graystock sentou-se no chão, com as pernas cruzadas, em frente ao fogo. Deu um gole diretamente no gargalo.

– Então, por que está aqui, andando pelo meu jardim e incomodando as minhas meninas?

– Meninas?

– Minhas tigresas, homem. Você deixou a Elsie superexcitada.

– Não era minha intenção. Estou aqui pra perguntar ao senhor sobre a minha esposa.

– Sua esposa? – Graystock franziu o cenho. – Ela o deixou?

– Não.

– Ela fazia parte do meu harém?

– O senhor teve *mesmo* um harém? – Ele pensou em Bernadette lhe contando sobre o estilo de vida de Graystock, com festas alucinadas e orgias.

– Bom, claro. Eu tinha dinheiro. Uma boa aparência. Que homem não faria a mesma coisa nas minhas circunstâncias? – Ele pegou um sininho de latão na lareira e o tocou. – Infelizmente, agora sou um homem de idade considerável. Tenho uma mulher e ela é mais do que suficiente.

Após alguns minutos, uma mulher entrou na sala. Usava um vestido azul vaporoso, preso com um cinto de corrente prateada. Seu cabelo preto chegava até a cintura. Arthur reconheceu-a como a mulher da pintura, embora agora mais velha. Ela foi até Graystock, inclinou-se e beijou seu rosto. Depois um rosnou para o outro.

Arthur ficou num silêncio perplexo. Imaginou qual poderia ser a reação de Miriam se algum dia ele a tivesse chamado com um sino. Ou se tivesse rosnado para ela. Seria o alvo de um par de luvas térmicas golpeando sua cabeça.

– Esta é a Kate. Ela teve azar suficiente para ser minha esposa há trinta anos, e vive comigo faz mais tempo do que isso. Mesmo quando eu desperdicei minha fortuna em bebidas e drogas, ela ficou comigo. Ela me salvou.

Kate sacudiu a cabeça. – Bobo. Eu não o salvei. Eu o amava.

– Então, o amor me salvou.

Kate virou-se para Arthur.

– Não se incomode com o sino. É uma maneira simples pra gente se comunicar dentro de casa. Eu também tenho um.

– Este homem... – Graystock apontou.

– Arthur.

– É, Arthur está aqui pra descobrir mais coisas sobre a esposa. Ele passou por cima da nossa grade, e tive que salvá-lo da Elsie.

– Ele franziu o cenho como se tentasse se lembrar. – O que exatamente você quer descobrir?

– Minha esposa deixou este endereço em uma carta. Em 1963.

– Hum, 1963. – O lorde caiu na gargalhada. – Mal posso me lembrar do que comi no chá ontem à noite, imagine há tanto tempo.

Arthur endireitou-se um pouco na cadeira. – O nome dela era Miriam Pepper.

– Nunca ouvi falar.

– Miriam Kempster?

– Não.

– Tenho isto. – Arthur tirou a pulseira de pingentes do bolso.

– Ah – disse o lorde. Inclinou-se e pegou a pulseira. – Agora sim, isto é alguma coisa para que eu possa ajudá-lo.

Avaliou a pulseira na sua mão, depois se levantou, foi até um armário laqueado de preto e dourado e abriu sua porta. Tirou de lá de dentro um pote de vidro e o estendeu para Arthur. Dentro dele havia um punhado de pingentes de ouro, talvez cinquenta no total. Todos eram tigres. Todos idênticos.

– É daqui que provavelmente saiu o seu pingente. Eu tinha mil, feitos na década de 1960. Eram um sinal da minha... Apreciação.

– Apreciação?

Graystock balançou o dedo. – Sei o que você está pensando, meu caro. Enfeites em troca de favores sexuais. – Riu. – Em alguns casos, sim. Mas eu também dava pros amigos e conhecidos, além das amantes. Era o meu cartão de visitas.

– Ele ama tigres – Kate disse. – Nós dois amamos. São como os filhos que nunca tivemos.

Lorde Graystock apertou-lhe e deu um beijo em sua testa.

Arthur olhou com tristeza os tigres dentro do pote. Enfiou o dedo e fez com que girassem. Pensou que o tigre na pulseira de pingentes de Miriam pudesse ter uma importância oculta, assim como o elefante. Mas o animal listrado era só um dentre mil iguais. Imaginou em qual das categorias de Graystock Miriam se encaixava. Seria uma amiga, uma conhecida ou uma amante? Tomou o restante do conhaque de uma vez. Kate pegou o pote e o colocou de volta no armário.

– Sinto muito. – Graystock deu de ombros. – Inúmeras pessoas ficaram aqui ao longo dos anos, e tenho a lembrança de um peixinho de aquário. Não posso ajudar mais.

Arthur acenou com a cabeça. Tentou se levantar, mas uma dor repuxou seu tornozelo e ele caiu de volta na cadeira.

– Não tente se mexer – Kate disse, com a voz bem preocupada.

– Ai.

– Onde você está hospedado?

– Não me programei. – Agora se sentia cansado, abalado. – Na noite passada, fiquei numa pousada. Não pensei que fosse levar tanto tempo pra chegar aqui, e não tinha planejado ser confrontado por um tigre.

Ele realmente não queria telefonar para Bernadette para vir buscá-lo. Ela precisava se concentrar em Nathan.

– Passe a noite aqui, conosco – Kate propôs. – Posso cuidar direito do seu machucado. E pode ser que você precise de uma antitetânica quando chegar em casa.

– Eu tomei uma no ano passado. – Ele se lembrou de quando um terrier irritado meteu os dentes em sua mão, quando ele abaixou o braço para pegar um rolo de papel de embrulho na agência dos correios. Talvez ele tivesse vindo ao mundo para ser atacado por animais.

– Mesmo assim. Você deveria ir ao médico. Agora, onde estão suas coisas?

Arthur pensou na sua mala, enfiada no meio do arbusto, na lateral da estrada B. Ficou constrangido demais para admitir isso.

– Não trouxe nada – disse. – Não tinha planejado ficar.

– Não tem problema.

Ela saiu da sala, depois voltou carregando uma cestinha cheia de gases e pomadas. Ajoelhou-se ao lado dele e tratou seu braço com leves golpes de uma bola de algodão embebida em antisséptico. Enrolou uma gaze em volta do machucado e a prendeu com um alfinetinho de segurança. Depois tirou seus sapatos e meias, e esfregou um creme branco e denso em seu tornozelo.

– Vamos deixá-lo com esta calça, por enquanto, e de manhã eu arrumo uma limpa. – Ela se sentou nos calcanhares. – Agora, acabei de fazer uma sopa de ervilhas frescas e presunto. Aceita um prato?

O estômago de Arthur roncou.

– Sim, por favor – ele disse.

Os Graystock e Arthur tomaram a sopa em enormes vasilhas no colo, em frente ao fogo. Seus anfitriões sentaram-se no chão, em uma pilha de almofadas, e Arthur espremeu-se no canto de uma grande poltrona verde de couro, tentando parecer invisível. Ainda que a sopa estivesse deliciosa, com pedaços grandes de presunto, e fosse servida com triângulos de pão com manteiga, desejou poder estar em casa, comendo salsicha, ovos e batatas fritas, e assistindo a um programa de adivinhações na TV.

Era a primeira noite que passava com outras pessoas desde a morte de Miriam. Ouvia as histórias das festas malucas de lorde Graystock e seus amigos extravagantes, e as explicações gentis de Kate de que seu marido tendia ao exagero. Desejou que Miriam estivesse ali com ele. Ela teria casos divertidos para contar, saberia como reagir às histórias dos Graystock. Arthur não sabia como interagir, o que dizer.

Mesmo protestando, não conseguiu impedir lorde Graystock de encher seu copo com o que havia numa coleção de garrafas de formatos diferentes. Tentou pôr a mão em cima do copo, mas lorde Graystock simplesmente a empurrou. Para parecer receptivo, e amortecer a dor do seu tornozelo torcido e do braço arranhado, Arthur bebeu tudo que lhe foi oferecido.

– Este é um bom gim, feito com minhas próprias bagas de zimbro – lorde Graystock informou. – Este é um conhaque *vintage*, que me foi dado por Marlon Brando... É possível que você descubra que o conhaque deixa o seu tornozelo mais maleável.

O álcool fez o peito de Arthur queimar e a garganta sibilar, mas também entorpeceu o desapontamento de ter chegado a um impasse sobre o pingente de tigre. Não tinha para onde ir em seguida. Teria que ir para casa e tentar esquecer a pulseira de pingentes. Seu coração ficou pesado por ter que abandonar sua busca. Aceitou outro copo de alguma coisa dourada.

– Vá com calma. – Kate riu para seu marido. Suas faces estavam vermelhas da bebida e do fogo. – Você vai deixar o pobre Arthur bêbado.

– Estou me sentindo bem tonto – Arthur disse.

– Vou buscar um copo d'água. – Ela se levantou. – Foi ótimo que você tenha nos achado, Arthur. Não temos muitas visitas nesses dias. Acabamos aproveitando nossa própria companhia.

Lorde Graystock concordou. – Tenho certeza de que minha esposa deve se encher de ver meu feio focinho todos os dias.

– Nunca. – Kate riu. – Como poderia?

Ela voltou alguns minutos depois com a água e a deu para Arthur. Ele bebeu tudo de uma vez, e viu como os Graystock ficavam de mãos dadas. Às vezes ele e Miriam davam-se as mãos quando caminhavam, mas raramente dentro de casa. Subitamente, sentiu uma necessidade de contar a seus anfitriões sobre sua esposa. Deu uma leve tossida, antes, para se preparar.

– Eu e Miriam também gostávamos das coisas simples da vida. Raramente estávamos separados. Gostávamos de visitar as grandes mansões juntos. Ela teria adorado isto aqui.

– Sinto muito não conseguir me lembrar dela. – Lorde Graystock falseou a voz um pouco.

– É.

Arthur fechou os olhos e a sala começou a girar. Abriu-os novamente.

– Paciência. Vamos abrir outra garrafa de alguma coisa, está bem? Uísque, talvez?

Lorde Graystock levantou-se e imediatamente tropeçou em uma almofada.

Kate levantou-se e o puxou para perto. – Acho que já basta por uma noite – disse com firmeza. – Nosso hóspede pode querer ir para a cama.

– Acho que quero mesmo – Arthur disse. – A noite está muito agradável, mas não tenho dúvida de que estou pronto para dormir.

Arthur ficou agradecido de que Kate tivesse passado o braço ao redor dos seus ombros para levá-lo para cima. O álcool tinha chegado ao seu tornozelo, então ele mal podia sentir a torção enquanto se dirigia para o quarto. Os arranhões no braço ardiam, mas não exageradamente. Seu curativo estava limpo e muito branco. Bonito. Curiosamente, sentiu vontade de cantar.

Seu quarto era pintado de alaranjado com listras pretas. *Mas é claro*, Arthur pensou, enquanto se jogava na cama. *Listras de tigre, o que mais?*

Kate trouxe-lhe uma caneca de leite quente.

– Vou dar uma olhada em algumas fotos antigas e ver se consigo achar alguma referência à sua esposa, embora tenha sido há muito tempo.

– Não quero dar trabalho...

– Trabalho nenhum. Já houve época em que eu era uma boa fotógrafa, antes que o fato de ser lady Graystock passasse a ser uma função de tempo integral. Faz tempo que não olho nossas velhas fotos. Sua busca me dá um bom motivo para isto. Gosto de viajar pela ladeira da memória.

– Obrigado. Isto pode ajudar.

Arthur tirou a carteira e estendeu a Kate uma foto em branco e preto de Miriam. Ele a tinha tirado na sua lua de mel. Estava gasta nas bordas e um vinco diagonal corria pelo cabelo da esposa, mas ele sempre tinha adorado aquela foto. Miriam tinha um desses rostos singulares que você nunca se cansava de olhar. Seu nariz era levemente romano, e os olhos convidavam-no a conversar com ela. Seu cabelo cor de noz estava penteado num pequeno coque alto, e ela usava um elegante tubinho branco.

– Vou ver o que consigo achar. Graystock é um verdadeiro acumulador. Não joga nada fora, então pode ser que a gente tenha sorte.

Arthur ficou acordado na cama, pensando por um tempo em como Graystock e Kate tinham uma relação mais íntima com seus amigos felinos do que ele com Dan e Lucy. Sempre achara os gatos terrivelmente dissimulados, embora, talvez, fossem só aqueles que sujavam seu canteiro de pedras. Aconchegou-se na cama, imaginando se Miriam teria dormido naquele quarto e o que a teria trazido à mansão. O que ela fez aqui?

Ao adormecer, visualizou-a correndo pelos jardins, descalça, os tigres rodeando-a e a mantendo em segurança.

8

A FOTOGRAFIA

Na manhã seguinte, alguém bateu à porta do seu quarto. Arthur estava cochilando, pensando se as últimas vinte e quatro horas tinham sido um sonho estranho. As pinturas de tigres à sua volta, suas roupas de cama alaranjadas, o tornozelo latejando, o braço arranhado, tudo se somou à curiosidade. Puxou o cobertor até o pescoço.

– Sim?! – gritou.

Kate entrou e lhe passou uma xícara de chá.

– Como está meu paciente?

Ele apertou o braço. Ardia, mas era uma dor entorpecida, não era uma dor aguda. Quando girou o tornozelo, parecia mais rígido do que dolorido. Os cuidados de Kate tinham funcionado.

– Nada mal – ele disse.

Dando uma olhada em um relógio laqueado de preto, encimado por um tigre de latão, em sua mesa de cabeceira, viu que já passava das dez. A hora fez com que se sentisse desorientado e um pouco irritado. Sua rotina tinha ido pela janela mais uma vez. Não daria para recuperar o tempo. Gostava de planejar e saber qual seria a sequência do dia, hora por hora, antes de começar. Estava atrasado para o café da manhã. Estava deixando de aguar Frederica.

Também percebeu que tinha deixado o celular na mala. Em algum lugar do campo, um arbusto tocaria *Greensleeves*, se alguém ligasse para ele. Estendeu o braço e estremeceu ao sentir a barba espetando no seu queixo. Seus dentes estavam grudentos de álcool.

– Lavei a maior parte das manchas de grama da sua camisa, e trouxe uma calça limpa pra você. Não deu pra consertar a sua. Graystock já não cabe nesta. Desça pra tomar café quando estiver pronto. Tem um banheiro aqui ao lado, então fique à vontade para usar a banheira.

Arthur preferia uma ducha, mas, quando relaxou na água quente por meia hora, seu tornozelo pareceu ainda melhor. Espiou debaixo do curativo do seu braço, e viu que os arranhões estavam criando casca.

Depois de se vestir, olhou-se no espelho de corpo inteiro do banheiro. Da cintura para cima, parecia um aposentado apresentável, mas da cintura para baixo... Bom! A calça azul-elétrico dos tempos do harém de Graystock era especialmente confortável, muito macia e folgada, mas fazia com que parecesse um turista escandinavo.

Kate arrumou a mesa na cozinha com pão fresco crocante, manteiga e uma jarra de suco de laranja. Mais uma vez, as paredes do grande cômodo estavam decoradas com fotos e pinturas dos seus tigres. Uma lareira crepitava, mas o lugar era tão grande que o calor mal chegava até eles. Do lado de fora, ele podia ver que o sol ainda não havia aquecido a manhã. Kate tinha um cobertor xadrez sobre os ombros e uma longa camisola branca de algodão por baixo.

– Nós compramos muito pouca carne agora, a não ser para os tigres comerem. Graystock preferiria alimentar as meninas à gente – ela riu, enquanto se sentava no banco, ao lado dele.

– Como é que você foi acabar vivendo com as, hum, meninas?

– Meu pai era artista. Viajava com os circos pela Itália, França, América. Pelo mundo todo. E me levava com ele. Eu costumava me vestir de palhacinho. Minha função era correr no picadeiro com um balde de água pra jogar nos palhaços grandes. Na verdade, ela continha purpurina, mas sempre arrancava risada das plateias. Meu pai bebia. Seu humor mudava quando ele pegava a garrafa. Também costumava me bater. Um dia, ele estava treinando um filhotinho novo de tigre pra se apresentar. Ele era jovem demais pra aprender, pra entender direito o que ele queria. Meu pai pegou um chicote e estava prestes a bater no pobrezinho. Corri e peguei o bichinho. Meu pai me avisou que me bateria também, a não ser que eu o soltasse. Ou então eu tinha que sumir das suas vistas e nunca mais aparecer.

"Arthur, agarrei aquele filhote junto ao peito e corri. Sabia da existência de Graystock por amigos, e apareci na sua porta. Eu só tinha dezoito anos. Tanto Graystock quanto o tigre precisavam ser cuidados, protegidos. O tigrezinho que eu salvei foi como nosso primeiro filho. Tivemos muitos outros depois daquele."

– Então, você não teve filho?

Kate sacudiu a cabeça.

– Nunca senti necessidade de reproduzir. Eu tinha muitos amigos com bebês, e gostava de aninhá-los e embalá-los pra dormir, mas isto nunca aconteceu pra mim e Graystock. Nunca lamentei. Os tigres são minha família, embora já estejam adultos. Tem a Elsie, que você teve o prazer de conhecer. Depois tem o Timeus e a Theresa. Além disso... Venha até aqui, Arthur.

Ele se levantou e a seguiu até um canto da cozinha. Ao lado de um enorme fogão de ferro preto havia uma grande cesta de vime, chata, cheia de cobertores amarrotados. No meio deles, dormia um filhote de tigre. Sua beleza deixou-o sem fôlego. Não parecia de verdade, era como um brinquedo macio deixado ali por uma criança. Exceto que ele viu que seu peito branco subia e descia, e o canto da sua boca se crispava, como que puxado por um pedaço de barbante.

– Não é lindo?

Arthur concordou com a cabeça.

– Ele andou um pouco intoxicado, e a Elsie está um pouco mal-humorada no momento, então eu o deixei ficar aqui na noite passada. Fiquei de olho nele, enquanto olhava as fotografias pra você. Ora, Arthur nunca tinha gostado de gatos. Achava que eram umas coisas exigentes, que só defecavam e ficavam à espreita, para depois pularem e se divertirem cavando seu canteiro de pedras. Mas esta criaturinha era incrível.

– Posso tocar nele?

Kate concordou. – Só um pouquinho. Não quero que ele acorde.

Arthur tocou o peito do tigrezinho com hesitação.

– Uau! – disse. – É tão macio!

– Ele tem três meses, agora. Seu nome é Elijah.

Arthur agachou-se ao lado do tigre. Agora podia ver por que Miriam se atraíra por aquele lugar.

Kate colocou a mão com simpatia em seu ombro.

– Vamos ver se a gente descobre alguma coisa sobre sua esposa, está bem? – Ela indicou várias caixas de sapatos que estavam sobre a mesa. – Acordei cedo pra começar a dar uma olhada em alguns documentos antigos, fotos e cartas – ela disse. – Tinha me esquecido de que eram tantos. Meu marido é muito bagunceiro, mas por sorte eu gosto de identificar as coisas. Todas as minhas fotos têm data nas costas.

– Obrigado. – Arthur olhou a pilha e ficou imaginando por onde começar. – Lorde Graystock já acordou?

Kate sacudiu a cabeça.

– Ele acorda tarde. Só o vejo depois do almoço, principalmente depois de tudo que ele bebeu ontem à noite. Hoje em dia ele já não está acostumado com isto.

– Gostei da noite.

– Eu também. Depois do café da manhã, e depois de olharmos as fotos, vou dar uma carona pra onde você queria ir. – Ela lhe estendeu um punhado de fotos. – Estas são todas datadas de 1963.

Também incluí 1962 e 1964 pra ter certeza. Dê uma olhada e veja o que acha.

Arthur pegou as fotos. Havia inúmeras imagens de garotas usando vestidos esvoaçantes, ou com coques uniformes no alto da cabeça e olhos arregalados de delineador, rindo, festejando, posando. Por um lado, ele não queria descobrir que sua esposa fizera parte do harém de Graystock, que fora mais uma doadora de algo que tinha lhe rendido um pingente de tigre.

– Por que tantas pessoas vinham aqui? – ele refletiu em voz alta.

– Eu era a Kate Moss do momento – Kate disse. – Graystock era absurdamente bonito, embora excêntrico. Nossa casa estava aberta para artistas, intérpretes, sonhadores, viajantes. Alguns eram atraídos pelo glamour, outros precisavam de um refúgio. Alguns amavam os tigres. Isto durou muitos anos, até que Graystock começou a exagerar nas drogas. Ficou paranoico e agressivo. Aos poucos, as pessoas começaram a desaparecer das nossas vidas. Fui a única que ficou ao lado dele. Eu o amava, e aos tigres também. De alguma maneira, a gente se dá bem. Funciona.

Arthur quase passou pela foto de um homem elegante, usando um pulôver preto de gola olímpica e calça justa preta. O cabelo estava esticado para trás, e ele posava confiante, com a mão no quadril, olhando a câmera com uma intensidade provocante, de tal forma que Arthur, a princípio, não notou a mocinha que estava ao seu lado. Então, viu que era Miriam. Sua esposa estava ao lado deste homem pomposo como um pavão, olhando para ele, os olhos cheios de admiração.

Foi invadido por uma onda de náusea perante a visão dela com outro homem. Deu um gole no seu suco de laranja para se livrar da sensação. Não tinha ideia de que fosse capaz de tal ciúme, mas a ideia de Miriam e este homem, enrodilhados na cama, fez com que quisesse fechar as mãos num punho e esmurrar algo duro. Virou a foto para mostrá-la a Kate.

– Sabe quem é este?

Kate deu uma risada breve e aguda, que não combinava com ela.

– Este é François De Chauffant, também conhecido como o homem mais arrogante que já existiu. Graystock e ele foram amigos na década de 1960. Ele se hospedou aqui muitas vezes, com muitas mulheres diferentes. Uma noite, ele e Graystock sentaram-se na sala da frente, bebendo conhaque demais, e Graystock contou a De Chauffant uma história da família que tinha atravessado gerações. Um ano depois, De Chauffant publicou seu novo livro, e era a história de Graystock. Ele o chamou de *Histórias que contamos*. Deveria ter chamado de *Mentiras que eu conto*. Ele teve a coragem de afirmar que era uma história da sua própria família. Ufa! Depois disso, eles não se falaram mais. Em minha opinião, não perdemos com isso.

– Ele era romancista? – Arthur tirou a pulseira de pingentes do bolso.

– Ah, era o que ele dizia. Era um ladrão de ideias. Um francês metido, que quebrou o coração de Graystock.

Arthur tinha se sentido desconfortável na véspera, ao pensar em como Miriam tinha conseguido o pingente de tigre de Graystock. Mas tentou se convencer de que o pingente era só um dos muitos que Graystock distribuía ao acaso. No entanto, agora ele estava sendo levado à descoberta de mais um capítulo da vida de Miriam, sendo levado ao que poderia ser um caso de amor dela com este camarada De Chauffant.

Arthur relembrou suas próprias fotos dessa época. Não tinha o cabelo puxado para trás, nem usava calças justas. Nunca se vestia de preto. Era rebeldia demais, ou muito ameaçador. Apenas por estas fotos François De Chauffant simbolizava perigo e indisciplina. Parecia excitante e tempestuoso. Como Miriam poderia ter ido daquele homem para ele? Será que De Chauffant e sua esposa haviam sido amantes? Esta era uma pergunta que ele não queria fazer.

Ao conhecer Miriam, ela parecia muito pura. Eles não tinham feito amor até a noite do casamento, e ele nunca havia imaginado que existira outra pessoa. Mas agora precisava reavaliar. Tentou lembrar-se dos encontros que tiveram, mas nada dera a impressão de que Miriam tivesse experiência, que tivesse tido um caso de amor apaixonado com um escritor francês. Sentiu-se como se alguém tivesse amarrado seus intestinos em um nó.

Tentou entender de onde vinha tal emoção. Nunca sentira necessidade de ter ciúme. Sua esposa não flertava com outros homens. Se alguma vez ele via algum homem olhando-a com interesse, como geralmente acontecia, sentia-se bastante orgulhoso.

Kate pousou a mão em seu ombro.

– Esta é a Miriam, tenho certeza – Arthur disse.

– É muito bonita. Mas não me lembro dela.

Os dois olharam para a pulseira. Kate tocou no pingente de livro.

– Um livro. De Chauffant era escritor. Poderia ser...

Arthur estava pensando a mesma coisa. Prendeu o pingente entre o polegar e o indicador.

– Você abriu o livro? – Kate perguntou.

– Arthur franziu o cenho.

– Abrir?

– Tem um fechinho do lado.

Quanto mais Arthur olhava o livro de perto, menos nítido ele parecia. Desejou ter trazido seu monóculo. Não tinha visto o fecho. Kate curvou-se e remexeu num armário da cozinha, tirando uma grande lente.

– Isto deve funcionar como mágica.

Juntos, eles espiaram por ela, e Kate abriu o fecho. O livro abriu-se, revelando uma única página em ouro, não papel. Nela estava inscrito: "*Ma chérie.*"

– Significa "minha querida" – disse Kate.

Arthur desconfiava disso. Olhou novamente para a foto da sua esposa olhando com adoração aquele outro homem.

– Leve a fotografia – Kate insistiu. – Graystock não ficaria feliz de termos uma foto deste homem intolerável aqui em casa. Arthur concordou.

– Você tem um envelope? Não queria a foto em contato com seu corpo. Precisava manter certa distância dela.

– Você vai tentar encontrá-lo?

Arthur engoliu com dificuldade. Poderia simplesmente ir para casa. Poderia sentar-se e assistir à TV com as pernas esticadas num pufe, descansando o tornozelo, relaxando, aplicando Savlon no braço. Bernadette apareceria todos os dias com tortas e delícias, prestando atenção nele. Terry, do outro lado da rua, podaria a grama, e os meninos ruivos passariam pela sua casa batendo os pés. A vida voltaria ao normal. Ele até poderia voltar para o "Homens nas Cavernas" e fazer alguma coisa para a casa, talvez um descanso para sua xícara de chá.

Só que nada seria normal novamente, porque sua busca tinha atiçado algo dentro dele. Aquilo não dizia respeito apenas a Miriam. Dizia respeito a ele também.

Estava passando por emoções que não sabia que existiam. Começara a descobrir pessoas e animais que o excitavam. Não estava preparado para apodrecer em sua poltrona, pranteando sua mulher, esperando o telefonema dos filhos e preenchendo seus dias com aguagem de plantas e TV.

E mesmo que as emoções que ele experimentasse com este tal de De Chauffant fossem apreensão e ciúmes, faziam com que se sentisse vivo. Precisava de uma sacudida no seu organismo. Algo que o tirasse da prisão aconchegante que havia criado para si mesmo. Numa casa onde as lembranças de Miriam ainda estavam vivas, precisava de algo mais. Voltaria para casa e veria que Frederica estava bem e com água, e pegaria algumas roupas a mais. Depois, prosseguiria com sua jornada.

– Vou – disse. – Vou encontrá-lo.

No carro, Arthur não teve vontade de falar. Kate disse que não fazia nem mesmo ideia se De Chauffant ainda estava vivo, e ainda que estivesse, pouco se importava. Ela nem ao menos piscou quando Arthur pediu-lhe para ser deixado próximo a um arbusto na estrada B.

– Posso levá-lo até a estação – ela disse.

Arthur sacudiu a cabeça. – Assim está bom.

Na verdade, ele não sabia como iria voltar para a estação. Só conseguia mancar por uma curta distância, e seu braço realmente ardia. No entanto, tinha certeza de que de alguma maneira chegaria em casa.

Desceu no acostamento da estrada e agradeceu a Kate. Apertou sua mão e lhe assegurou mais uma vez de que não processaria a propriedade de Graystock. Fazendo uma breve pausa, ficou pensando se deveria lhe dar um beijo, ou lhe contar como se sentia, mas em vez disso falou:

– Então, se cuide. – E acenou para ela.

Se ele se concentrasse em andar com os dedos virados para fora, como um pinguim, em vez de deixá-los virar para dentro, como normalmente faziam, isto ajudaria seu tornozelo. Refez seus passos até a abertura na sebe. O vento, que ontem estava ausente, zunia pela sua calça azul, fazendo com que sentisse uma corrente de ar em torno da sua virilha. Puxou sua mala e viu que, agora, o esconderijo tinha um grande buraco. O nylon estava rasgado e esgarçado. Quem no mundo estragaria a mala de um velho? Olhou mais além, para o campo atrás do arbusto. Seu estojo estava na grama, coberto de orvalho, um tubo de pasta de dentes estava esmagado na lama. A distância, um rebanho de cabras olhava para ele. Uma delas parecia estar mastigando um pedaço de tecido mostarda. Sua maldita regata.

Neste exato momento, soou um ruído eletrônico de *Greensleeves*. Enfiou a mão no buraco da mala e puxou seu celular. Tinha doze chamadas perdidas. O nome de Bernadette aparecia na tela em todas elas, exceto em uma, de Lucy. Em outras circunstâncias, ele poderia ter fingido não ouvir a chamada de Bernadette, mas seu coração deu um pulo ao apertar o botão verde do telefone.

– Alô, Arthur Pepper falando. Pois não?

– Arthur. Graças a Deus é você. Onde você está? Você não atende o celular.

Ele ficou sensibilizado com a preocupação dela, que alguém se importasse com ele.

– Estou bem – disse. – Perdi minha mala com o celular dentro. Acabei de pegá-la.

Bernadette explicou que ela e Nathan tinham ficado mais uma noite na pousada. Estavam prontos para voltar para casa. Ele gostaria de uma carona?

Por um bom tempo, não havia nada que Arthur quisesse mais.

– Sim, por favor – disse. – Estou na estrada B que leva ao Solar Graystock. Procure por minha calça azul-elétrico.

9

LUCY E DAN

No próximo intervalo de almoço, na escola, Lucy pegou seus recados de voz no celular e descobriu que seu pai havia deixado uma mensagem vaga sobre sua visita a Graystock. Ela tinha saído no dia anterior com suas duas amigas, Clara e Annie, que falaram o tempo todo sobre seus filhos, então perdera sua ligação. A mensagem era interrompida constantemente, a voz entrando e saindo. Dava para ouvir barulho de trânsito de estrada e de rock. Também tinha uma voz de mulher perguntando se alguém queria parar para uns sanduíches. Lucy enfiou um dedo num ouvido, e franziu o cenho enquanto tentava entender as palavras do pai. A certa altura, ela pensou que ele tivesse dito ter sido atacado por um tigre. Sacudiu a cabeça e tentou chamá-lo de volta, mas uma voz pretensiosa disse que o telefone estava indisponível.

Atacado por um tigre? Lucy teve uma visão do pai caído no chão, morto, enquanto um gato enorme mastigava sua perna. Teria ela ouvido corretamente? Ele estaria bem?

Desde que haviam conversado pelo telefone, quando seu pai contou que viajara com Bernadette, ela tinha sido acometida por preocupações quanto à sua saúde. Não era do seu feitio sair desse jeito. E agora ele estava deixando mensagens sobre tigres. Talvez a certa altura ela devesse pensar em desistir de lecionar para passar mais tempo observando-o. Talvez tivesse que se mudar de volta para seu velho quarto, para cuidar dele em período integral. Claro que faria isto. Amava-o. Mas quanto mais ela tivesse que se comprometer em cuidar do pai, mais longe ficariam os sonhos de constituir sua própria família. Uma mulher que vivesse com o pai idoso dificilmente seria atraente, se colocada no Match.com.

Estava sentada na sala de aula, corrigindo a lição de casa durante a pausa do almoço. O terceiro ano estava estudando os Tudor. Tinha pedido aos alunos que desenhassem uma cena da época dos Tudor, e ficara espantada que mais da metade dos trabalhos de arte fosse sobre execuções e cabeças decapitadas. Talvez, em vez disso, devesse ter pedido representações de pessoas que ainda estivessem vivas.

– Sinto tanto orgulho de você – disse sua mãe, quando Lucy formou-se como professora. Elas tinham saído para almoçar juntas, e ficaram um pouco altas com uma garrafa de vinho, antes de irem ao Debenhams e experimentar uma porção de perfumes. – Você vai cuidar dessas crianças como se fossem suas.

Lucy ainda amava seu trabalho. O que acontecia é que às vezes ela sentia que passava o tempo todo cuidando de outras pessoas. Após horas cuidando de crianças, levando-as ao banheiro, ajudando a cortar salsichas, tirando manchas de tinta de saias de escola, ajudando a procurar alpargatas da aula de educação física, agora tinha seu pai com quem se preocupar.

Num momento mais depressivo, havia pensado que, dentre seus pais, o pai era quem, provavelmente, iria primeiro. Tinha certeza de que a mãe sobreviveria. Era autossuficiente e sensível. Seu pai, por outro lado, exibia um ar permanentemente perplexo, como se tudo fosse uma surpresa. Agora, ele estava agindo de uma maneira que ela nunca teria imaginado.

– Tome conta da mamãe e do papai – Dan havia dito ao beijá-la no rosto, antes de embarcar para começar sua nova vida na Austrália.

Para ele, parecia muito fácil dizer essas sete palavras, e depois desaparecer para construir sua própria família feliz em outras terras.

O relacionamento entre Dan e o pai era tenso. O pai achava que Dan deveria ficar em York, para manter a família Pepper onde ela tinha raízes. Que ele não deveria deixar a mãe para trás, ou permitir que seus filhos crescessem sem conhecer os avós. Lucy telefonava para Dan, lembrando-lhe sempre que fosse aniversário da mãe ou do pai. Arrumava desculpas para o pai, quando Dan não telefonava. Às vezes, se sentia como a aranha no meio da teia familiar, tentando manter unidos todos os fios.

Quando eles eram mais novos, Dan costumava andar com um grupo de rapazes do condomínio. Todos eles fumavam e ficavam à toa pelas esquinas, pelas lojas locais, pelo parque; sempre que conseguiam, fumavam escondido em lugares proibidos, e perturbavam as meninas que tinham o azar de passar por eles. Quando Lucy tinha onze anos, viu Dan, certa vez, sentado no alto do trepa-trepa. Estava com um cigarro preso nos lábios, e com uma hidrográfica preta enchia de grafites o metal vermelho. Ele não vira a irmã e a amiga Eliza passando ao seu lado, enquanto escrevia a palavra "culhões" em letras gordas.

– Aquele é o seu Dan? – Eliza perguntou. Ela era baixa e tinha tranças negras e compridas, que balançavam como pêndulos.

– Acho que sim. – Lucy tentou parecer indiferente, mal olhando na direção dele.

– Ele vai se encrencar por fazer isto.

Lucy sentiu uma estranha mescla de admiração e raiva em relação ao irmão. Ele era mais velho, estava no último ano da escola secundária. Vivia à toa, se exibindo, tinha sua própria vida secreta, longe da mãe e do pai, e ela não. Precisava contar a eles aonde ia, com quem e a que horas voltaria. Dan podia resmungar "Estou saindo" e bater a porta da frente sem ser questionado.

– Você sabe alguma coisa de ruim do Dan no playground? – seu pai perguntou.

– Não – Lucy mentiu. Seu irmão era charmoso e tinha a habilidade de fingir tal inocência que se não tivesse se tornado um mecânico de automóveis com certeza ganharia um Oscar por sua atuação. Qual era o sentido de acusá-lo? – Não sei de nada.

Depois disso, ela tinha repreendido Dan, que apenas riu e lhe disse para não ser tão nerd.

Seu irmão era seguro e arrogante, características ansiadas por ela. Ele deixou a escola e montou seu próprio negócio, entrando em contato com o banco, pondo o estabelecimento no seguro e comprando partes de carro por sua própria conta, sem hesitação. Parecia conseguir se concentrar num objetivo, e persegui-lo com determinação, sem que a emoção ou a dúvida o atrapalhassem.

Lucy desejava poder lidar com sua própria vida e com suas preocupações desse jeito; que pudesse receber uma mensagem do pai dizendo ter sido atacado por um tigre e pensar *Ah, pelo menos ele está vivo. Estas coisas acontecem.* Seria assim que Dan reagiria.

Às vezes, Lucy deixava-se afetar pela pressão. Cansada demais para se mover após um dia na escola, e relutante em telefonar para o pai e ouvi-lo dizer o quanto sentia falta da mãe, abria uma garrafa de vinho tinto, sem sequer se dar ao trabalho de pegar uma taça, enquanto assistia a um policial americano. Ficava entusiasmada com um dos detetives de cabelo castanho-avermelhado, porque ele nunca parecia se incomodar com o que a vida lhe apresentava. Sua atitude perante a vida era igual à do seu irmão. Um cadáver em sua própria garagem? Sem problema. Uma caminhonete cheia de imigrantes ilegais mortos num incêndio criminoso? Ele descobriria o autor daquilo.

Ficou à janela, olhando as crianças no playground. Batendo com o celular contra o queixo, pensou no irmão. *Aposto que ele está se bronzeando*, pensou. Seria tão gostoso morar perto da praia, com as ondas estourando perto do seu gramado da frente! Ela ainda não conhecia a Austrália, mas tinha visto as fotos no Facebook dele, e não tinha dúvida de que gostava daquilo.

Ao procurar o número dele, não fazia ideia de que hora era lá. Tudo o que sabia era que precisava falar com ele. Queria ouvi-lo lidando com a situação do pai. Ele seria prático e teria uma resposta para tudo.

Uma criança com sotaque australiano atendeu ao telefone. A mente de Lucy zumbiu. Que idade tinham Marina e Kyle agora? No mínimo, o bastante para atender ao telefone. Ela ainda pensava neles como bebês.

– Oi. Você é o Kyle?

– Sou.

– Posso falar com o Dan, quero dizer, com o seu pai?

– Quem é?

– É a tia Lucy, aqui da Inglaterra. Não sei se você se lembra de mim... – Ela foi deixando de falar, quando percebeu que Kyle já tinha ido embora.

Ouviu a voz de Dan antes que ele pegasse o telefone. – Quem é, cara?

– Uma mulher. Não sei.

O telefone chacoalhou.

– Oficina Mecânica Pepper.

– Oi, Dan, sou eu.

– *Lucy?*

– É.

– Uau! Que bom ouvir sua voz! Já faz um tempo.

Ela se controlou para não dizer que fazia um tempo porque ele nunca telefonava.

– Eu sei. Dois meses, agora.

– Tudo isto? O tempo voa aqui. – Sua voz revelou preocupação. Lucy gostou de perceber isto. – Está tudo bem, não está?

– Mais ou menos. Achei que seria bom telefonar. Sabe como é, está fazendo um ano da morte da mamãe.

– É. Eu sabia que estava chegando o dia. Resolvi lidar com isso me mantendo ocupado.

– Fez um ano na semana passada.
– Ah, certo. Eu sabia que estava perto. Então, meu plano funcionou.

Lucy teve um ímpeto de raiva com a brincadeira dele. Às vezes, ele conseguia fazer com que ela se sentisse de novo com onze anos.

– Estou preocupada com papai – ela disse com mais rispidez do que pretendia. – Ele tem agido de modo muito estranho ultimamente.

– Por quê? O que anda acontecendo?

– Bom, ele nunca sai de casa, só pra ir até a cidade. Virou um ermitão. Usa as mesmas roupas todos os dias, e se tornou um tanto obcecado com aquele arremedo de trepadeira que era da mamãe. E aí, sem aviso ou explicação, foi viajar com sua vizinha, Bernadette. Dei a volta na casa e ele não estava lá. Foi para Bath.

– Isto não parece motivo de grande preocupação. Vai ver que ele se esqueceu de contar.

– Não acho. É como se tivesse alguma coisa que ele *não* estava me contando.

– Bom, este não parece ser o jeito dele, mas fez com que saísse de casa.

– A coisa não acaba aí. Na viagem, ele diz que foi ver um lorde numa mansão. E *acho* que ele contou que foi atacado por um tigre.

Dan caiu na gargalhada.

– Um o quê?

– Um tigre.

– A Grã-Bretanha tem tigres? Eles não estão nos zoológicos?

– Acho que esse lorde Graystock tem tigres na sua propriedade.

Dan não disse nada por um momento, e Lucy se perguntou se ele achava que fosse ela quem estava ficando maluca.

– Isto de fato parece muito improvável – ele disse.

– É verdade.

– Bom, de qualquer modo, isto é ótimo, não é? Você não quer que ele fique em casa, pra lá e pra cá, todos os dias, quer? Isto mostra que ele está recomeçando a aproveitar a vida.

Lucy suspirou.
– Talvez ele *não devesse* estar voltando a aproveitar a vida ainda. Só faz doze meses que mamãe morreu.
– Doze meses é muito tempo. Você não vai querer que ele fique deprimido.
– Não, mas...
– Então, você acha que ele está começando um caso com esta Bernadette?
– Não. Quero dizer, não tinha pensado nisto.
– Acho que, mesmo que seja isto, vão ser só passeios de mãos dadas no parque. Não é que vá ser uma paixão tesuda.
– Dan!
– É verdade. O auge do erotismo vai ser, provavelmente, um sanduíche de pepino e um sorvete com biscoito espetado. Papai sempre foi o tipo calado, submisso, então não consigo ver grandes mudanças nele agora.

Lucy piscou. *Seu pai e Bernadette*. Seria este o motivo de seu pai estar agindo com discrição?
– Tenho certeza de que ele não está preparado pra nada deste tipo. Ele tem a casa pra se preocupar.
– Uau. Vá com calma. Ele sai para um passeio de um dia, e você já o vê casado e se preocupando com seu estado mental. Deixe que ele fique na dele. Concentre-se na sua vida.
– Eu *estou* deixando que ele fique na dele.
– Lucy, ele está se virando. É uma maravilha que tenha alguma coisa acontecendo na vida dele, que não seja *Countdown*, filmes de detetive e xícaras de chá. Aí ainda está passando *Countdown*, certo?
– Está. – Lucy coçou o pescoço. Sentou-se à escrivaninha. – Seja como for, você acha que poderia vir logo pra cá, Dan? Já faz mais de um ano e meio. Pensei que você fosse vir para o enterro da mamãe. Pra mim seria bom um pouco de apoio em relação ao papai.
– Você sabe que não deu pra eu ir ao enterro – Dan disse rapidamente. – Kelly estava no meio dos seus exames de medicina. Kyle

tinha quebrado o braço. Marina estava com sarampo. Foi simplesmente uma época péssima. Além disso, você também não foi...
— Não estou acusando você...
— Bom, só estou dizendo que você também não foi.
— Eu sei.
— Bom...
— Bom...
Eles tinham voltado a ser crianças.
— Só estou realmente preocupada com papai, mas você está do outro lado do mundo, não precisa lidar com as coisas do dia a dia, assegurar que ele esteja comendo, tentar animá-lo quando ele fica deprimido — ela disse. Depois, incapaz de se conter, acrescentou:
— Pra você, tudo é fácil. Quando criança, também era assim.
— Ei, de onde você tirou isto?
— Me desculpe, mas...
— Escute, Lucy. Você e papai sempre serão a minha família, mas tenho minha mulher e meus filhos agora. Eles são prioridade. Talvez você devesse pensar em ter a sua própria família. Vai chegar o dia em que papai já não estará mais aqui, e você vai ficar sozinha.

Lucy sentiu-se como se tivesse uma bala dura entalada na garganta. Queria um filho mais do que tudo. Dan não sabia do seu aborto.
— Você ainda está aí?
Ela tentou engolir em seco. — Quase.
— Lamento ter gritado.
— Tudo bem.
— Está falando sério?
— Não sei — ela suspirou.
— Não tem muito que eu possa fazer, Lucy. A mamãe foi embora, e isso é pra lá de triste. Quanto ao papai, o que parece é que você está se preocupando à toa. Ele deve estar bem, se deixou uma mensagem. E se deu uma saída com essa Bernadette, isto também

parece muito normal. Quando ele começar a precisar de ajuda de verdade, aí a gente conversa. Você pode me ligar a qualquer hora.

– Talvez ele esteja começando a precisar de ajuda agora...

– Ele parece que está bem.

– Mas você não está *aqui*.

– Não fale assim. Eu fui embora porque aqui eu ia poder ter uma boa vida, não para escapar de alguma coisa na Inglaterra. Certo?

Sentindo-se incapaz de continuar a conversa sem ficar mais nervosa, Lucy desligou.

Imediatamente, seu telefone vibrou, com Dan tentando chamá--la de volta. Ignorou-o e pressionou o botão vermelho, rejeitando sua chamada. Ele tentou novamente, e ela também rejeitou essa ligação.

Precisando de tempo para pensar, enfiou a cabeça nas mãos. Não ouviu o sino da escola tocar, e ficou nessa posição até sentir uma mãozinha no seu ombro.

– A senhora está bem para entrar na classe agora?

10

TECNOLOGIA MÓVEL

Quando Arthur, Bernadette e Nathan chegaram de volta à casa de Bernadette, ela insistiu para que Arthur entrasse e tomasse um café. Ele só queria ir para casa, ligar para o médico e marcar uma hora para uma antitetânica. Queria estar no santuário tranquilo e privado de sua própria casa, fugir da loucura e estranhamento dos últimos dias. Ansiava por ver as paredes bege e o jarro de *pot-pourri* no corredor, e por aguar Frederica. Queria telefonar para Lucy e lhe contar sobre sua aventura de maneira adequada; não era bom em deixar mensagens telefônicas.

Enquanto Bernadette cantava uma música, que ele não reconheceu, em altos brados na cozinha, Arthur sentou-se no sofá. Apertou seu antebraço; estava sensível, quase como um queimado. Mas ele sorriu ao relembrar Elijah, o filhote de tigre, enrodilhado em sua cesta ao lado do fogão. Pensou em quão bizarro devia parecer agora, com sua mala furada do lado e a calça azul.

Nunca tinha entrado na casa de Bernadette. Em todos os lugares onde ela podia acrescentar cor, ela o tinha feito. As paredes eram amarelo-narciso, os rodapés e as portas, verde-folha. As cortinas eram de um veludo suntuoso, com grandes flores vermelhas e roxas. Em todas as superfícies havia enfeites: menininhas de cerâmica segurando cachorros, vasos coloridos de vidro com flores de seda, lembranças de férias. Parecia aconchegante, vívido, em comparação com a assepsia clínica de sua própria casa. Miriam também tinha sido superorganizada. Todas as vezes que um jornal devia ser colocado no lixo, ou que algo estivesse onde não devia, seria imediatamente retirado e colocado em seu "próprio" lugar. – Sente-se e relaxe – Arthur costumava dizer ao chegar do trabalho, e encontrar Miriam passando a ferro, arrumando, limpando.

– As coisas não acontecem por milagre – ela costumava dizer.

– Uma casa em ordem é uma mente em ordem.

Então, Arthur sentava-se enquanto sua esposa se agitava à sua volta. Quando ela morreu, ele assumira a responsabilidade de prosseguir da maneira como ela teria gostado.

Nathan entrou na sala.

– Ei, MC Hammer – disse, apontando a calça de Arthur. – Não consigo nem tocar nisto. – Ele se jogou numa cadeira, e passou os braços sobre o encosto. Suas pernas curvavam-se como bastões de alcaçuz. Fungava a cada dez segundos, ou coisa assim, e ocasionalmente limpava o nariz com as costas da mão.

Arthur vasculhou a mente, procurando o que dizer. Não fazia ideia de quem fosse esse tal de MC Hammer, se é que era uma pessoa. Lembrou-se do pedido de Bernadette de que ele tivesse uma conversa homem a homem com seu filho. Por fim, ele se decidiu por:

– No que deu sua pesquisa de universidades?

Nathan deu de ombros. – Tranquilo.

– Você viu algum lugar de que gostasse?

Novamente, os ombros do rapaz responderam.

Arthur olhou a fileira de fotografias emolduradas sobre a lareira. Uma anunciava "A Melhor Mãe do Mundo"; outra mostrava um Nathan muito mais jovem; Bernadette e Carl seguravam um grande peixe numa terceira e sorriam para a câmera. Uma foto de Carl sozinho chamou sua atenção. Ele estava sob o sol, tomando um copo de vinho tinto.

– No que o seu pai trabalhava?
Nathan remexeu-se na cadeira.
– Era engenheiro. Consertava elevadores, acho. Você sabe, parte elétrica e o escambau.
– É isto que você quer estudar na universidade?
– Na verdade, não.
– O que você quer estudar?
– Estou procurando cursos de inglês. A mamãe acha que será uma boa opção.
– O que você acha disso?
– Não sei.
Lutando para engatilhar qualquer conversa que parecesse interessar ao rapaz, Arthur começou a divagar. Viu-se contando a Nathan que na sua juventude era natural seguir os passos do pai. Seu próprio pai fora um serralheiro, então essa era a carreira designada para ele.
– Mas a gente não chamava isso de carreira. Era apenas trabalho. Tive que passar por um período de aprendizagem. Isto significava trabalhar durante dois anos à sombra de um serralheiro, ficar só ali, observando-o durante um tempão, sem receber grande coisa. Ele era um bom sujeito, Stanley Shearing. Sempre passava um tempo me explicando coisas, me mostrando como elas funcionavam. Não sei se os jovens têm isto atualmente, alguém que se interesse pelo que eles fazem. Parece que o deixam solto no mundo, pra ir pra universidade e traçar seu próprio estilo de vida. Imagino que os tempos mudem. A gente também se casava muito mais jovem, antigamente. A essa altura, eu já estava estabelecido no meu trabalho, então dava para trazer pra casa um dinheiro bem decente. Não daria pra gente sobreviver do meu salário de aprendiz, ou do fundo estudantil.
O tempo todo que ele falou, Nathan olhou seu celular. E movia os dois polegares na tela.
Bernadette trouxe três xícaras de café.

– Meninos, vocês estão tendo um bate-papo agradável? Então, não vou incomodar.

Arthur viu-a se retirando, desalentado. O que ele poderia ter em comum com este rapaz? Obviamente ele não queria conversar sobre trabalho ou universidade. Por fim, ele disse:

– Que diabos é MC Hammer?

Nathan ergueu o olhar.

– É um *rapper* americano da década de 1980. Usava calças *baggy*, com o gancho baixo, como a que você está usando. É um pregador, ou um homem santo agora. – Ele voltou a mexer os dedos no celular, depois mostrou a tela.

Arthur olhou a foto de um homem negro de óculos e volumosa calça prateada.

– Ah – disse. – Então, você gosta de música?

Nathan assentiu. – Principalmente de rock. Mas também gosto de coisas antigas, como os Beatles.

– Acho que eu tenho um antigo álbum dos Beatles em algum lugar. Se quiser, pode ficar com ele. Mas é um vinil. Você vai precisar de uma vitrola para ouvi-lo.

– A mamãe tem uma no sótão. Qual é o nome do álbum?

– *Rubber Soul*, acho.

Nathan acenou com a cabeça. – Tenho ele. Baixei da internet. Mas seria bom escutar em vinil. Não achei que você gostasse dos Beatles.

– A Miriam gostava mais do que eu. Ela era fã do John Lennon. Sempre gostei mais do Paul McCartney.

– Que figuras! Mas George Harrison era o mais descolado.

Arthur moveu-se alguns centímetros pelo sofá.

– Dá pra você pesquisar qualquer coisa no seu celular? É como uma biblioteca?

– Por aí.

– Você pode procurar uma coisa pra mim?

– Claro.

— Estou procurando um romancista francês, chamado François De Chauffant. Quero saber onde ele vive.

Nathan tocou na tela do celular. — Fácil — disse.

Arthur pegou o telefone. Havia uma pequena foto, quadrada, de uma *maison* com a fachada em estuque branco. Parecia muito imponente. Debaixo, havia um endereço em Londres.

— Este é o endereço atual?

Nathan deu mais alguns toques.

— É o único que aparece no nome dele, a não ser que tenha voltado para a França. Bom, na verdade ele é originalmente da Bélgica. Sua família mudou-se para Nice quando ele era pequeno.

— Aí no seu celular diz tudo isto?

— Eu sabia um pouco. A gente estudou De Chauffant em classe. Ele é um dos romancistas mais influentes da década de 1960. Seu romance, *Histórias que contamos*, é um clássico. Ouviu falar nele?

— De fato, ouvi.

Arthur pensou no que Kate falara, e sobre como ele tinha roubado a história de Graystock, e ficou pensando em que homem faria tal coisa.

Nathan pegou o celular de volta.

— Você está com o seu celular aí? Posso mandar o link.

— Vou só anotar — Arthur disse. Pegou uma caneta e um pedaço de papel na mala. — Dá pra você ler para mim? Minha vista não é muito boa.

Nathan revirou os olhos, mas leu o endereço num tom inexpressivo.

— Você foi mesmo atacado por um tigre? — perguntou, enquanto Arthur enfiava o endereço no seu bolso traseiro.

Arthur confirmou, depois desabotoou o punho da camisa e enrolou a manga. O curativo que Kate havia fixado sobre o lugar estava se soltando. O sangue tinha vazado e secado, deixando listras cor de ferrugem. Ele viu os olhos de Nathan arregalarem-se, mas então o rapaz pareceu se lembrar de que não ficava bem demonstrar qualquer interesse. Deu de ombros e voltou a se afundar.

Bernadette surgiu novamente, desta vez segurando uma travessa de pasteizinhos de geleia.

– Fiz isto enquanto vocês conversavam – disse. – É só abrir a massa de pastel, cortar em quadrados e acrescentar um pouquinho de geleia no centro de cada um. Depois, enfia no forno e *voilà*! É uma receita muito simples. Agora, comam enquanto ainda estão mornos.

Arthur e Nathan estenderam o braço ao mesmo tempo para pegar um pastelzinho. Sentaram-se e sopraram, depois comeram.

– Nathan e eu estamos pensando em visitar Manchester na semana que vem. – Bernadette acomodou-se no sofá ao lado de Arthur. – Será um prazer se você se juntar a nós novamente, se tiver vontade de dar mais uma saída. Ouvi dizer que é uma cidade vibrante. O curso de inglês na universidade parece ser soberbo.

Arthur pegou sua xícara de café, que agora tinha esfriado.

– Na verdade, eu estava pensando em talvez experimentar Londres, na próxima vez – ele disse. – Tem a casa de um romancista que eu gostaria de visitar. Acho que minha esposa pode ter tido algum tipo de ligação com ele.

Arthur não teve certeza de que, debaixo de sua volumosa franja preta, Nathan levantara uma sobrancelha, mas achou que era bem provável.

11

LONDRES

Londres foi uma surpresa, um prazer mesmo. Arthur esperara encontrar uma cidade cinza, impessoal, com prédios opressores, desiludidos empregados de escritórios e rostos vazios, como os de Munch. Mas era vibrante, exatamente como ele imaginara uma terra estrangeira.

O tempo ali estava encoberto e quente. Tudo se movimentava, um caleidoscópio de sons, cores e formas. Táxis buzinavam, bicicletas zuniam, pombos pavoneavam, pessoas gritavam. Ouviu mais línguas do que supôs existir. Sentiu-se como se estivesse no centro de um carrossel, parado, despercebido, enquanto o mundo zunia à sua volta.

Surpreendentemente, não ficou abalado, nem mesmo quando estranhos chocavam-se com ele sem pedir desculpas. Não fazia parte deste mundo estranho. Era um visitante, um transeunte, sabendo que podia voltar para a segurança do seu lar. Isto o fez se sentir mais corajoso, intrépido.

Tinha descido do trem na King's Cross, e decidiu caminhar o máximo que pudesse. O mapa que comprou na estação fazia com que tudo parecesse à mão.

Decidira que suas calças rotineiras eram um pouco quentes demais para uma viagem de trem e uma caminhada pela capital, então lavou, passou e usou a calça azul que lhe fora dada por Kate Graystock. Bernadette havia lhe dado um vale para uma loja de artigos esportivos em Scarborough. Na loja, comprou uma mochila azul-marinho com vários bolsos, um cantil e uma bússola, além de um par de sandálias para caminhadas. Eram robustas, mas manteriam seus pés frescos.

Seguiu em frente, com o tornozelo firmemente preso com faixas. Aqui, sua calça azul não era nada fora do comum, já que caminhava ao lado de uma menina de cabelo cor-de-rosa e de um homem com buracos nas orelhas por onde poderia passar uma lata de Coca-Cola. Viu um poodle com um rabo de pompom roxo e um homem que se locomovia pela calçada em um monociclo enquanto falava ao celular.

A visão do homem lembrou-o de que ele ainda não falara com Lucy desde que lhe deixara uma mensagem confusa do banco de trás do carro de Bernadette. Decorreram apenas vinte e quatro horas entre seu retorno do Solar Graystock e a viagem para Londres. Ligou para ela duas vezes, mas caiu na caixa postal. Ficou se perguntando se ela o evitava, ou se estava ocupada demais para falar.

Continuou andando a passos largos, absorvendo os sons e visões, mas percebeu que quanto mais andava, mais começavam a transparecer sentimentos de embaraço e arrependimento.

Quando Miriam sugerira, certa vez, uma semana em Londres pelo seu trigésimo aniversário de casamento, para assistir a um show, e talvez almoçar no Covent Garden, ele rira. *Rira*. – Por que ela queria ir a Londres? – perguntou. Era suja, fedida, agitada demais e grande demais. Não passava de uma versão maior de Newcastle ou Manchester. Havia batedores de carteiras e mendigos em cada esquina. Comer fora seria uma fortuna.

– Foi só uma ideia – Miriam disse despreocupadamente. Não parecera muito incomodada por ele ter dispensado sua sugestão de imediato.

Agora ele lamentava isso. Eles deviam ter visitado lugares novos juntos, tido novas experiências quando as crianças ficaram mais velhas. Deviam ter agarrado a oportunidade de fazer o que queriam e expandir seus horizontes, especialmente agora que sabia que Miriam tinha tido uma vida mais cheia, mais excitante, antes de se conhecerem. Ele se aferrara demais a sua maneira de ser.

No mês seguinte à conversa que tiveram, ele reservou para eles alguns dias em um spa em Scarborough, cidade muito mais civilizada do que Londres. Pagou uma taxa extra por um quarto com banheiro privativo, e havia biscoitos integrais de chocolate na mesa de cabeceira. Na noite do seu aniversário de casamento, ele levou Miriam a uma peça de Alan Ayckbourn, da qual ela gostou muito. Depois, compraram batatas fritas, e caminharam pela praia com suas echarpes ao redor da cabeça para se defenderem do vento.

Tinha sido idílico. Bom, pelo menos para ele. Agora ele se perguntava se para sua esposa fora uma decepção. Estaria ela pensando em De Chauffant ao sugerir a viagem a Londres? Estaria esperando um vislumbre do seu ex-amante?

Ele não estava acostumado a sentir ciúme. Detestava como aquilo parecia penetrar nele, agitar seu estômago, caçoar dele. Tinha sido um erro rir de Miriam. Ela estava certa; o errado era ele.

Passou o dia como turista, fazendo o que ele e Miriam deveriam ter feito. Ficou de queixo caído perante os famosos marcos de Londres: a London Eye, a Casa do Parlamento, o Big Ben, e adorou a experiência. Subiu e desceu dos ônibus vermelhos de turistas, com a parte superior aberta, e caminhou por onde pôde. A adrenalina correu por suas veias. Sentiu como se a cidade o envolvesse. Esperara que isso ocorresse por medo do desconhecido, mas foi por excitação.

Comprou um ímã de geladeira com a forma de um ônibus vermelho e um lápis de plástico dourado que tinha na ponta uma Torre de Londres. Parou para almoçar no café Pearly Queen, com mesas de aço inoxidável que bambeavam na calçada. Um homem sentou-se com ele sem pedir licença. Usava um terno risca-de-giz cinza, com um lenço cor-de-rosa apontando para fora do bolso. Tinha o rosto vermelho como se tivesse corrido, ou como se algo o tivesse enfurecido. Sentado com as pernas abertas, seus joelhos quase tocavam nos joelhos de Arthur. Este espremeu os seus para tirá-los do caminho, e tentou olhar à frente. Mas quando o homem pediu um panini com bacon e cheddar, fez contato visual e acenou com a cabeça.

– Tudo bem?
– Muito bem, obrigado.
– É casado?
– Sou. – Automaticamente, ele girou sua aliança no dedo.
– Há quanto tempo?
– Mais de quarenta anos.
– Jesus! A pena por assassinato é menor. – O homem sorriu abertamente.

Arthur não sorriu. Não queria que o homem tivesse se juntado a ele. Tudo o que queria era a tranquilidade de uma xícara de chá e um sanduíche de bacon, antes de prosseguir com seu passeio, enquanto se preparava para ir à busca da casa de François De Chauffant. Olhou por cima do ombro do homem para chamar a atenção da garçonete que anotara seu pedido. Pedira a xícara de chá havia dez minutos, e ela ainda não havia chegado.

– Me desculpe, cara – disse o homem com expressão mudada. – É só uma brincadeirinha minha. Hoje em dia não se ouve falar em muitos casamentos longos. Deve ser bom, hum, ter alguém em casa esperando você.

– Era bom, sim.
– Você disse *era*?

Arthur engoliu em seco. – Minha esposa morreu há um ano.

Finalmente ele atraiu a atenção da garçonete com um aceno. De imediato, ela articulou um pedido mudo de desculpas e trouxe o chá.

– Me desculpe, querido. Não estou dando conta – ela disse. Seu vestido cor-de-rosa descobriu um ombro, revelando uma alça de sutiã roxa. – Vou trazer um sanduíche extragrande.
– O pequeno que eu pedi é suficiente.
– Mas o preço vai ser o mesmo. – Tinha um sotaque polonês e dedos compridos como giz.
– É muita gentileza sua.
Ela fez um aceno de cabeça e uma reverência.
– Meu apetite não é muito grande – Arthur disse ao homem. – Mas acho que ela ficaria ofendida se eu insistisse no sanduíche pequeno.

Os olhos do homem acompanharam a garçonete, enquanto ela entrava atrás do balcão e começava a preparar um chocolate quente.
– Ela é uma graça – ele disse. – Olhos escuros, cabelo escuro. Gosto disso.

Arthur despejou leite no seu chá e deu uns goles. Sentiu-se constrangido com a revelação do homem, como ele avaliava a garçonete, e por como suas pernas invadiam seu espaço.

– Posso lhe fazer uma pergunta, hein? – o homem disse, inclinando-se para a frente. Não esperou pela concordância de Arthur: – Também estou pensando em me casar. Você parece ser bom em dar conselhos, sabe? Já tem certa quilometragem, já fez coisas, viu coisas... É um homem do mundo.

– Vamos ver o que posso fazer – Arthur disse com cautela.
– Certo.

O homem enfiou a mão no bolso e tirou um caderninho.
– Tenho escrito algumas coisas e tentado esclarecer as ideias, pra conseguir decidir. Leio minhas notas antes de ir dormir.
– Casar é uma grande decisão.
– Nem me diga. Como é que você sabia que sua esposa era a pessoa certa?
– Eu a conheci e soube que ela era a mulher com quem eu queria me casar.

– É mesmo? Fale mais...
– Quando estava com ela, não queria estar com mais ninguém. Nunca pensei se ela seria *a* pessoa certa, porque não havia mais ninguém. Gostava da simplicidade da vida com ela. A gente se conheceu quando eu tinha vinte e seis anos e ela era um ano mais nova. A gente andava de mãos dadas, passeava, se beijava. O tempo todo eu só pensava nela. Nunca olhei pra mais ninguém. A gente ficou noivo e se casou menos de dois anos depois de ter se conhecido. Era como se eu estivesse seguindo uma trilha invisível que já tivesse sido estendida pra mim. Havia outras trilhas que levavam para diferentes direções, mas nunca me perguntei para onde elas iriam. Apenas segui em frente.

– Hum. Isto parece simples. Gostaria de ter isso.

Arthur tomou uns goles de chá.

– Você foi fiel?

Era uma pergunta justa, vinda de alguém que estava pensando em se comprometer com outra pessoa para o resto da vida.

– Fui sim.

– Alguma vez você imaginou como teria sido com outra pessoa? Sabe como é. Você olhou para outra pessoa e imaginou... Espero que não me ache pra lá de intrometido.

Arthur achava. Sim, o homem estava sendo muito bisbilhoteiro; no entanto, ele não percebeu nenhuma obscenidade, apenas curiosidade em relação a sua própria situação.

– Imaginei, porque essa é a natureza humana, mas não tive vontade de ir atrás de nada. Eu podia ver outra mulher e pensar que era bonita, ou que tinha um belo sorriso, mas sabia o que poderia perder, então simplesmente tirava estes pensamentos da cabeça.

– Você é muito sensato. Gostaria que fosse simples assim. Gostaria de poder compartimentar meus pensamentos. Tenho duas mulheres, percebe?

– Ah.

– Eu meio que amo as duas. Tenho trinta e cinco anos. Quero me casar logo e ter filhos.

– Aos trinta e três, eu tinha dois filhos.

– Quero comprar uma casa e criar essa coisa de família. – O homem baixou a cabeça e fez um círculo com o dedo. – Estou ficando careca, está vendo? Está na hora de eu ter um teto e sair pra caminhar no campo com esposa e filhos. Mas estou dividido. Posso contar sobre as duas garotas? Você vai poder me aconselhar. Dá pra ver pelo seu rosto.

A garçonete trouxe os pratos dos dois. O sanduíche de bacon de Arthur era do mesmo tamanho do prato onde estava.

– Bom, né? – ela disse.

– Muito bom. – Arthur ergueu o polegar.

O homem mordeu seu *panini*. Um filete de queijo escorreu e grudou no seu queixo.

– Uma delas é minha namorada. Estamos juntos há três anos. Ela é mesmo um amor. Eu a vi sentada junto ao vidro de uma lanchonete. Passei e entrei pra comprar um bolo, só porque gostei dela. Fui direto até ela e a convidei pra sair, disse que a levaria a um restaurante da hora. De cara, ela disse não. Gostei disso. Ela era um desafio. Mas batalhei. Dei a ela o meu cartão ao sair. Comprei um ramo de flores e esperei por ela do lado de fora. Ela tinha alguma coisa que me atraía, como você disse sobre a sua esposa. Eu a venci pelo cansaço. Fiz a amiga dela rir. Por fim, ela disse sim e fomos ao cinema ver algum filme do Hugh Grant. Foi uma noite deliciosa. A gente ficou de mãos dadas, como adolescentes. E, no fim, ela não quis um restaurante caro, só um hambúrguer. Donna é uma pessoa ótima, dá um duro danado como cabeleireira. – Ele tirou sua carteira e mostrou a Arthur uma fotografia. Uma garota com um rosto em formato de coração e uma echarpe vermelha amarrada no cabelo sorria de volta.

– É bonita.

– Mas a outra com quem eu saio, Manda... – Ele assoprou os dedos como se estivessem pegando fogo e ele estivesse apagando. – Ela é um tesão. Me deixa fazer coisas com ela, entende? Arthur não entendia, mas concordou com a cabeça.

– Eu a conheci numa casa de massagens. Ela era a recepcionista. O que estou dizendo é que se estivesse feliz, se estivesse satisfeito com Donna, não teria ido a esse tipo de lugar, teria? Donna estava fora, em alguma convenção de cabeleireiros, e Manda me levou pra casa dela. Só fazia uma hora que a gente se conhecia e... *Uau*.

– Ele bateu palmas e abriu um sorriso. – Fogos de artifício. A garota sabia coisas que eu nem sabia que existiam. A gente mal conseguia andar depois.

– Mas e a Donna?

– Não peço a ela pra fazer nada dessas coisas porque, se pedisse, e ela deixasse, eu perderia o respeito por ela. Ela não é esse tipo de garota, e Manda sim. É uma situação complicada.

– Você não sentiu culpa por trair sua namorada?

O homem franziu o cenho. – Mais ou menos. Depois. Desejei que ela não tivesse ido praquela maldita convenção, assim eu não teria ido atrás de confusão.

Arthur tinha perdido o apetite. Cortou o sanduíche em quatro e acrescentou molho agridoce, mas não comeu.

– Então, quem eu escolho? Depois que eu me casar, acabou. Quero ser fiel. Pelo menos quero tentar. Se tiver filhos, então, serei um pai de família, certo? Tinha que ser a Donna. Ela é o tipo pra casar, mas eu sei o que mais existe por aí. Vai ser muito sorvete de creme com ela e posso sentir falta de uns pedacinhos de chocolate. Mas Manda está mudando. Ela começou a falar em fazer outras coisas fora do quarto, entende, como namorar a sério. Fomos ao teatro, ela se arrumou toda, e a gente se divertiu muito. Fiquei ainda mais confuso.

– Mas se você tivesse os pedacinhos de chocolate o tempo todo, seria enjoativo. – Arthur detestava o fato de estar comparando mulheres com sabores de sorvete, mas era uma linguagem que o homem de terno risca-de-giz entendia.

– Então, o que você faria? Ficaria com o sabor simples, ou partiria pra algo mais excitante?

Arthur refletiu sobre o dilema do homem. Revirou-o em sua mente. Obviamente era muito importante, uma vez que ele saía por aí pedindo a estranhos que o ajudassem a tomar decisões sobre sua vida particular.

– O fato é que, hoje em dia, tem escolhas demais – disse. – Quando eu era mais jovem, a gente se sentia agradecido com o que recebia. Sorte sua se ganhasse meias no Natal. Agora, os jovens querem tudo. Um celular não basta, tem que ser o melhor, o mais incrementado. Eles querem computadores, casas, carros, sair pra comer e beber. E não é qualquer comida banal, tem que ser em restaurantes sofisticados e cervejas caras em garrafa.

– Você diz que não respeitaria Donna se ela o deixasse fazer coisas, mas você já não a respeita agora, porque também está saindo com Manda. Você respeitaria Donna se ela se casasse com você? Se ela se casasse com você, quando *você* sabe que é infiel e realmente não a merece? E essa outra garota que está interessada em certas coisas; por quanto tempo isto vai interessá-lo? Você se vê espanando e aspirando a casa com ela? Ela ainda vai continuar deixando-o fazer essas coisas, depois que for mãe? Ela faz essas coisas com outros homens, além de você? Então, em vez de pensar em qual mulher é a mais adequada para se casar, talvez a resposta seja que nenhuma delas é. Se eu fosse Donna, procuraria alguém que me merecesse e me tratasse com respeito. Se fosse Manda, não gostaria de estar com um homem que trai sua namorada. Assim, acho que você não deveria pedir nenhuma das duas em casamento, só pelo risco de alguma delas aceitar.

O homem ficou parado por um tempo, as sobrancelhas contraídas, as mãos enlaçadas no colo. Balançou a cabeça.

– Não tinha me ocorrido esta opção. Você acabou de foder com a minha cabeça.
– Lamento. É melhor dizer a verdade.
– Agradeço. Mas você foi matador. Esta é uma terceira opção a se levar em conta. Você quer dizer que eu deveria largar as duas e procurar outra pessoa?
– Talvez alguém que seja sorvete de creme com alguns pedacinhos de chocolate.
– Matador. Deixe-me pagar o seu almoço, certo?
– Está tudo bem. Sem problemas.
– Acho que não vou pedir a opinião de mais ninguém. – O homem levantou-se e tornou a sacudir a cabeça. Jogou uma nota de vinte libras na mesa. – Preciso resolver isto sozinho.
– Lamento se o deixei confuso.
– Não. Eu pedi seu conselho e você me deu. Nada mais justo.
Arthur hesitou. Viu como o homem tinha mudado. Seus ombros estavam arredondados, os olhos em busca da verdade. Engoliu antes de falar. Talvez ele também precisasse da verdade matadora.
– Antes que se vá, posso perguntar-lhe uma coisa? – disse. – É pouco provável que a gente volte a se encontrar, e você pode me dar sua opinião.
– Claro. O que é?
– Se você conhecesse uma garota, e tivesse havido outros homens antes de você, e ela tivesse vivido em diversas partes do mundo e feito uma porção de coisas, mas não tivesse contado nada disso a você, você se incomodaria?
O homem inclinou a cabeça de lado enquanto pensava.
– Não, isso teria feito dela o que ela era. Acho que poderia haver motivos pra ela não ter me contado. Algumas pessoas vivem dia por dia, e não olham pra trás. Pra que olhar o passado se a pessoa está feliz no presente?
Arthur levou um tempo pensando. Pegou um guardanapo e embrulhou seu sanduíche de bacon, guardando-o no bolso.

– E alguma vez você comprou joias pra Manda e pra Donna?
– Claro. A Donna gosta de coisas baratas e brilhantes. Tem as gavetas cheias disso. A Manda gosta da merda cara. Diamantes, platina, pra mostrar o quanto eu gosto dela. Gasto uma fortuna.
– Então você pensa muito no que vai comprar? – Arthur perguntou, pensando no pingente de livro com a única página gravada, e no quanto De Chauffant deveria estar enamorado de Miriam.
– Na verdade, não. Deixo que elas escolham. Elas indicam as coisas de que gostam ou elas mesmas compram. Ou posso pegar alguma coisinha com amigos que eu sei que conseguem uns negócios bonitos baratos. Mas no caso da aliança vou me esforçar. Isso é pra sempre.
– Obrigado. Ajudou muito. – Arthur levantou-se e encarou o homem. – Você perguntou se eu fiz uma boa escolha com a minha esposa. Não tenho a menor dúvida. Mas não tenho certeza de eu ter sido uma boa escolha pra ela.

O homem deu um soquinho no ombro de Arthur.

– Não, você parece ser um bom homem. Acho que, provavelmente, você foi uma boa escolha.

– Você acha? – Subitamente ele se sentiu como se precisasse de uma confirmação, até mesmo desse estranho infiel e descarado.

– Você foi fiel, é bondoso, você ouve, você é atento, dá bons conselhos, não é um sujeito de se jogar fora. Tenho certeza de que ela fez uma boa escolha com você.

– Obrigado – Arthur disse baixinho.

Ele pagou a conta e deixou uma gorjeta de duas libras. A garçonete viu-o e acenou.

– Ela é mesmo uma graça – o homem disse quando os dois saíram juntos. – Você acha que essa...?

– Não – respondeu Arthur com firmeza. – Não, não acho.

12

O LIVRO

A casa de François De Chauffant era maior do que Arthur esperara. Era extravagante, opulenta, como deveria ser um hotel cinco estrelas com um homem de cartola cinza parado à porta. Sua fachada branca reluzia ao sol. Arthur sentiu-se subitamente constrangido com sua própria casa de tijolos aparentes, três dormitórios, um pouco isolada. Nunca tinha desejado possuir algo mais suntuoso. Ele e Miriam tinham certa vez considerado uma mudança, para ficar um pouco mais perto da escola de Dan e Lucy, mas ele nunca tinha julgado a si mesmo, ou a outros, pelo tamanho de suas casas. "Lar é onde mora o coração", sua mãe costumava dizer. Será que ele deveria ter tentado subir na carreira, para poder oferecer algo melhor para sua família? Deveria ter se esforçado para ser mais bem-sucedido? Estas eram questões que ele nunca havia considerado até começar esta empreitada.

Ao ficar parado em frente à casa, e observar a descida em curva leve, os álamos, o quarteirão perfeitamente podado, imaginou De Chauffant e Miriam passeando de mãos dadas, ela toda de branco, e ele todo de preto, atraindo olhares de admiração dos vizinhos e passantes. Em sua imaginação, eles pisavam em uníssono e riam, as cabeças inclinadas e se tocando. Então, se beijavam na soleira, antes de sumirem dentro da casa.

Arthur afundou as mãos nos bolsos e analisou sua ridícula calça azul, as robustas sandálias de caminhada, a mochila de nylon com uma bússola. Ele não tinha nada de glamoroso. Se Miriam tivesse ficado com o escritor francês, poderia ter levado uma vida de luxo e criatividade, em vez de optar pela vida doméstica com um serralheiro entediante. Seus filhos poderiam ter estudado em escolas particulares, sem que lhes faltasse nada. Arthur frequentemente recusara-se a comprar brinquedos para Dan e Lucy por serem caros demais.

Mas nem uma vez sua esposa o fizera se sentir como se não bastasse. Ele estava fazendo isso consigo mesmo.

Seus joelhos tremiam quando ele subiu a escada. Segurou a aldrava de ferro preto, com a forma de uma cabeça de leão. Endireitando as costas, ficou de prontidão para que a porta fosse aberta por um deus do amor francês, de cabelos negros, envelhecido. Já tinha decidido que De Chauffant ainda estaria usando sua calça preta justa e o pulôver de gola olímpica. Eram sua marca registrada, Arthur tinha certeza. Estaria descalço, com um lápis enfiado atrás da orelha. E como ele atenderia a porta? Com um floreio? Ou com um suspiro porque sua última obra-prima tinha sido perturbada?

Arthur bateu com tanta segurança quanto pôde. Esperou alguns minutos, depois voltou a bater. Sentia-se enjoado, como se tivesse acabado de descer de um trem após uma longa viagem. Sua mente lhe dizia para dar meia-volta, ir embora e esquecer aquela missão idiota. Seu coração dizia que ficasse, que tinha que continuar.

Houve um chacoalhar atrás da porta, o barulho de correntes sendo retiradas. A porta abriu-se apenas alguns centímetros. Ele viu de relance uma vestimenta cor-de-rosa. Um olho encostou à abertura.

– Pois não?

Não conseguiu saber se a voz pertencia a um homem ou a uma mulher. Não era a voz que ele conferira a seu rival amoroso.

– Vim ver François De Chauffant.

– Quem é o senhor?
– Meu nome é Arthur Pepper. Acho que minha esposa foi amiga do sr. Chauffant. – A porta permaneceu aberta, então ele acrescentou: – Ela morreu há um ano, e estou tentando rastrear seus amigos.

A porta abriu-se lentamente. Um jovem, a caminho dos trinta anos, ficou ali. Era muito magro e usava um jeans que partia dos quadris. "Led Zeppelin" era o que dizia sua camiseta, curta o bastante para exibir seu umbigo, onde estava incrustada uma pedra vermelha reluzente. Olhos fundos azul-marinho piscavam através do cabelo espetado cor-de-rosa claro.

– Ele não vai reconhecer sua esposa. – Seu sotaque era suave, do Leste Europeu.

– Tenho uma foto.

O homem sacudiu a cabeça. – Ele não está bem pra reconhecer ninguém.

– Tenho motivos para acreditar que ele e minha esposa foram próximos. Há muito tempo. Na década de 1960...

– Ele está com Alzheimer.

– Ah.

Isto foi inesperado. A imagem de Arthur, de um *beatnik* arrogante vestido de preto, desapareceu, e não substituída por nenhuma outra.

O rapaz parecia que ia fechar a porta, mas disse:

– O senhor gostaria de entrar? Está parecendo que não lhe faria mal se sentar um pouco.

Foi apenas quando ele disse isto que Arthur percebeu que seu tornozelo estava ameaçando travar. Estivera andando desde que encontrara o homem com as duas namoradas no café.

– Seria grande gentileza sua.

– Meu nome é Sebastian – disse o rapaz por cima do ombro. Seus pés faziam um barulho de sucção conforme ele seguia pelo piso de mosaico do corredor de entrada, deixando marcas que desapareciam após alguns segundos.

– Por favor, fique à vontade. – Ele acenou em direção a uma porta. – Aceita um chá? Não gosto de prepará-lo só para mim. Seus olhos eram grandes, ardentes.

– Adoraria um chá.

Arthur abriu a porta e entrou na sala. Todas as paredes tinham estantes que iam do chão ao teto, cheias de livros. Uma escada comprida estava apoiada em uma parede. A mobília era de madeira escura e pesada, com assentos de veludo gasto, e almofadas em tons de rubi, safira, ouro e esmeralda. O teto estava pintado de azul-índigo e pontilhado com estrelas prateadas.

Uau, Arthur pensou. Ficou parado no mesmo lugar, e se virou. A sala era como um set de filmagem. Não queria se sentar. Queria circular por ali e tocar nos livros. Havia uma grande escrivaninha xerife, de carvalho, posicionada junto à janela saliente que dava para a rua. Na escrivaninha estava uma velha máquina de escrever com uma folha de papel pronta para De Chauffant invocar nova obra-prima, ou plagiar. Arthur aproximou-se para ver se havia qualquer palavra na folha branca novinha. Não havia. Sentiu um leve desapontamento. Ele próprio não era artista ou criativo, então o fato de pessoas poderem ganhar a vida pintando, ou escrevendo, intrigava-o.

Foi apenas após um tempo que reparou que o aparador estava coberto de poeira. Canecas pontilhavam o chão de tacos. Por detrás das almofadas do sofá apontavam invólucros de barras de chocolate. Nada era tão elegante como parecera à primeira vista.

Escolheu uma cadeira estofada com veludo verde-amarelado e se sentou.

Sebastian retornou à sala. Trazia uma bandeja de plástico vermelha com bolinhas brancas, sobre a qual havia duas xícaras de chá de mau gosto e um bule combinando. Colocou a bandeja numa mesinha de centro, empurrando uma pilha de revistas para o chão. Arthur pegou-as e as colocou em outra cadeira.

Sebastian não registrou isso, como se fosse normal fazer uma bagunça enquanto se agia.

– Aqui está – disse. – Devo fazer as honras e servir? É assim que vocês dizem isto, certo?
– Certo.
Arthur sorriu. Refreou-se de tentar ajudar ao ver a mão do rapaz tremendo.
– Então. – Sebastian estendeu a xícara no pires a Arthur. Apontou o dedo em sequência para as cadeiras espalhadas pela sala, e depois pegou a maior delas, que tinha o estofamento saindo pelo canto do desbotado tecido azul-esverdeado. Levantou os pés. – Me conte sobre sua esposa. Por que está aqui?

Arthur explicou a respeito da pulseira e como estava rastreando a história por detrás dos pingentes, para poder saber mais sobre Miriam, antes de se conhecerem.

– Também estou me conhecendo mais – admitiu. – Com cada pessoa que encontro, com cada história que ouço, me sinto como se estivesse mudando e crescendo. E talvez outros também se beneficiem um pouco ao me conhecer. É uma sensação estranha.

– Deve ser estimulante.

– É, mas também sinto culpa. Estou vivo, mas minha esposa não.

Sebastian concordou brevemente com a cabeça, como se entendesse.

– Eu também já me senti vivo. Estava lá e cá, excitado. Agora estou aqui, aprisionado.

– Você não está realmente aprisionado, está? Você pode sair daqui quando quiser?

Sebastian acenou com a mão, com desdém.

– Deixe-me contar a minha vida, Arthur. Enquanto você está descobrindo a sua, a minha está morrendo. Isto pode soar um pouco dramático, mas é como me sinto. François e eu ficamos juntos por uns dois anos, antes de ele esquecer quem era. Começou com coisinhas pequenas, esquecia-se de apagar as luzes, perdia os óculos. Todo mundo faz essas coisas, certo? É fácil colocar a caixa de cereais no armário de xícaras de café, ou perder os sapatos debaixo da cama. Você vai para o andar de cima e esquece o motivo, ou compra uma garrafa de leite quando ainda tem leite na geladeira. Só que François quase pôs fogo na casa. – Seus olhos ficaram marejados de emoção. – Ele subiu para seu cochilo da tarde, sempre entre as duas e as quatro horas. Deixo-o sozinho nesses momentos, para que ele possa recuperar as forças antes de recomeçar a escrever. Entrei no quarto para acordá-lo e a cama estava pegando fogo. Chamas que chegavam quase até o teto. François estava simplesmente sentado, olhando pela janela. Nem mesmo percebeu o perigo. Corri feito uma gazela, levei um cobertor para o banheiro e abri o chuveiro pra molhá-lo. Depois, extingui as chamas com ele. O colchão estava preto, fumegante, e mesmo assim François não disse nada. Agarrei seus ombros. "Você está bem?", perguntei. Mas ele me encarou sem expressão. Foi então que eu soube que sua mente tinha dançado. Ele nunca mais voltaria a ser brilhante.

Uma sensação estranha invadiu Arthur, uma consciência de que Sebastian não estava falando de De Chauffant como faria um assistente.

– Como foi que você o conheceu?

– Vim pra Londres há quatro anos, e trabalhei em uma boate, atrás do bar. Meus patrões me tratavam mal e descontavam do meu salário se eu quebrasse um copo. Eu era jovem demais pra me virar sozinho. François chegou numa noite com amigos, e batemos um papo sobre isto e aquilo. Ele começou a vir na maioria das noites. Conversamos todas as vezes, durante três semanas, e ele me ofereceu um emprego. Disse que em parte seria trabalho doméstico, parte seriam funções administrativas, e parte lhe servir de companhia. Achei-o fascinante. Fiquei lisonjeado que um escritor famoso estivesse interessado em mim. Mudei-me pra dar uma ajuda, e nosso relacionamento evoluiu a partir daí.

Arthur deu um gole no chá, refletindo sobre a palavra *relacionamento*.

– Espero que não se incomode de eu estar conversando com você, Arthur – Sebastian disse. – Minhas palavras me escapam. Estão guardadas dentro de mim há muito tempo. Ele é odiado por muita gente. Seus amigos e sua família já não dão a mínima. Ele mudou de agente, e o novo não se incomodou, só quer saber de dinheiro. Só restei eu. Não posso virar as costas. Então fico e cuido dele. Não posso ir embora. Tenho vinte e oito anos e estou encalacrado.

– Você é o... Cuidador dele?

– Agora sou, porque não tem mais nada entre nós. Não como antes. Quando a gente se conheceu, ele era incrível, era livre. Foi disso que gostei nele. Ajudei-o a digitar suas palavras, ajudei-o com tarefas cotidianas, ajudei-o com seu diário. Ele disse que eu o fazia lembrar-se de um poodle, tão bonito e ansioso. Ri com isso, e ele gostou de eu não me sentir ofendido. Ele era capaz de dizer coisas desagradáveis, ser ranzinza e deselegante, mas me deu um lar, me deu segurança. Eu tinha dinheiro pra mandar pra minha família. Achei que era meu dever ficar e cuidar dele. Se eu fosse embora, quem tomaria conta dele? Tenho todas essas... Preocupações. – Ele girou as mãos dos dois lados da cabeça.

– Não existem outras pessoas que poderiam dar uma força? – Arthur perguntou.

Sebastian sacudiu a cabeça. – Pra mim, não.

– Você tem alguém com quem conversar?

– Tenho uns dois amigos, mas não são próximos. Foi bom falar com você, Arthur. Descarregar a cabeça. Eu precisava falar, e me sinto um pouco melhor agora. Sei que um dia terei que ir embora... Ou vou ficar louco.

– Me sinto melhor por sair de casa e conhecer pessoas – Arthur admitiu. – Nunca pensei que isto fosse acontecer.

Sebastian concordou com um gesto de cabeça.

– Obrigado por me ouvir.

Eles terminaram o chá e Sebastian juntou as xícaras. Colocou sobre um aparador, com outras quatro.

– Você acha que François e sua esposa foram amantes? – perguntou.

Era uma pergunta direta, mas que Arthur andara ruminando desde que Kate Graystock lhe mostrara a fotografia.

– Acho que podem ter sido – disse.
– E isto o deixa triste?
– Não tão triste, mas confuso. Eu não sabia que ela tinha vivido com um homem antes de mim. Não sei muito bem como eu poderia me igualar a um homem com uma reputação tão voraz.
– Hum – Sebastian disse, pensativo. – Você sabe que François é homossexual?

Arthur sacudiu a cabeça. – Não. Como é que ele pode... – Ele tinha deduzido que Sebastian era gay, mas De Chauffant? Kate o havia descrito como um playboy promíscuo.

– Ele e sua esposa podem ter sido amantes. Nas décadas de 1960, 1970, ele não conseguia, como dizer, manter aquilo dentro da calça. E ele também gostava de homens. Mas dizer isto naquela época arruinaria sua obra, sua reputação. Ele gostava de pensar em si mesmo como uma lenda, então havia muitas garotas e mulheres. Demais. Não acho que ele tenha ficado com ninguém tempo demais para partir seu coração, só se a pessoa fosse muito carente. – Ele disse isto como se tivesse havido uma pergunta.

– Miriam era uma mulher forte.
– Então, duvido que ele tivesse partido seu coração... Se é que isto pode servir de alguma ajuda...

Não servia.

– Você acha que eu poderia conhecê-lo?
– Posso dizer a ele que você está aqui... Ele não recebe muitas visitas. Pode ser que fique satisfeito.

Arthur queria ver por si mesmo este homem que mentira para mulheres, para sua esposa, que roubara a ideia de lorde Graystock. Este enigma.

– É. – Levantou-se. – Quero vê-lo.

Seguiu Sebastian por dois lances de escada. Ao chegarem a uma porta no alto da casa, percebeu que estava apertando os punhos. Mas precisava confrontar esta parte do passado da esposa, este homem que era a antítese de tudo que ele mesmo era. Teria este gênio inquieto, desregrado roubado o coração de Miriam?

Sebastian abriu a porta. Entrou primeiro.

– Ele está acordado – disse. – Mas não fique muito tempo. Ele se cansa com facilidade, e eu serei o primeiro a sofrer as consequências. – Ele simulou uma arma com o dedo, e atirou em sua própria têmpora.

Arthur aquiesceu. Hesitou por um momento, fora do quarto, e depois entrou.

Embora soubesse da doença de De Chauffant, não estava preparado para a visão do homem encurvado, sentado em uma poltrona no canto do quarto. Era pequeno, com cabelos brancos desgrenhados e sobrancelhas muito compridas. Tinha as mãos crispadas, o rosto retorcido. Os olhos estavam fixos e vazios – um mero eco do rapaz insolente da fotografia que lhe fora dada por Kate Graystock. De Chauffant não registrou a presença de Arthur ou de Sebastian.

O quarto cheirava a urina e desinfetante, parcamente disfarçados por um aromatizante de rosas. Havia uma cama de solteiro com cobertores de lã cinza e um urinol de cerâmica usado ao lado. Uma mesa de cabeceira estava cheia de livros e tinha um monitor de bebê. A luz vermelha estava acesa. *Ele ainda pode ler*, Arthur pensou, aliviado de que restasse pelo menos este prazer a essa pobre criatura.

Avançou, e Sebastian recuou, deixando o quarto.

– Volto em cinco minutos.

Arthur concordou com um gesto de cabeça, e se virou.

– Sr. De Chauffant. Meu nome é Arthur Pepper. Acho que o senhor conheceu minha esposa... – Sua mão tremeu ao mostrar a fotografia. – Acho que isto é de muito tempo atrás, 1963. Ela está aqui com o senhor. Pode ver? Ao ver isto, fiquei com muito ciúme da intensidade com que ela o olha. – Deu um tapinha delicado no alto da cabeça de Miriam na fotografia. Esperou para ver se De Chauffant reagia. Arthur analisou seu rosto enrugado, em busca do esboço de um sorriso, ou da dilatação de suas pupilas. Não houve nada. Tirou a pulseira do bolso.

– Estou aqui pra saber se o senhor deu a ela este pingente na pulseira. É um livro. Dentro tem uma inscrição que diz "*Ma chérie*".

– O tempo todo em que ele falou, sabia que suas palavras eram inúteis. O velho não dava nenhuma mostra de que alguém estivesse ali, falando com ele. Arthur ficou por um tempo, depois suspirou e virou as costas.

Sebastian estava na entrada do quarto, de braços cruzados. Pela primeira vez, Arthur viu as manchas roxas que marcavam seus braços. Aproximou-se.

– Foi *ele* quem fez isto? – sussurrou.

– Alguns, quando preciso mudá-lo de lugar, e ele fica confuso. Mas ontem à noite eu estava solitário, chamei um velho... amigo. Ele veio. As coisas saíram do controle. Ele me sacudiu.

– Você chamou a polícia?

Sebastian sacudiu a cabeça.

– A culpa é minha. Sei como ele é. Mas mesmo assim. Eu precisava abraçar alguém. Você entende o que significa ser tão sozinho, Arthur?

– É, entendo.

Sebastian desceu e Arthur foi atrás.

– Logo vou ter que mudá-lo pra baixo, mas não sou forte.

– Você precisa de ajuda. Não deveria estar fazendo isto sozinho.

– Vou dar um jeito.

No corredor de entrada, Arthur estendeu a pulseira. Não poderia deixar sua jornada terminar com a visão de De Chauffant enrodilhado como uma folha morta na cadeira.

– Dentro deste pingente de livro está escrito *"Ma chérie"*. Você tem alguma ideia do que é isto?

Sebastian tocou no pingente, e depois confirmou:

– Sim, acho que tenho. – No cômodo da frente, ele se curvou e abriu um armário. Depois, estendeu um livro a Arthur. – Conheço a obra de François do avesso. Li todos os seus romances, poemas, reflexões, nos intervalos entre lavar e trocar suas roupas. Aqui tem um poema. Chama-se *"Ma chérie"*. Será uma coincidência?

– Vai ver que sim.

Sebastian foi rapidamente até a página.

– Foi escrito em 1963. Isto foi no mesmo ano em que você acha que François e sua esposa eram amigos?

Arthur confirmou com a cabeça. Não queria ler as palavras, ver se revelavam o que acontecera entre o romancista e sua esposa, mas sabia que tinha que olhar, tinha que saber.

– Fique com ele. Ele tem bem uns dez exemplares. Sempre foi fã de seu próprio trabalho. Não gosto da sua obra. É muito... Elaborada. Muito dramática. Eu o amo porque me lembro do que ele era, mas o detesto porque ele me mantém aqui. Sou como um pássaro numa gaiola de ouro.

– Você deveria acionar o serviço social.

– Sou ilegal. Não existo. Não posso dar o meu nome. Não tenho um número. Sou invisível e tenho que permanecer assim. Sou uma não pessoa. Só tenho duas escolhas na vida: ficar ou ir. Se eu for, pra onde será? – Jogou as mãos para o alto. – Não tenho um lugar. Não sei o que sou sem ele.

Subitamente, Arthur sentiu-se extremamente responsável pelo rapaz de cabelo cor-de-rosa, cuja vida estava em suspenso por causa de um velho que sempre fora egoísta.

– Você precisa descobrir. Você é jovem. Tem a vida toda pela frente. Está perdendo a chance de ter aventuras, experiências e amor. Deixe um bilhete, mande uma carta, dê um telefonema anônimo, mas você tem que sair, viver sua própria vida. Você vai achar alguém. Não se acomode em nome de alguém que o magoa. Encontre alguém que o ame, que talvez tenha sua própria idade.

Ficou imaginando de onde vinham suas palavras. A última vez que tentara aconselhar Dan em sua lição de casa de ciências seu filho arrancara o livro da sua mão. ("Não me diga o que fazer. Esta é a função da mamãe. Você nunca está por perto.") Arthur tinha olhado para ele, chocado com a explosão. Não era tão presente quanto Miriam, mas ainda era capaz de ajudar seus filhos. Depois disso, manteve a boca firmemente fechada, e deixou as lições de casa para o restante da família. Miriam era a solidária, aquela que "entendia". Ele sabia seu lugar, que era o de sair para trabalhar e prover.

– Obrigado, Arthur. – Sebastian inclinou-se para a frente e deu um beijo no seu rosto. – Espero tê-lo ajudado também.

– Ajudou. Obrigado.

Arthur nunca tinha sido beijado por um homem, exceto por seu filho quando criança. A sensação era estranha, indesejável, na verdade. Mas pelo menos se sentiu útil.

O dia tinha sido longo. Não tinha encontrado o que esperava. Imaginou se Miriam tinha se sentido presa pelo casamento como Sebastian estava aqui. Pegou Sebastian pelo braço, com delicadeza, abaixo do hematoma.

– Se quiser ir embora, vá agora – sussurrou. – Eu ficarei aqui. Tomarei providências em relação a sr. De Chauffant. Ele ficará bem.

Sebastian ficou paralisado, refletindo sobre a proposta de Arthur. Sacudiu a cabeça.

– Não posso pedir isto. Não posso deixá-lo. Pelo menos não agora. Mas vou pensar sobre o que me disse. Você é um homem bom. Sua mulher teve sorte, acho.

– Quem teve sorte fui eu.

– Espero que encontre o que procura no livro.

– Espero que as coisas deem certo pra você.

O céu estava azul-safira quando Arthur saiu da casa. As luzes estavam acesas em cada uma das casas da rua, dando uma amostra da vida das pessoas em seu interior. Enquanto se afastava da casa de De Chauffant, viu uma menina de cabelo pajem, preto, tendo aula de piano, dois meninos adolescentes no peitoril da janela da sala da frente fazendo o sinal "V" para os passantes, e uma mulher de cabelo loiro e raízes pretas, lutando para entrar com um canguru de bebê dentro de casa, e depois mais um. – Gêmeos! – gritou para ele. – Dificuldade em dobro!

Arthur se perguntou se os vizinhos sabiam o que acontecia no número 56: que um rapaz imigrante cuidava do seu antigo companheiro, doente, idoso, que já fora um escritor famoso. Não podia contar a ninguém, não podia comprometer a situação de Sebastian. Não era assunto seu.

Encontrou um banco do outro lado de uma praça, onde um casal e seu bull terrier inglês desfrutavam um piquenique à noite. Bebiam do gargalo de uma garrafa de *prosecco*.

O banco estava bem iluminado por uma luz de rua, e quando Arthur sentou-se e abriu o livro, as páginas reluziram alaranjadas. Correndo o dedo pelo sumário, encontrou o poema *"Ma chérie"*.

Ma chérie

Sua risada tilinta, seus olhos cintilam
Como posso ficar sem você?
Você me ajuda a viver, ouve meu pranto,
Mas seus lábios são discretos, não mentem.

Um corpo esbelto, cabelo cor da noz
Índia, e para mim,
e no entanto, você me diz que não vê,
E isto me é muito valioso.

Um breve romance, mas muito vital
Nossos dedos se tocam e você sabe
A importância que tem para mim, seu brilho,
Completude.

Ma chérie.

Arthur fechou o livro. Sentiu-se nauseado. Não havia dúvida de que o poema dizia respeito a sua esposa, mesmo que De Chauffant preferisse homens. A referência a seu cabelo e ao lugar onde vivera eram óbvias.

Para ele, era evidente que este era um caso de amor importante, cheio de paixão, compelindo De Chauffant a escrever um poema. Arthur nunca tinha escrito cartas para sua esposa, muito menos um poema.

"Quem procura acha." Sua mãe lhe dissera isto uma vez. A lembrança voltou. Fechou os olhos e tentou se lembrar de quando e onde, mas todos os detalhes lhe fugiram. Desejou poder estar com ela, agora, novamente um garotinho, sem preocupações, nem responsabilidades. Mas ao abrir os olhos viu suas próprias mãos enrugadas agarrando o livro.

Então, agora ele sabia sobre os pingentes do livro, do elefante e do tigre. Ainda havia os da paleta, do anel, da flor, do dedal e do coração.

Ele era um velho sentado em um banco em Londres. Tinha um tornozelo inflamado e uma sensação dolorosa de vazio por deixar Sebastian em sua prisão forrada de livros, mas tinha que prosseguir em sua missão.

Fechou o livro de poesias e o deixou no banco. Ao se afastar, não pôde deixar de pensar qual seria o próximo pingente que lhe traria novas descobertas.

13

LUCY, A SEGUNDA

Arthur não tinha um plano. Não tinha ido além da ideia de encontrar De Chauffant. Trazia alguns artigos de toalete em sua mochila, mas não havia reservado um quarto de hotel para passar a noite, em parte na expectativa de voltar para casa no final do dia. Agora era tarde, passava das dez horas. Anotara os horários do trem para voltar a York, mas não o entusiasmava a ideia de pegar um ônibus à noite que o levasse à estação King's Cross, ou de enfrentar o metrô pela primeira vez.

Caminhou pelas ruas até não ter mais a mínima ideia de onde estava, ou mesmo de quem era. Imagens e fragmentos de conversas passavam por sua cabeça. O olho de Sebastian espiando pela porta estava justaposto à visão de Miriam na cama, dormindo, em sua lua de mel. Enxugou uma lágrima em sua mente, enquanto deixava Dan na escola pela primeira vez, mas então viu um homem no café Pearly Queen, tentando decidir com qual das suas duas amantes deveria se casar.

Em certa época ele havia sido Arthur Pepper, marido amantíssimo de Miriam e pai devotado de Dan e Lucy. Era muito simples. Mas agora dizia isto para si mesmo, e soava como um obituário comum. Quem era ele agora? Viúvo de Miriam? Não. Teria que ser mais do que isso. Não poderia ser definido pela morte da mulher. Para onde iria a seguir? Qual seria sua próxima pista?

Estava cansado demais para pensar, perturbado pelas coisas que rodavam em sua mente. *Por favor, chega*, pensou, enquanto dobrava penosamente mais uma esquina. Viu-se em uma rua animada. Um grupo de garotos fazia hora em frente a uma lanchonete, comendo pizza com queijo derretido de uma embalagem de papelão e empurrando uns aos outros para a rua. Um táxi preto pisou no breque e buzinou. Os garotos caçoaram.

As ruas ainda estavam cheias de bancadas com mercadorias para turistas: *pashminas*, duas por dez libras, carregadores de celular, camisetas, guias de viagem.

Os sons e visões encheram ainda mais a cabeça de Arthur. Queria se deitar em algum lugar quieto e deixar seu cérebro processar os acontecimentos do dia, pensar no que fazer a seguir.

Ao longo da rua havia uma pequena placa em uma porta. *Hostel*. Entrou sem pensar.

Na recepção, uma jovem australiana usava uma regata branca que revelava a tatuagem tribal azul encobrindo seu ombro direito. Ela o informou que o preço do quarto era 35 libras por noite, e só restava uma cama. Deu a Arthur um cobertor cinza enrolado e um travesseiro mole, indicando-lhe um corredor que levava até o quarto.

Arthur esperava que talvez tivesse que dividir o quarto com mais alguém, mas entrou em um onde havia três beliches e cinco garotas alemãs sentadas no chão. Todas usavam short jeans e camisas xadrez muito justas sobre sutiãs coloridos. Compartilhavam um pão crocante, uma porção de queijo *edam* e latas de cidra.

Disfarçando sua surpresa, Arthur cumprimentou-as com um animado "Alô", depois localizou a cama no quarto onde não estavam empilhadas roupas e mochilas. Não queria bancar o bobo, subindo em seu beliche e descobrindo que seus joelhos travavam na metade do caminho, então pediu licença e foi até a recepção, onde leu um jornal de três dias, até que as meninas saíssem do quarto. Observou, enquanto elas brincavam de cavalinho umas com as outras e saíam noite afora.

Pensou no quanto ele próprio se sentia exuberante ao se preparar para encontrar Miriam, assim que começaram a namorar. Enquanto tomava banho, se barbeava, penteava o cabelo para trás com um toque de Brylcreem, seu estômago dava voltas. Prestava atenção para que seu terno e sua camisa estivessem passados, os sapatos, engraxados. Guardava o pente no bolso e ia assobiando ao encontro dela. Havia uma sorveteria onde eles se sentavam junto à vitrine e tomavam limonada com uma bola de sorvete de baunilha flutuando no alto, ou às vezes iam ao cinema. Sendo um aprendiz naquela época, não tinha muito dinheiro, então economizava a semana toda só para o caso de Miriam querer comer num lugar bom, mas ela ficava feliz em sair para passear com ele e com seus programas simples. Ele, então, não sabia que ela convivera com tigres, e tinha um poema escrito a seu respeito por um famoso escritor francês.

Um grupo de garotas passou pela janela do *hostel*. Uma delas usava um véu de noiva e um símbolo: "L";* as outras exibiam chifres de diabo, tutus vermelhos e meias arrastão. Cantavam uma música a plenos pulmões. – Como uma virgem – foram as palavras que ele ouviu.

Elas acenaram para ele, e ele acenou de volta.

A despedida de solteira de Miriam foi um jantar com a mãe e duas amigas numa Berni Inn. Tinha sido o auge da sofisticação. Na véspera do casamento, Arthur e seu amigo Bill (já falecido) foram a um jogo de futebol, e depois tomaram duas canecas de Shandy, uma mistura de cerveja com limonada. Todos os seus sentidos ficaram aguçados pela excitação de se casar com Miriam no dia seguinte. A Shandy estava doce, os cantos do futebol fizeram pulsar seus

---

* Símbolo de *"loser"*, literalmente, "fracassado". (N. da T.)

ouvidos. Podia sentir a etiqueta da sua camisa roçando no pescoço. Cada centímetro seu estava pronto para tornar Miriam sua esposa.

O dia do casamento tinha passado num rodamoinho, como os confetes que caíam rodopiando sobre eles ao deixarem a igreja. A recepção foi para trinta pessoas num centro comunitário. A sisuda mãe de Miriam preparou os sanduíches e torta de porco como presente de casamento. Os pais de Arthur pagaram para que eles saíssem dois dias em lua de mel em uma fazenda. Eles partiram naquela noite com latas chacoalhando e um cartaz de papelão escrito "Recém-casados" pregado na traseira do Morris Minor de Arthur.

Na casa da fazenda fazia um frio de bater o queixo. Os carneiros baliram a noite toda e a fazendeira tinha o ar de quem tivesse engolido uma vespa. Mas Arthur adorou. Miriam arrumou-se para ir para a cama atrás de um biombo de madeira no quarto, e Arthur no banheiro que ficava fora da casa. Teve que enfiar as pernas do pijama dentro das botas e carregar suas roupas por um lamaçal.

Miriam estava linda em sua camisola comprida de algodão, com rosas cor-de-rosa bordadas ao redor do pescoço. Ele tentou não gemer de desejo quando tocou sua cintura e ela se aproximou dele. Foram para a cama e fizeram amor pela primeira vez. Era a primeira vez dele. E, depois, os dois ficaram deitados nos braços um do outro, conversando sobre onde iriam morar e as crianças que iriam ter. E até agora aquele fora o melhor dia da sua vida por estar tão cheio de ternura, alívio e desejo. Ainda que eles tivessem muitos dias maravilhosos depois daquele – os nascimentos de Dan e Lucy, férias familiares –, aquele momento com Miriam, suas primeiras horas como marido e mulher, fora o melhor. Desejou que a menina com o símbolo "L" tivesse a mesma sensação no dia do seu casamento.

O fato é que, quando se chega à idade dele, é pouco provável haver mais dias maravilhosos pela frente, aqueles onde você para e pensa: *Vou me lembrar deste dia para sempre.* Tinha segurado Kyle e Marina quando eram bebês e cheirado seu doce hálito de leite, seus corpos esquivos. Agora, pensava no que haveria à frente para ansiar.

Desejou não estar mais em Londres, mas enfiado na cama com seus costumeiros chocolate quente e jornal. Em vez disso, estava aqui, só, inquieto.

Reconhecendo seu estado melancólico, pensou que a melhor coisa a fazer era ir para a cama. Voltou para o quarto e subiu no seu beliche pouco depois da meia-noite, com o tornozelo latejando. Aconchegou-se debaixo dos cobertores completamente vestido e tentou pensar na sua lua de mel. Ônibus retumbavam pela janela e havia muita gritaria, até que ele finalmente adormeceu com uma sirene de ambulância.

Foi acordado às três da manhã, com a volta das garotas. Estavam bêbadas, cantando em alemão. Uma delas trouxera um homem para o quarto. Ele entrou com ela no beliche, na cama abaixo de Arthur. Houve risadinhas e muito roçar de roupas de cama.

Por sorte, os rangidos e os sacolejos da cama que vieram a seguir duraram poucos minutos. As outras meninas riram e cochicharam. Arthur cobriu a cabeça com seus cobertores ásperos, embora seus olhos estivessem arregalados. De início, disse a si mesmo que não era possível que eles estivessem fazendo sexo. Quem é que sairia, encontraria alguém e depois fornicaria num quarto cheio de outras pessoas? Mas pelo resfolegar e pelos suspiros ficava óbvio que este era o tipo de atividade que acontecia abaixo dele. Pensou no quanto as coisas haviam mudado e que às vezes não gostava muito deste novo mundo moderno.

A conversa foi morrendo aos poucos e o casal na cama de baixo beijou-se ruidosamente por um tempo. Ele ouviu o zíper de uma mala, uma embalagem de lenços de papel sendo aberta e depois silêncio.

Ali deitado, pensou em como esta era a primeira noite, em um ano, em que não tinha ficado só. Jamais imaginara que algum dia passaria uma noite dormindo ao lado de outras pessoas. Curiosamente, achou confortante a respiração suave e os roncos que começaram a ondular pelo quarto enquanto voltava a dormir.

Pela manhã, desceu da cama enquanto todas as garotas continuavam dormindo. Ao enfiar as sandálias, o homem da cama de baixo sentou-se no chão amarrando os tênis. Usava jeans cor-de-rosa escuro, enrolado no tornozelo. Não combinava com seu cabelo ruivo pixaim.

– Psiu. – Ele levou o dedo aos lábios. – Vamos cair fora daqui, cara – disse num sotaque americano, como se Arthur fizesse parte do seu plano.

Arthur quis explicar que era um viajante solitário, que não havia tomado parte na bagunça da noite passada. Não estava com as alemãs sob nenhum aspecto, mas apenas concordou com a cabeça.

– Você sabe pra que lado fica King's Cross – perguntou, enquanto eles estavam na entrada, piscando com a primeira luz matinal. O café da manhã do *hostel* era um saco de papel pardo, deixado na recepção com seu nome. Alguém havia escrito "Arthur Pepper". O americano tinha se servido de um saco que trazia o nome "Anna".

– Ah, pegue a esquerda e você vai chegar numa estação de metrô. De lá, você pode chegar na King's Cross. – O homem olhou dentro do saco e franziu o nariz. – Uma maçã, uma barra de cereais e uma caixinha de suco de laranja. Nossa! É só isto?

Arthur achou que ele estava sendo muito mal-agradecido, já que tinha feito sexo, arrumado uma cama para passar a noite e roubado um café da manhã.

O homem enfiou a barra de cereais num bolso e a caixinha de suco em outro. Depois, fincou os dentes na maçã, amassou o saco de papel e o atirou no chão, na entrada do *hostel*.

– A gente se vê – disse, e saiu correndo, como se tivesse um compromisso.

Arthur foi andando até a estação de metrô, e desceu para a passagem subterrânea. Um homem tocava flauta e, um pouco mais distante, uma mulher dedilhava uma guitarra tendo aos pés um sombreiro virado ao contrário. Jogou uma moeda de cinquenta *pennies* na frente de cada um e acompanhou o fluxo das pessoas que entravam na estação.

Colocou moedas numa máquina reluzente, que cuspiu um bilhete. Sentiu-se perdido, não só por nunca ter estado em um metrô. Pensava que fosse conseguir respostas claras em Londres, mas surgiram ainda mais camadas. Será que queria ficar retirando-as, como de uma cebola gigante, ou deveria deixá-las em paz?

O mapa na parede de azulejos à sua frente não podia ser maior. Era claro, com letras pretas nítidas, mas ele simplesmente não conseguia entendê-lo. Em certa ocasião, observara um engenheiro abrindo uma caixa de telefone na rua. Dentro, havia um inexplicável (pelo menos para Arthur) emaranhado de fios coloridos. Este mapa era parecido, embora ainda mais complicado. Quis esticar o braço e passar o dedo pelas linhas para descobrir aonde estava indo, porque seu olho punha-se a acompanhar uma linha e depois se perdia.

Todos à sua volta pareciam saber o que estavam fazendo e aonde estavam indo. Davam uma olhada no mapa, confirmavam com a cabeça e saíam a passos firmes, com determinação e segurança. Ele, por sua vez, sentia-se muito pequeno e insignificante.

Tentou seguir novamente a rota para King's Cross, mas não conseguiu entender onde fazer a baldeação. Considerou se deveria simplesmente pular em algum trem ao acaso e ver onde ele ia dar, ou voltar para a superfície e aguardar num ponto de ônibus.

Mas então: – Oi – disse uma voz simpática em seu ouvido esquerdo. – Está um pouco confuso?

Virou-se e viu um rapaz parado ao seu lado, ombro a ombro. Estava com as mãos afundadas nos bolsos do seu jeans baggy, cintura baixa. Acima do cós da calça viam-se uns bons centímetros de sua cueca vermelha. Sua camiseta era preta e branca e trazia escrito "The Killers", mas seu sorriso era aberto e amigável.

– Ah, estou. Nunca estive num metrô.

– É sua primeira vez em Londres, então?
– É. Não estou acostumado a ter que me localizar. Preciso ir pra King's Cross, pegar um trem pra casa.
– O senhor mora longe?
– Perto de York.
– Que delícia! Bem, King's Cross? Não é um percurso difícil, daqui são só duas baldeações. O senhor tem um bilhete de metrô?
– Tenho.
– Deixe-me dar uma olhada.

Grato pela gentileza do rapaz, Arthur tirou a carteira do bolso traseiro. Estava prestes a abri-la para pegar o bilhete quando ela sumiu das suas mãos. Puf! O homem saiu correndo em desabalada velocidade e imediatamente foi engolido por um mar de pessoas.

Como se estivesse em câmera lenta, Arthur olhou para suas mãos vazias, depois para o homem, sem acreditar. Tinha sido roubado. Era um tremendo idiota. Os jornais divertiam-se contando histórias sobre o tipo de pessoa que ele era: um aposentado ingênuo. Seus ombros caíram involuntariamente, desanimados.

No entanto, sua sensação de idiotice foi logo substituída por um acesso de raiva. Havia uma fotografia de Miriam na carteira. Ela estava sorrindo e tinha os braços em volta das crianças, que eram pequenas. Ele não tinha uma cópia. Como é que aquele homem se atrevia a se aproveitar dele? A raiva bateu no seu estômago, depois disparou pelo seu peito e explodiu na sua boca nas palavras:
– Pare! Ladrão! – Berrou o mais alto que pôde, surpreso do quanto era alto. Gritou de novo.

Começou a correr.

Arthur não conseguia se lembrar da última vez em que exigira das suas pernas tal atividade. Provavelmente fazia dois anos desde a última vez que saíra em disparada atrás de um ônibus, mas então pouco importava se o pegasse ou não. Antes disso, não fazia a mínima ideia. Talvez correndo atrás das crianças na praia? Era uma pessoa perseverante, não um corredor. Mas parecia que suas pernas tinham vida própria. Não deixariam que o ladrão se safasse com aquilo.

Qualquer pensamento de que suas pernas pudessem fraquejar ou desistir sumiu da sua cabeça, conforme ele acelerou atrás do homem. Gritava com educação "Com licença" e "Estou passando".

Negociou sua passagem contornando funcionários de escritórios que carregavam papéis e pastas, atravessando entre turistas japoneses de óculos escuros do tamanho de um pires, que espiavam por detrás de mapas imensos, passou por uma garota de cabelos violeta, cuja amiga tinha cabelos verdes, e vários *piercings* na sobrancelha. Todos eles demonstraram pouco ou nenhum interesse, como se todos os dias presenciassem um idoso correndo atrás de um ladrão.

– Aquele homem roubou minha carteira! – Arthur gritava para ninguém especificamente, apontando o homem.

Acelerou. Seu coração golpeava no peito e os joelhos davam um solavanco a cada passada. As paredes cinza da estação de metrô, cheias de cartazes de teatro e ópera, tornaram-se indistintas. Acenando e tropeçando um pouco com o cansaço das pernas, continuou sua perseguição.

Mas, subitamente, a passagem para a saída da estação do metrô se encheu de gente. Aparentemente, seu alvo tinha sumido. "Isto não é bom", Arthur disse consigo mesmo ao parar por um momento para recobrar o fôlego. *Simplesmente esqueça.*

Estava prestes a parar, a desistir, quando teve um relance de uma cueca vermelha – um bom dispositivo de rastreamento. Quis que suas pernas prosseguissem. *Vamos lá, Arthur, continue.*

Teve uma visão de quando Lucy e Dan eram pequenos. Estavam de férias, e Miriam parou em uma caminhonete de sorvete para comprar sorvete de casquinha. As crianças brincavam de pega-pega, batendo no braço ou nas costas um do outro e depois correndo. Lucy correu com o braço esticado para bater na perna de Dan, mas ele se desviou. Movia-se para trás dando pulinhos, escapando a cada vez dos golpes de Lucy. Foi-se afastando cada vez mais, até que chegou à beirada da calçada, e depois na rua. Lucy continuou indo atrás dele, concentrada, alheia a tudo que não fosse seu irmão irritante que tentava pegar. Um carro passou, depois outro, perigosamente perto. Um caminhão articulado começou a retumbar na direção deles. Arthur ficou paralisado, incapaz de se mexer enquanto os acontecimentos se desenrolavam muito rapidamente. Estava a menos de dez metros de distância. Gritou para Miriam, mas ela não ouviu. Lambia a calda de framboesa em volta da borda do cone. Arthur encontrou uma força interior, quase um superpoder que não pensava ser possível. Sem saber como chegou lá, viu-se puxando os braços de Dan e Lucy, arrastando-os para longe do perigo. Super-homem. Dan olhou indignado. Lucy deu um tapa triunfante no irmão, enquanto Arthur quase os atirou de volta na calçada. Uma lágrima escorreu pelo seu rosto. Alheia aos fatos, Miriam apressou-se em direção a eles, e ofereceu um sorvete para cada um. Apenas ele sabia que coisa terrível poderia ter acontecido.

Fazendo uso dessa experiência, ele abriu caminho para o céu aberto. Piscando por causa da claridade do sol, seguiu em frente, aos tropeços. A luz branca perdeu a força, de modo que ele pôde discernir um ônibus duplo, vermelho, árvores e uma fila de crianças de escola, aos pares, usando jaquetas amarelas bem destacadas.

– Pare, ladrão! – gritou novamente.

O homem, agora, estava a uma boa velocidade, suas passadas eram largas. O espaço entre eles aumentou. Mesmo assim, Arthur correu. Seu coração e seus pés latejavam. Bandeiras desiguais, bandejas de lojas de peixes e fritas de cabeça para baixo, embalagens vazias de salgadinhos passaram por ele. Então, uma dor atingiu-o no peito. *Ah, Deus, não!* Tropeçou e parou. A sensação era a de que alguém estava agarrando seu coração. A voz de Miriam ecoou em sua cabeça. "Deixe que ele vá. Não vale a pena." Ele sabia quando estava derrotado. Tentou pensar no que havia na carteira: seu cartão Visa, notas de dez ou vinte libras, fotos. Tinha sorte de não ter sido esfaqueado.

Enquanto estava parado, ofegante, outro jovem veio correndo em sua direção. Vestia-se de maneira semelhante ao ladrão de jeans baggy. Usava um blusão verde de capuz, com um buraco no ombro. Tinha sardas no nariz e o cabelo era da cor de pregos enferrujados.

– Ele roubou alguma coisa sua?

Arthur confirmou: – Minha carteira.

– Tudo bem. Fique aqui.

O segundo homem enfiou uma tira de pano na mão de Arthur e se foi. Olhando para aquilo, ele descobriu que segurava uma tira de pano cor-de-rosa, esgarçada, usada como guia improvisada, amarrada num laço frouxo ao redor do pescoço de um cachorro.

O cachorro era pequeno e nervoso. Tinha pelo preto encaracolado e olhava para ele com confusos olhos alaranjados.

– Não acho que seu dono vá demorar – Arthur disse. – Não se preocupe.

Ele se abaixou e coçou a cabeça do cachorro. Ele não estava usando propriamente uma coleira e não tinha uma identificação. No chão, ao lado deles, havia um boné de *tweed* que o homem devia ter jogado ali.

Arthur e o cachorro ficaram à luz do sol. Não havia nada a fazer. Ouviu-se um som metálico de dinheiro, quando uma senhora, usando uma capa roxa de lã, agradou a cabeça do cachorro e jogou um punhado de trocados no boné. Ah, Deus, ela achou que ele fosse um mendigo! Agora que pensava nisso, ele achou que realmente tinha o aspecto de um indigente. Não se barbeava há dois dias e sua calça azul estava um pouco suja.

– Seu trabalho é este, então? – perguntou ao cachorro. – Você fica sentado aqui, esperando que as pessoas deem dinheiro?

O cachorro piscou.

Arthur agora desejava se sentar. – O que você fez comigo? – dizia seu corpo.

Passaram-se mais dez minutos. Ele começou a formular planos para o caso de o homem não voltar. Teria que levar o cachorro até a delegacia mais próxima e deixá-lo ali. Não poderia levá-lo no trem de volta para casa. Era permitido levar cachorros no metrô?

Por fim, o homem reapareceu. Trazia a carteira de Arthur. Este olhou para ela sem acreditar.

– Você a pegou de volta?

– Aham.

O homem estava sem fôlego. Inclinou-se e apoiou as mãos nos joelhos.

– Já vi aquele puto roubando aqui antes. Ele escolhe velhos ou estrangeiros vulneráveis. É a escória da Terra. Consegui alcançá-lo. Estiquei a perna e ele voou por cima dela. – Ele deu uma risadinha, congratulando-se. – Isto serviu de lição pra ele. Da próxima vez, segure firme a sua carteira.

A reação imediata de Arthur foi insistir que não era velho, nem vulnerável, mas isso não era verdade.

– Farei isto – disse com humildade. – Eu me sinto bem idiota. – Sentiu seus joelhos fraquejarem. A necessidade de se sentar foi massacrante.

O rapaz apanhou seu chapéu e esticou o braço. Passou-o ao redor das costas de Arthur para firmá-lo.

– Ali tem um banco. Vamos.

Arthur deixou que o homem o levasse. Ele se soltou no banco. O cachorro abriu caminho entre suas pernas e se sentou no chão, apoiando a cabeça na sua perna.

– Ah, veja só, ela gosta de você. Isto é muito raro. Normalmente ela é medrosa, tem medo da própria sombra.

– Ela é uma graça.

Bernadette tinha tentado algumas vezes convencê-lo a ter um cachorro, dizendo que daria um sentido a sua vida. Mas ele tinha resistido. Já era difícil o bastante cuidar de si mesmo, imagine de algo com quatro patas. Nos últimos anos, quando Miriam sugeria

que eles tivessem um animal de estimação, ele dizia: – Ele vai viver mais do que a gente. – Então, eles não tinham se dado ao trabalho.
– Qual é o nome dela?
– Lucy.
– Ah – Arthur disse.
O homem levantou a sobrancelha.
– É o nome da minha filha.
– Ah, me desculpe. Foi escolhido por uma ex-namorada.
– Não se preocupe. Combina com ela. Elas têm o mesmo jeito. Minha filha também é quieta e pensativa.
– Acho que esta cachorrinha preocupa-se mais comigo do que eu com ela. Um dia, abri a porta da frente de casa e ela estava ali sentada, como se fosse um anjo da guarda ou coisa assim. Eu disse pra ela: "Você pode achar coisa melhor. Vá procurar alguém com um mínimo de decência que tenha um trabalho." Toquei-a pra fora do prédio, mas, quando tornei a abrir a porta, ela estava ali novamente. Entrou em meu apartamento e se sentou, e desde então estamos juntos. Ela consegue ver alguma coisa em mim que eu não vejo.

Arthur fechou os olhos. O sol aquecia suas pálpebras.

– Vou arrumar um café para você – disse o homem. – Aposto que você precisa beber alguma coisa depois deste incidente. Talvez devesse dar queixa na polícia.

– A culpa foi toda minha. Duvido que eles tenham qualquer interesse.

– Sei o que quer dizer. Já tive minhas discussões com a polícia. Sempre fazendo a gente andar. Eu e a Lucy só estamos tentando ganhar a vida.

Foi então que Arthur viu a flauta apontando do bolso do homem.

– Uma senhora jogou dinheiro no seu boné – disse.

– Ótimo. Bem, acho bom que alguém se dê ao trabalho. Mas não vai fazer de mim um milionário. – Deu de ombros.

– Eu pago os cafés. Estou em dívida com você.

– Que seja. – O homem estendeu a mão. – Eu me chamo Mike. Gosto de café puro com três cubos de açúcar.

– Arthur. Arthur Pepper.

– Me faça um favor, Arthur. Leve a Lucy com você. Está na hora de ela mijar. Não gosto que ela faça isso perto da entrada do metrô.

Lucy parecia feliz de trotar atrás de Arthur. Suas unhas faziam um barulho agradável no chão conforme eles andavam. Havia uma perua vendendo café e comida quente do outro lado da rua. Arthur pediu dois cafés e depois incluiu dois cachorros-quentes no pedido. Ao pagar, afastou a lembrança de que Miriam costumava detestar pessoas que comiam na rua. Mike parecia não comer havia um tempo.

Arthur seguiu o som da flauta até encontrar Mike sentado na grama, com as pernas cruzadas, o boné a seus pés. Pousou a flauta com a chegada de Arthur.

– Achei que eu também podia ganhar algum dinheiro enquanto você não voltava. Tome. – Ele mexeu no boné e pegou uma moeda de duas libras. – Pelo meu café.

– Não seja bobo. É por minha conta. Eu também trouxe um cachorro-quente.

Os olhos de Mike animaram-se.

– Com ketchup?

– Claro.

Não havia nenhum outro lugar onde se sentar, então Arthur também se sentou na grama. Arrancou um pedaço de pão e o jogou para um pombo perneta. Foi imediatamente cercado por mais cinquenta. Um deles bicou seus cadarços.

– Você não deveria alimentá-los. São uma praga. Ratos voadores. Todo ano eles precisam limpar toneladas de merda de pombo da Coluna de Nelson. Sabia disso?

Arthur disse que não.

Comeram juntos. Se Miriam pudesse vê-lo agora, sentado em dia claro com um rapaz e seu cachorro, aquecendo-se e comendo salsicha com pão, com certeza desaprovaria. *Sinto muito, Miriam.*

– Então, qual é a sua, Arthur? – Mike espantou uma vespa do seu cabelo cor de cobre.

– Qual é a minha?

– Haham. Esta calça não parece sua. Com certeza você nunca esteve em Londres, mas está aqui, vagando sozinho, sem um mapa, acenando com sua carteira. Aí tem coisa.

De início, Arthur pensou em tergiversar, dizendo que estava em Londres para um breve passeio, mas lhe pareceu errado mentir a este rapaz que acabara de correr risco. Então, contou a Mike uma breve versão da sua história sobre Miriam e a pulseira, sobre Bernadette e o homem com os tigres, e o homem com os livros. Depois, perguntou a Mike sobre ele, mas o rapaz apenas sacudiu a cabeça.

– Não tenho nada de tão interessante pra contar – disse. – Sou só um homem comum, tentando ganhar a vida. Embora eu conheça alguém que entende de pulseiras de ouro. Ele tem uma loja que não fica muito longe daqui. A gente podia levar sua pulseira até ele, se você quiser. Pode ser que ele consiga dizer alguma coisa a respeito dela.

Arthur ainda não estava realmente com vontade de tentar pegar o metrô novamente. Não havia pressa em voltar. Ele estava num impasse quanto aos pingentes restantes.

– Por que não? – disse. – Está um dia ótimo pra caminhar.

Foi somente quando eles chegaram à outra travessa, com embalagens de poliestireno das lanchonetes pisadas e cheiros duvidosos, que começou a descrer de sua própria natureza confiável. Seria possível que Mike estivesse de conluio com o assaltante? Que isto fosse algum tipo de armação, para que eles conseguissem mais do que uma simples carteira de um velho idiota? Parecia que eles estavam andando havia um tempão e ele perdera todo o senso de direção.

Depois de dobrarem uma esquina, todas as pessoas que estavam se atropelando à sua volta sumiram. Eram apenas Arthur, Mike e Lucy, seguindo por uma rua deprimente, pavimentada com pedras. Construções de tijolos aparentes pesavam dos dois lados. O sol escondeu-se atrás de uma nuvem. Arthur diminuiu o passo.

– Estou andando rápido demais pra você? Agora estamos quase chegando.

Imagens do musical *Oliver!* dispararam na cabeça de Arthur. Meninos sujos batendo carteiras, Fagin e o cachorro de olhos pretos. Qual era o seu nome? Ah, Bullseye. Rogando a pessoas crédulas na Inglaterra vitoriana. Enrijeceu-se, esperando que uma mão saísse de alguma entrada e lhe batesse na cabeça com um bastão. Sempre quisera acreditar no melhor das pessoas. Agora, em troca, seria assaltado de novo.

Mas, então, suas esperanças aumentaram. No fim da viela havia uma feira. A rua estava cheia de fregueses e vendedores em barracas vendendo mangas, cigarros eletrônicos, protetores de ouvidos, saias coloridas adejando na brisa. Lojas e cafés ladeavam a rua.

– Chegamos. – Mike parou e abriu a porta de uma loja minúscula. Tinha vitrines escuras, decoradas com uma escrita dourada: "Ouro. Compra e Venda. Novo e Velho." Um sino chacoalhou no alto. Arthur podia sentir o cheiro de tortas de carne e polidor de metais.

– Jeff! – Mike gritou dentro da loja. – Jeff! Você está aqui, velho?

Houve um estalido e um roçar detrás de uma cortina de contas, e um homem com um rosto tão curtido e escuro quanto uma velha bolsa apareceu. Seus ombros eram tão largos que parecia que estava usando ombreiras debaixo da sua camisa de xadrez vermelho.

– Mike, meu amigo. Como vai?

– Bem, bem. Trouxe meu amigo Arthur pra visitá-lo. Ele tem uma pulseira pra você dar uma olhada. Uma boa peça de ouro.

Jeff coçou a cabeça. Suas unhas e seus nós dos dedos estavam pretos.

– Tudo bem. Vamos dar uma olhada. Só você pra me trazer coisas boas, Mike.

Arthur enfiou a mão no bolso e seus dedos envolveram a pulseira. Mike e Jeff ficaram à espera. Eram presenças intimidantes. Se ele estivesse correndo risco aqui, não havia escapatória. Ainda assim, agora era tarde demais. Colocou-a sobre o balcão.

Jeff soltou um leve assobio entre os dentes.

– Isto é mesmo lindo. Muito bom, de fato.

Ele apanhou a pulseira, manuseando-a com muito respeito. Tirou um monóculo de uma gaveta.

– Agora posso ver ainda melhor. Isto é um trabalho muito delicado. Muito bom, de fato. Quanto você quer por ela, Arthur?

– Não quero vender. Só estou atrás de alguma informação sobre ela. Pertencia a minha esposa.

– Certo. Bom, a pulseira é em ouro 18. Uma coisa de peso. Provavelmente europeia, talvez inglesa. Preciso dar uma olhada na marca. Mas os pingentes variam em qualidade e idade. Todos são bons, mas alguns são melhores do que outros. O do elefante, ali tem uma esmeralda excelente.

"Eu diria que a pulseira é vitoriana, mas a maioria dos pingentes é mais nova. O coração parece uma peça moderna, é nova. Veja, nem foi soldado na posição de maneira adequada, só o elo foi preso. Sua esposa comprou este aqui recentemente?"

Arthur sacudiu a cabeça. – Acho que não...

– Bem, parece que ele foi acrescentado às pressas – Jeff continuou. – O tigre é bonito, mas produzido em massa. Eu diria que, provavelmente, na década de 1950 ou 1960. O dedal e o livro são de boa qualidade, mas o elefante é extraordinário.

– Acho que é indiano.

– Eu não discutiria com você a esse respeito, Arthur. – Jeff olhou com mais atenção. – Hum, o pingente da flor poderia ser um acróstico.

– Isto é quando você não tem certeza quanto a um poder superior? – perguntou Mike.

Jeff riu. – Não, isso é "agnóstico". O "acróstico" era popular na era vitoriana. Trata-se de uma joia incrustada com pedras que explicitam um nome ou uma mensagem. Geralmente é dada por um parente ou alguém apaixonado, como um presente sentimental. Olhe. – Ele tirou um anel de ouro de um armário. – Vocês estão vendo que as pedras estão alinhadas? A primeira letra de cada uma das pedras forma a palavra *"dearest"*, que quer dizer "amada": diamante, esmeralda, ametista, rubi, esmeralda, safira e topázio.

– Então, você acha que a flor significa alguma coisa? – perguntou Arthur.

– Bem, vejamos. Provavelmente ela é da década de 1920, estilo *art nouveau*. Acho que originalmente era um pendente pra ser usado no pescoço, já que o elo é muito delicado. Tem uma esmeralda, uma ametista, um rubi, um lápis-lazúli e um peridoto.

Arthur compôs as iniciais em sua mente várias vezes.

– As pedras de fora poderiam soletrar *"pearl"*, como pérola. E isto aí no meio é uma pérola minúscula?

Jeff confirmou: – Com certeza. Um material excelente, Arthur. Você conhece alguém chamado Pearl?

Arthur franziu o cenho. – Acho que pode ter sido o nome da mãe de Miriam.

Ele sempre a chamara de sra. Kempster, mesmo depois de eles terem se casado. Morreu antes de Dan nascer.

Na primeira vez em que Miriam o convidou para o chá, a primeira observação da mãe foi de que ele tinha pés grandes. Ele olhou para seus pés tamanho 42 e não achou que fossem absurdamente grandes, mas a partir de então passou a ter consciência deles.

A sra. Kempster tinha sido um tipo de mulher rígida, calada, com a linha do queixo quadrada e um olhar de aço. Miriam sempre a chamava de "mãe", nunca "mamãe".

– Bom, então aí está. Esta data, então, parece precisa, 1920? – Jeff disse.

– Ela deve ter nascido nessa época.

– Talvez seja um presente de batismo. – Jeff deu de ombros. – Então, pode ser que ela o tenha dado para sua esposa. Arthur concordou com a cabeça. Parecia perfeitamente plausível.

– Também gosto do aspecto dessa paleta. É uma peça bonita. Traz gravadas umas iniciais minúsculas, "S. Y.". Não é uma marca que eu conheça. – Ele devolveu a pulseira a Arthur. – Você tem uma bela peça de joalheria. Calculo que esperasse ganhar mil libras, ou mais, por ela. Eu ficaria feliz em tê-la em mãos por essa quantia.

– É mesmo? Isso tudo?

– As pulseiras de pingentes têm um valor especial pras pessoas. Os pingentes geralmente têm um significado especial e importante. É como trazer as lembranças no seu punho. Olhando para estes pingentes, parece que sua esposa teve uma vida excitante e variada. Aposto que tinha histórias pra contar, não é?

Arthur olhou para o chão.

Mike notou. – Bem, anime-se cara – ele disse.

De volta à rua, Arthur sentiu o peso da pulseira em seu bolso. A visita o deixara ainda mais confuso. O pingente de coração não poderia ser novo, poderia? E ele ainda não tinha bem certeza de que a mãe de Miriam se chamasse Pearl. Não havia reparado nas iniciais "S. Y.".

– Você ficou tentado a vender?

– Não sei. – Sentiu-se um pouco abalado por aprender tanto com um estranho, por descobrir mais pistas quando achava que sua busca tinha chegado a uma pausa. – Acho que é melhor eu ir indo.

– Ir pra onde? Você tem uma passagem de trem pra casa?

Arthur disse que não tinha. Olhou à sua volta, sem expressão.

– Você tem onde ficar hoje à noite?

– Não tinha pensado tão à frente. Acho que vou descobrir um hotel. Não podia suportar a ideia de dividir de novo um quarto num *hostel*.

– Bem – Mike refletiu por um instante. – Então é melhor você ficar na minha casa. Não é grande coisa, mas é um lar. Os hotéis podem custar uma fortuna por aqui.

Esta aventura idiota estava confundindo Arthur. Ele tinha bagunçado com a cabeça do homem no café, e agora estava fazendo a mesma coisa consigo mesmo. Não queria dormir na casa de um estranho, mas seu corpo todo parecia rígido, como se estivesse se transformando em pedra. A ideia de se aventurar de volta à estação de metrô encheu-o de medo.

Concordou com a cabeça, e apanhou a guia de Lucy.

14

O APARTAMENTO DE MIKE

O apartamento de Mike era parcamente mobiliado. No fim de um corredor de concreto, a porta de madeira verde-garrafa tinha um buraco onde parecia que alguém tinha dado um chute. Dentro, toda a mobília estava bem gasta e era antiga. Uma mesinha de centro da década de 1970, de verniz alaranjado, tinha o tampo em mosaico azul e branco. Um sofá de pernas de madeira estava coberto com um lençol florido. As tábuas do assoalho estavam arranhadas e manchadas de tinta.

Arthur viu-se contemplando a estante. Tinha quase dois metros e estava lotada. Havia livros de suspense, biografias, uma Bíblia e anuários de *Star Wars*.

– Você tem uma porção de livros – disse.

– É, eu *sei* ler – Mike disse. Soou irritado.

– Sinto muito. Não quis insinuar nada com isso...

– Ah, tudo bem. – Mike afundou as mãos nos bolsos. – Me desculpe. Exagerei um pouco na reação. Sabe, quando você ganha a vida nas ruas, algumas pessoas automaticamente acham que você não tem capacidade intelectual. Já fui alvo de um monte de observações depreciativas. Ando um pouco sensível. Vou preparar alguma coisa pra gente beber. Serve café? O chá acabou.

Arthur concordou e se sentou no sofá. Lucy pulou e se acomodou no seu colo. Ele agradou sua cabeça e ela olhou para ele com seus olhos alaranjados.

– Qual vai ser seu próximo destino? – Mike perguntou, enquanto colocava as duas canecas fumegantes sobre a mesa. – Qual é o próximo pingente que você está tentando rastrear?

– Não sei. Estou intrigado com a paleta. E há anos não penso na minha sogra. Ou talvez eu simplesmente deva parar de procurar. Me faz ter dor de cabeça.

– Você não deve desistir nunca – Mike disse. – Estes pingentes na sua pulseira podem dar sorte.

Arthur sacudiu a cabeça. Depois do que tinha passado, tinha suas dúvidas.

– Sorte?

– Sabe como é, talismãs. Lucy é como meu talismã.

– Não acho que...

– Quantos anos você tem, Arthur?

– Sessenta e nove.

– Bem, isto é meio que idoso, mas não decrépito. Pode ser que ainda lhe sobrem vinte anos de vida. Você vai mesmo desperdiçá--los, plantando jacintos e tomando chá? É isto que sua esposa gostaria que você fizesse?

– Não sei bem. – Arthur suspirou. – Antes de encontrar a pulseira, eu estava fazendo exatamente isso e pensando que era o que Miriam quereria para mim. Mas agora não sei. Pensei que a conhecesse muito bem, e agora ando descobrindo todas essas coisas que ela não me contou, que ela não queria que eu soubesse. E se manteve estes segredos de mim, o que mais ela não me disse? Será que ela me foi fiel, será que eu a entediava, impedi-a de fazer as coisas de que gostava? – Ele olhou para o pedaço de tapete multicolorido no chão.

– Não dá pra você impedir as pessoas de fazerem o que quiserem, se elas realmente quiserem fazer aquilo. Vai ver que ela achava que a vida dela antes de você já não era importante. Às vezes, quando você viveu um capítulo da sua vida, não quer mais olhar pra trás. Perdi cinco anos da minha vida em drogas. Tudo de que eu me lembro é de acordar me sentindo uma merda, ou de vagar pelas ruas procurando drogas, ou o delírio depois de me injetar. Não quero nem mesmo me lembrar disso. Quero me retomar, arrumar um trabalho decente, talvez encontrar uma garota que seja boa pra mim.

Arthur assentiu. Entendia o que Mike estava dizendo, mas não era a mesma coisa.

– Me conte sobre seus livros – disse. – Eu gostaria de ouvir sobre eles.

– Eu só gosto deles. Ainda me lembro de um de quando eu era criança. Era sobre um urso tentando entrar em um pote de mel. Ele nunca desistia. Pensava nisso quando tentava ficar limpo. Só tinha que continuar tentando abrir aquele pote de mel.

– Eu gostava de ler pros meus filhos quando eram pequenos. Meu filho preferia de longe que minha esposa fizesse isso, mas quando era minha vez, parecia muito especial. Eu também gostava das histórias.

– Todo mundo tem uma boa história pra contar, Arthur. Se alguém me dissesse, ontem à noite, que eu teria um sujeito velho e aventureiro passando a noite em casa, eu acharia que estava ficando louco. Mas aqui está você. Você é legal, Arthur, para um aposentado chique – ele provocou.

– E você também, para um tipo de pé-rapado.

Os dois riram.

– Estou bem cansado agora – Arthur disse. – Você se incomoda se eu for dormir?

– De jeito nenhum, velho. O banheiro é no fim do corredor. Fique com a minha cama e eu durmo no sofá.

– De jeito nenhum. Estou perfeitamente bem aqui, e parece que a Lucy vai me fazer companhia.

A cachorrinha tinha se enrodilhado ao lado dele e adormecido.

Mike saiu da sala e voltou com um cobertor verde, de lã, que cheirava um pouco a mofo.

— Isto vai mantê-lo aquecido.

— Com certeza. — Arthur estendeu-o sobre as pernas.

— Então, boa noite, Arthur.

— Boa noite.

Antes de dormir, ele tentou ligar novamente para Lucy, para contar onde estava e sobre sua pequena xará peluda. Mas ninguém atendeu. Enfiou o celular debaixo da almofada do sofá. Deitou-se e imediatamente seus olhos começaram a se fechar. A última coisa que viu foi o pingente de paleta reluzindo, captando a luz da lâmpada pública da rua.

Na manhã seguinte, quando Arthur acordou, Lucy tinha sumido. Ele bocejou e deu uma olhada na sala de visitas de Mike. Seus olhos lentamente pararam na mesa de centro. Não havia nada sobre ela. A pulseira de pingentes não estava mais lá. Já não reluzia com a luz.

Seus olhos se arregalaram e ele se sentou tenso. Uma onda de náusea atingiu-o no fundo da garganta. Onde estava ela? Tinha certeza de tê-la deixado ali. Levantando-se, quase caiu para trás. Seus joelhos travaram e suas costas se curvaram. Aos poucos foi se endireitando. Mike não poderia ter pegado a pulseira. Confiava nele. Aquele era o seu apartamento. Mas, então, começou a imaginar se realmente era. Não havia pertences pessoais. Lembrou-se de como Mike tinha ficado tenso quando ele mencionara os livros.

— Lucy? — chamou.

Sua voz soou vazia e ele esperou o som das unhas dela movendo-se no assoalho. Tudo o que pôde ouvir foi um casal gritando no apartamento ao lado. O homem chamava a mulher de cretina preguiçosa. Ela o chamava de gordo fracassado.

Arthur jogou o cobertor verde no chão, depois se levantou e caminhou pelo apartamento. Toda a mobília era funcional. Não havia fotos emolduradas, nem enfeites. Na pia do banheiro, um tubo vazio de Colgate. Abriu a geladeira e encontrou apenas meio litro de leite. Estava sozinho. Não havia nada ali.

Afundou-se no sofá e segurou a cabeça nas mãos. Puxou o celular de sob as almofadas e viu que Lucy não havia ligado de volta. Jamais deveria ter começado essa viagem. Agora, sua vida entediante parecia um luxuoso conforto, comparada a esta montanha-russa de emoções e acontecimentos. Então, lembrou-se da sua mochila. Teria desaparecido também? Nem mesmo sabia onde estava.

– Tenho sido um total imbecil, Miriam – disse em voz alta.

Teria que fazer o possível para sair dali e voltar para casa.

Não era possível sentir mais peso no coração, quando ouviu uma chave na porta de entrada. Seu coração deu um pulo.

– Mike? – chamou. – Mike, é você?

– Este é o meu nome. Não abuse dele.

A porta de entrada fechou-se com uma batida. Lucy correu em sua direção. Pulou nas suas pernas e ele esfregou seu pescoço.

Mike esvaziou uma sacola de compras no sofá.

– Saí pra comprar algumas coisas. Não dá pra eu comprar muita coisa, mas trouxe pão e um pouco de manteiga pras torradas. Não deu pra comprar leite e o que está na geladeira está vencido, então só dá pra ter café puro.

Arthur não conseguiu se conter. Deu um abraço em Mike. O corpo do rapaz se enrijeceu.

– Ei, está tudo bem?

– Está. – Arthur assentiu com alívio. Seus olhos deram na mesa de centro.

– Ah, você está imaginando "cadê a pulseira?". Você acordou e viu que ela tinha sumido e eu tinha sumido. Pensou que eu tinha dado no pé.

– Sinto muito. Passou pela minha cabeça. Não ando acreditando muito nas pessoas neste momento.

– Dá pra entender. – Mike foi até a estante e puxou um dicionário. Tirou a pulseira para fora. – Fui roubado no mês passado. Não deixo nada de valioso por aí. Não que eu ainda tenha alguma coisa.

– Você perdeu alguma coisa importante?

– O relógio do meu pai. Um Rolex de ouro. Jeff me ofereceu uma fortuna por ele, mas eu não poderia me desfazer dele. Preferiria morrer de fome a vender aquele relógio. Era a única coisa dele que eu ainda tinha. Vendi o resto das coisas pra comprar drogas. Agora me arrependo. Ele morreu quando eu tinha três anos.

– Sinto muito.

– O fato é que eu imagino quem tenha sido. Esses putos do vizinho. Eles sabem quando saio e quando volto. Guardava o relógio numa caixa, no armário da cozinha. Um dia, voltei da minha apresentação e a porta tinha sido forçada. Bati na porta do vizinho e o sujeito foi simpático demais. Ele nunca tinha tempo pra mim, mas daquela vez me ofereceu uma xícara de chá. Perguntei a ele sobre o relógio, e o tempo todo seus olhos se mexiam de um jeito dissimulado. Tenho certeza de que foi ele quem pegou. Tinha o nome do meu pai gravado atrás, "Gerald".

Arthur podia confortá-lo muito pouco. Sabia o quanto se poderia investir de emoções e lembranças numa peça de joalheria.

– Sinto muito saber disso. Você precisa me deixar dar algum dinheiro por ter me deixado ficar.

– Não quero. – Mike levantou uma almofada e depois a deixou cair novamente. – Não sou caso de benemerência. Cadê a porra da minha flauta?

– Está na estante.

– Ah, certo. Obrigado.

Ele a enfiou no bolso e pegou a guia de Lucy na mesinha de centro. Amarrou-a num laço ao redor do seu pescoço. Ela balançou a cabeça e olhou para Arthur.

– Não vou com vocês hoje. – Ele coçou seu queixo. – São só você e o Mike.

Eles tomaram um café rápido, comeram uma torrada e saíram juntos do apartamento. O clima tinha mudado. Arthur sentiu como se pudesse ter ofendido o rapaz, e não quis piorar as coisas.

Mike trancou a porta e eles desceram pela escada de concreto.

– Tudo bem, Arthur. – Mike disse, distraído, quando acabaram de descer. – Vou deixá-lo por sua conta. Tem um ponto de ônibus em frente. O 87a vai levá-lo para a estação King's Cross.

– Obrigado. Tem certeza de que eu não posso lhe dar nada?

Mike sacudiu a cabeça. – Não. Foi um prazer. A gente se vê.

– Ele se virou e começou a se afastar.

Arthur viu-o se afastando. Os dois tinham compartilhado uma experiência. Deveriam se despedir com algo mais do que aquilo. Seu amigo tinha lhe devolvido parte da confiança e da fé nas pessoas. Deu um passo à frente.

– Mike – chamou-o.

Seu salvador virou-se, a testa franzida. – Sim?

– Obrigado por tudo.

– Sem problemas. Agora, não se perca. Não converse com estranhos. E não se esqueça de ver o lado positivo das coisas. Esses pingentes podem trazer-lhe sorte.

15

A FLOR

Arthur pegou o ônibus para a King's Cross, segundo as instruções de Mike. Embarcou no trem e dormiu durante todo o caminho de volta para casa. Foi acordado por uma mão ossuda que agarrava seu ombro.

– Chegamos a York – disse um velho com sobrancelhas que pareciam penas brancas. – O senhor precisa descer aqui?

Arthur agradeceu. Na estação, comprou uma garrafa de água em uma máquina automática. Esguichou a água na palma das mãos e a espalhou pelo rosto. Embora ainda estivesse cansado, havia uma sensação de ansiedade no estômago.

Foi até a entrada da estação e ficou observando os táxis e as pessoas correndo para pegar os trens, e outras cumprimentando parentes, pessoas amadas e amigos. Estava feliz por estar de volta ao seu ambiente natural, e reconhecia todos os sotaques a sua volta.

Em parte, queria voltar para sua casa, ver Frederica e preparar uma boa xícara de chá. No entanto, havia também um lado que não estava preparado para se acomodar de volta em casa. Não ainda. Queria descobrir mais sobre a mãe de Miriam.

Enquanto andava, fez um desvio pelo centro de Thornapple. Havia um caminho mais direto para casa, mas precisava de um pouco de espaço para pensar. Os acontecimentos dos últimos dias amontoavam-se em sua mente e queria refletir sobre eles.

Havia descoberto onde Miriam tinha vivido durante suas aventuras, quem ela havia conhecido. Mas não sabia por que ela tinha partido: era incomum que alguém de Thornapple fizesse qualquer coisa que não fosse se casar, ter filhos e permanecer na cidadezinha. Será que ficara entusiasmada de viver em uma mansão com tigres, ou havia sido um incômodo até descobrir outra coisa? Saberia que François De Chauffant era gay, ou ele tinha sido o amor da sua vida? Teria sua fria mãe sorrido ao lhe estender o pingente de florzinha? Teriam mãe e filha compartilhado um momento de ternura? Pensava que jamais descobriria.

O que descobriu foram coisas sobre si mesmo. Não esperava agir com tanta coragem ao ser arranhado por um tigre. Tinha lidado com aquilo sem se alterar. Realmente, pensava que gritaria ou perderia o controle. E tinha sobrevivido a uma noite na mansão estranha, sem sua pasta de dentes e seu pijama. No dia anterior a isso, a ideia de que sua rotina pudesse perder a sincronicidade bastaria para trazer gotículas de transpiração à sua testa.

Ofereceu conselhos sobre relacionamento a um estranho num café, e, ao falar, não soou como o velho tolo que acreditava ser. Confrontou um rival amoroso do passado, quando poderia ter ido embora, e tentou ajudar Sebastian. Sua receptividade e aceitação de um rapaz com problema de drogas e sua cachorra surpreendera-o. Essas eram qualidades que ele não sabia possuir. Era mais forte e mais profundo do que pensava, e gostou destas novas descobertas sobre si mesmo.

O que essas pessoas e esses acontecimentos haviam provocado nele era *desejo*. Não no sentido de luxúria ou ansiedade, mas uma reação a outros. Quando eles revelaram uma necessidade, descobriu um desejo de ajudar. Quando foi atacado pelo tigre, sentiu um desejo de viver. Quando a besta alaranjada parou acima dele, pensou no futuro, e não no passado.

Isso vinha de encontro a tudo que ele sentira nos meses após a morte de Miriam, quando queria ir para a cama à noite e não acordar. Quando planejara mandar sua carta a Terry do outro lado da rua, para que viesse e o encontrasse morto na cama. Nunca havia parado para pensar em como as outras pessoas levavam a vida. Para ele, o país inteiro devia viver em casas idênticas à sua, com a mesma disposição. Levantar-se-iam à mesma hora da manhã e realizariam sua rotina diária assim como ele. Sempre lia no jornal sobre *reality shows*, sobre seguirem pessoas em sua vida diária. Que tedioso, pensava, sem perceber que a vida dessas pessoas era completamente diferente da sua.

Agora, descobrira diferença e variedade. As pessoas tinham suas próprias gaiolas de ouro, como Sebastian, atendendo a todas as necessidades de um homem a quem amara por poucos meses, e que depois passou a ser um estranho. Pensou em lorde e lady Graystock, chamando um ao outro por meio de um sino. Eles faziam sua própria vida parecer tão cinza quanto os cardigãs no guarda-roupa de Miriam.

Houve época em que tinha olhado para trás e visto tudo em cores: o céu, a areia, as roupas da esposa. A cada descoberta, a cor de suas lembranças ia se esvaindo numa mescla obscura de tons. Quis parar, atrasar o relógio, colocar as botas de camurça marrom de Miriam na sacola de donativos sem, antes, enfiar a mão dentro. Então, ficaria desinformado, poderia ser um viúvo em paz, olhando para sua vida passada com a esposa através de óculos tingidos de cor-de-rosa. Achando que tudo tinha sido perfeito.

Só que não tinha. Sabia disso, realmente. Tinha dois filhos que haviam se afastado dele. Ouvia a preocupação e o amor na voz de Lucy quando conversavam, mas ela mantinha bastante distância. Ainda não conseguira contar a ela sobre a pulseira de pingentes. Ela também estava escondendo coisas dele; podia sentir isso. Quando, esporadicamente, telefonava para Dan, sempre havia barulho e a agitação da vida familiar. Eles não tinham conseguido descobrir como ser uma família sem Miriam.

Precisava recuperar algum controle. Assim como estava se encarregando da pulseira, não deixando que seus mistérios permanecessem secretos, tinha que fazer o mesmo com sua família. Precisava descobrir as raízes do motivo de eles não serem mais tão unidos, e fazer com que voltassem a ser como antes.

Sentia-se como se fosse uma semente jogada num campo de terra em descanso, mas contra todas as probabilidades apontava uma raiz que se infiltrava na terra dura. Um rebento verde brotava. Queria continuar crescendo. Certa vez, as folhas de Frederica tinham murchado e se manchado de marrom. Ele a tinha nutrido com água e atenção, e estava fazendo o mesmo por si próprio.

Sentiu-se corajoso.

Decidiu que deveria agradecer a Mike por todo seu trabalho, e se viu aproximando-se de uma agência dos correios. Arriscaria ultrapassar as linhas inimigas para comprar um cartão de agradecimento.

Ao chegar à pequena agência dos correios, o aviso dizia "Fechada para Almoço". Reabriria às 13h30. Ele sabia que Vera ficava à porta, comprazendo-se em virar o aviso de "fechado" precisamente às 12h25. Os retardatários poderiam chacoalhar a aldrava, mas não entrariam.

Com quinze minutos para esperar, Arthur andou para lá e para cá na calçada irregular em frente à agência. Muitos aposentados tinham se esparramado nas lajotas.

Olhou a extensão da rua com suas casinhas de pedra idênticas. Miriam morara na que tinha porta vermelha. Agora, uma família jovem vivia ali, duas mulheres e suas crianças. Corriam rumores (que ele tinha entreouvido de Vera) de que as duas haviam abandonado seus maridos para ficarem juntas.

Miriam era filha única. Sua mãe fora ultraprotetora. Arthur tentara conquistar a sra. Kempster, prestando atenção para que seus sapatos estivessem bem engraxados, trazendo bolo e ouvindo, durante horas, a história de como ela prendera o dedo na máquina da fábrica de algodão. Ele e Miriam trocavam sorrisos compreensivos sempre que ela dizia: "Já contei sobre o meu acidente?"

As fotos do seu casamento mostravam os recém-casados sorridentes, rostos encostados um no outro, sorriso aberto quanto ao que lhes reservava o futuro. A sra. Kempster parecia fazer parte de outra foto. Sua enorme bolsa de couro marrom estava agarrada junto ao peito e tinha os lábios comprimidos, como se tivesse comido alguma coisa ácida.

Quando eles esvaziaram sua casa, seus pertences tinham cabido no bagageiro de uma pequena caminhonete. Ela tinha sido extremamente frugal. Ele se perguntou se o pendente tinha sido dado a Miriam nessa época, embora não conseguisse se lembrar da esposa lhe contando isso.

Andou mais um pouco e se viu parado em frente ao número 48, quando a porta se abriu. Uma das mulheres saiu.

– Tudo bem aí? – disse, animada.

Tinha uma echarpe roxa amarrada ao redor do cabelo e vestia uma camiseta roxa sem sutiã. O cabelo era em cachos pretos espiralados, e a pele, cor de café. Torceu um pano de prato no degrau de entrada e depois o sacudiu.

– É, tudo. – Arthur levantou a mão.

– Está procurando alguma coisa?

– Não. Bom, em parte. Minha esposa morou nesta casa quando era moça. Sempre sinto uma coisinha quando passo por aqui.

– Tudo bem. Quando ela saiu?

– A gente se casou em 1969. Mas a mãe dela morreu em 1970 ou 1971.

A mulher fez um gesto convidativo com a cabeça.

– Entre e dê uma olhada, se quiser.

– Ah, não. Não precisa. Sinto ter incomodado.

– De jeito nenhum. Fique à vontade para dar uma espiada. Mas leve em conta que vai ter que passar por cima das coisas das crianças.

Ele estava prestes a protestar novamente, mas depois reconsiderou. Por que não? Poderia acender uma lembrança.

– Muito obrigado. Muita gentileza sua.

A casa estava irreconhecível: colorida, clara e bagunçada. Parecia feliz. Ele viu a si mesmo e Miriam sentados pudicamente em cadeiras em lados opostos da lareira. Sra. Kempster, sentada no meio, retinindo suas agulhas de tricô e exibindo com orgulho seu dedo retorcido. Naquele tempo as paredes eram marrons, e o carpete estava puído. Ainda podia sentir o cheiro do fogo a carvão, e do cachorro que se sentava tão junto às chamas que seu pelo fumegava.

– Parece familiar? – a mulher perguntou.

– De jeito nenhum. Quero dizer, a disposição é a mesma, mas tudo está diferente. Parece mais feliz agora. Moderna.

– Bem, estamos fazendo o possível com pouco dinheiro. A vista não é ruim, embora a mulher dos correios nos desaprove. Vivo com minha companheira, sabe? Aos olhos dela é ainda pior, porque nós duas somos de raças diferentes.

– Vera não lida bem com as diferenças. E gosta de fofocar.

– Nem me diga. O que aquela mulher não sabe, não vale a pena saber.

Arthur entrou na cozinha. Seus utensílios eram brancos, reluzentes e tinha uma mesa de jantar amarela. A cozinha da sra. Kempster era escura e hostil, com um piso decrépito e uma corrente de ar ártica que assobiava pela porta dos fundos. Nada parecia familiar.

Ele, então, foi para o andar de cima. Parado no patamar da escada, espiou pela porta do quarto que fora da sua esposa. As paredes estavam pintadas de vermelho forte. Havia beliches, uma porção de ursinhos e um mapa bem colorido na parede. Ele o contemplou por um tempo, depois seus olhos arregalaram-se. Uma lembrança começou a se insinuar de volta.

A sra. Kempster só lhe tinha permitido o acesso ao andar de cima uma vez, para consertar a perna de uma cama. Gostava de mantê-lo, e de manter Miriam, sob suas vistas, para ter certeza de que não fariam nada impróprio. Sempre que Arthur precisava ir ao banheiro, tinha que usar o do fundo, no quintal.

Levara para cima uma chave de fenda, parafusos e uma lata de óleo para executar o serviço. No alto da escada, não conseguira resistir a dar uma rápida olhada no quarto de Miriam. Sua cama estava coberta com uma colcha de *patchwork*. Uma boneca estava sentada numa cadeira de madeira. Em sua parede, havia um mapa-múndi, em uma posição semelhante ao que havia agora. Era menor, desbotado, com as pontas viradas.

Na época, Arthur achou estranha a existência do mapa. Miriam nunca tinha falado em viajar, ou em querer se aventurar. Lembrava-se de que havia três alfinetes de cabeça vermelha pregados nele. Entrara no quarto para olhar mais de perto. A cor dos alfinetes destacava-se contra o verde-claro dos continentes. Ao estender a mão para tocá-los, deduziu que sua esposa tivesse um interesse em geografia, ou que aquele mapa não fosse dela. Havia um alfinete na Grã-Bretanha, um na Índia e um na França.

Aparafusou a perna firmemente no lugar e se sentou para testar se não cairia com o peso da sra. Kempster. Sentindo-se satisfeito, juntou suas ferramentas e desceu.

Nunca mencionou o mapa à esposa, não queria parecer que andara espionando. Era algo insignificante, que ficara enterrado em sua mente até agora.

Arthur, então, descobrira que Miriam havia estado em Londres, e sabia que vivera na Índia. Agora começava a imaginar se também estivera na França.

Ao dar uma rápida olhada no quarto principal, pensou que uma voz poderia irromper na sua cabeça, dizendo que a mãe de Miriam certamente chamava-se Pearl. Mas a voz não veio. Quando Miriam organizara todos os pertences da mãe, não havia uma certidão de nascimento, apenas umas poucas fotos de família.

Apenas uma pessoa poderia ajudá-lo com o nome. Uma pessoa que conhecia tudo e todos em Thornappel: Vera, da agência dos correios.

Desceu e agradeceu à moça, depois voltou para a agência.

A porta era pesada. Ao entrar, ouviu a respiração brusca de Vera. Não pisava lá desde que respondera asperamente quando ela perguntara sobre Bernadette.

Andando por ali, preparou os nervos. Pegou um rolo pequeno de Sellotape, em seguida um tubo de balas de menta Polo, um pacote de etiquetas de bagagem, um cartão de agradecimento para Mike, onde um cachorro usava um chapéu de festa, e um com um gato para os Graystock. Podia sentir os olhos de Vera perfurando suas costas. Logo estava com as mãos cheias, sem poder pegar mais nada. Colocou os itens no balcão. Vera levantou a repartição de vidro. Pegou um item por vez e exagerou ao procurar o preço e ao digitá-lo na calculadora.

– O dia, ah, está lindo – Arthur disse para começar uma conversa.

Vera resmungou. Deu uma lenta piscada para mostrar que não estava impressionada.

Ele engoliu com dificuldade.

– Entrei na antiga casa da minha esposa. Número 48. A senhora de lá estava dizendo o quanto você conhece as pessoas daqui.

Vera digitou um pouco mais.

– É, não reconheço mais este lugar. Os anos voaram desde que Miriam era uma menina, morando ali.

Pôde ver que os lábios de Vera se retorceram, como se quisessem fazer parte da conversa. No entanto, ela saiu para checar o preço do Sellotape na prateleira. Trouxe de volta uma etiqueta adesiva alaranjada e a pressionou em sua mesa.

— Você deve ter visto algumas idas e vindas com o passar dos anos. Deve ser um privilégio ter uma agência dos correios, e ter um papel importante na comunidade. Acho que fui bem ríspido na última vez em que estive aqui. Ainda estou me virando em quatro, tentando me retomar depois que Miriam, você sabe...

Ele olhou para os pés. Isto era inútil. Vera não queria falar com ele. Ele tinha estragado tudo.

— Ela era uma pessoa adorável, a sua esposa.

Ele levantou a cabeça. Os lábios de Vera ainda formavam uma linha reta.

— É, ela era.
— E a mãe dela, antes dela.
— Então, você a conheceu?
— Ela era amiga da minha mãe.
— Então, talvez você possa me ajudar. Estou tentando me lembrar do primeiro nome da sra. Kempster. Era Pearl?
— Era sim. Eu me lembro da minha mãe me sentando, quando eu era criança, e me dizendo que tinham acontecido duas coisas importantes. Uma, que Marilyn Monroe tinha sido encontrada morta, e a segunda, que Pearl Kempster tinha trazido seu amante para dentro de casa, quando seu divórcio ainda não estava terminado.
— Então, Marilyn Monroe morreu em 1962?
— Isso mesmo.
— Você tem boa memória.
— Obrigada, Arthur. Gosto de manter a velha massa cinzenta funcionando. Mas o novo homem de Pearl, ah, era um cara ruim, só que ela não percebia isto. Não é de admirar que Miriam tenha ido embora daquele jeito.
— Você sabe disso?
— Bem, sim. Uma moça vê seus pais se separarem, e depois sua mãe arruma um novo namorado bruto. Deduzo que tenha sido por isso que a Miriam foi atrás daquele cara, o médico, quando ele se

mudou de volta para a Índia. Por que outro motivo alguém iria pra um lugar tão completamente estranho?

Arthur piscou. Tudo ficou claro para ele. Não era de estranhar que a sra. Kempster tivesse sido tão antipática com ele. Tinha enfrentado um divórcio e a fuga da sua filha para o estrangeiro com um amante ilícito. Era uma sobrevivente.

– Obrigado, Vera. Isto foi extremamente útil.

– Que bom. Estou à disposição. – Ela empurrou os óculos de casco de tartaruga para cima do nariz. – Imagino que você pense que passo o dia todo aqui fofocando?

– Eu, ah...

– Bem, não é verdade. Converso com as pessoas sobre coisas que elas sabem, com as quais estão familiarizadas. A agência de correios é um centro comunitário. É importante para a vida da cidade.

– Eu compreendo. Obrigado mais uma vez. – Ele se sentiu um pouco humilhado com o excesso de amabilidade dela.

Virando-se para sair, descobriu um pequeno semicírculo de aposentados à sua volta. Estavam com a cabeça inclinada em vários ângulos, ouvindo a conversa. Lembrou-se, por um instante, de um filme de zumbis a que tinha assistido tarde da noite na TV, onde os mortos-vivos cobiçavam suas vítimas, prontos para comer seus cérebros. Mas estava sendo cruel. Provavelmente eles estavam apenas solitários, como ele.

– Oi. – Ele levantou a mão. – Prazer em ver todos vocês. Só estava batendo um papo agradável com a Vera. Posso passar? Obrigado. Obrigado.

Voltou para fora, e o sol tinha surgido. Havia resolvido o pingente da flor. Não havia nada de inconveniente quanto a esse. Talvez com os outros fosse o mesmo, nada de mais amantes, perguntas e incômodos. Sim, sentia-se melhor agora.

– Ah, oi, Arthur. – Bernadette avistou-o do outro lado da rua e acenou. Atravessou a rua, levando Nathan consigo. – Bem, olhe só pra você. Vai até Graystock, e depois não tem nada que o faça parar com suas viagens. De repente, você é como um documentarista de viagens.

Arthur sorriu.

– Dei uma chegadinha em sua casa, hoje, com uma torta pra você. Aquele homem simpático com o cortador de grama disse que você tinha saído. Dei a torta pra sra. Monton, em vez disso.

– Sinto muito. Devia ter lhe contado.

– Você não me deve explicação, Arthur. Não sou sua guardiã. É bom vê-lo em atividade, só isso.

– Como anda a busca pela universidade? – Arthur perguntou a Nathan.

O rapaz deu de ombros. – Normal.

– A Universidade de Manchester pareceu interessante – Bernadette disse. – Bem contemporânea.

– Ótimo.

– Você tem uma mochila – ela disse.

– Tenho. E sandálias.

– Está mesmo parecendo um verdadeiro viajante.

– Estive em Londres.

Nathan levantou os olhos, o rosto cheio de expectativa. Arthur não entrou em detalhes. Não queria conversar sobre De Chauffant.

– Você tem alguma coisa pra fazer amanhã? – Bernadette perguntou. – Vou fazer *rag puddings*.* Eu os cozinho em lenços brancos de algodão.

Arthur começou a salivar, mas já tinha elaborado um plano.

– Decidi visitar minha filha – disse. – Faz muito tempo que a gente não se vê. – Não queria correr o risco de Lucy desaparecer da sua vida, como Miriam tinha se afastado de Pearl.

– Que ótimo. Bem, foi bom vê-lo. Talvez alguma outra hora?

– Com certeza. Tchau, então.

---

* Espécie de torta de carne moída e cebolas, em que a massa é feita com sebo, cozida dentro de sacos de pano, numa panela de água fervente. (N. da T.)

Arthur pegou seu celular e ligou para a filha. Quando ela não atendeu, desligou. Mas, depois, telefonou mais uma vez e deixou uma mensagem: "Lucy, é o papai. Estive em Londres. Só estou telefonando para ver se a gente pode recomeçar. Eu, ah, estou com saudades de você, e acho que a gente deveria voltar a ser uma família. Preciso conversar com você sobre uma coisa que tem a ver com a sua mãe. Vou até sua casa amanhã às 10h30. Espero vê-la então."

Em seguida, enfiou suas compras da agência dos correios na mochila, e voltou para casa. Agora sabia por que Miriam tinha ido viajar. Mas por que ela não lhe havia contado nada sobre essas viagens?

16

BROTOS VERDES

Na manhã seguinte, quando Arthur acordou, algo havia mudado. Um dos motivos é que ele tinha dormido demais. Seu despertador tinha parado, os dígitos congelados às três da manhã. Ele sabia que não era tão cedo, porque o céu era uma extensão branca e dava para ouvir o cortador de grama de Terry. Seu relógio de pulso mostrava que eram nove horas. Normalmente, isto o teria deixado em pânico. Já estava uma hora atrasado para o café da manhã. Mas agora ficou deitado de costas em seu travesseiro, pensando em nada além de ir à casa de Lucy.

Ao se levantar, não esticou suas roupas na cama. Desceu de pijama. Decidiu que tomaria o café da manhã com a vasilha de cereais nos joelhos, em frente à TV, em vez de ficar sentado sozinho à mesa da cozinha, que era alta demais. Gostou de ignorar sua rotina.

Saiu de casa às 9h45, o que lhe dava tempo suficiente para caminhar. Terry acenou para ele, quando passou.

– Arthur, você voltou. Sua filha veio procurá-lo noutro dia.

– Ah, sim...

– Aham. Acho que ela estava preocupada. Você não é de sair muito.

– Não, não muito. – Arthur ficou se equilibrando com um pé em frente ao outro, pronto para seguir em frente. Em vez disso, reconsiderou e atravessou a rua para falar com o vizinho.

– Fui ao Solar Graystock, em Bath, e depois fui pra Londres. Sabe como é, um passeio, coisas assim.

– Acho ótimo. – Terry apoiou-se no seu cortador de grama. – Acho mesmo. Quando minha mãe morreu, meu pai ficou um trapo. Ele meio que se recolheu e desistiu. É bom que você esteja indo pra lá e pra cá... Aproveitando ao máximo.

– Obrigado.

– Sinta-se sempre bem-vindo em aparecer a qualquer hora aqui em casa pra uma xícara de açúcar ou um bate-papo. Moro sozinho, então gosto de uma companhia. Não é das melhores coisas estar por nossa conta, é?

– Não, não é.

– E seria bom vê-lo de novo no "Homens nas Cavernas".

– O Bobby continua dando ordens?

– Ah, continua. E meu trabalho em madeira continua desanimador. Ainda faço jabutis que parecem carros.

Arthur ficou na ponta dos pés. – Por falar nisso... – Estreitou os olhos, ao ver um movimento nas plantas ornamentais de Terry.

Terry soltou um suspiro exagerado. – De novo não. – Saiu a passos decididos e parou para mais uma vez apanhar o jabuti que tinha escapado.

– Qual é a do meu jardim que tanto atrai os répteis?

– Vai ver que é de você que ele gosta.

– Vai ver. Ou talvez ele só tenha um gosto pela aventura. Este aqui não gosta de ficar parado.

Enquanto Arthur dirigia-se para a casa de Lucy, captou imagens e sons à sua volta, coisas que normalmente não notava, parando ocasionalmente para admirar a beleza do lugar onde vivia. Os campos a distância eram um mosaico de verdes. Notou margaridas irrompendo das fissuras da calçada. Tinha consciência de cada passo que dava, desde a sensibilidade do seu tornozelo até a sensação eletrizante de estar chegando mais perto da filha.

O alto da Catedral de York reluzia dourado sob a luz do sol, e Arthur não conseguiu realmente se lembrar da última vez em que a havia visitado. Nunca havia tido uma lista de coisas a serem feitas e tocava cada dia da maneira como se apresentava, fazendo o que quer que Miriam e as crianças quisessem fazer, mas pensou que poderia começar uma.

Chegou à casa de Lucy com a realização de que há meses não ia lá. Lucy sempre ia à casa deles, no Natal, nos aniversários, em suas visitas semanais – antes que tudo acabasse após a morte de Miriam. Ele nem ao menos tinha certeza de que ela tivesse recebido sua mensagem.

A porta havia sido pintada recentemente de escarlate, e as molduras da janela eram brancas e luminosas. Quando Lucy abriu a porta, ele teve um ímpeto de se jogar para a frente e abraçá-la, como tinha feito com Mike, mas se controlou, incerto quanto à reação que ela teria. Já não tinha certeza dos sentimentos dela em relação a ele.

– Entre – ela disse, e abriu a porta. Estava com um avental branco e luvas de jardinagem verdes, de borracha. Uma sujeira de terra descia do seu olho até o queixo. Ela se virou e por um instante pareceu exatamente igual à mãe. Arthur ficou paralisado. A semelhança era estranha. Elas tinham o mesmo nariz arrebitado, os mesmos olhos de água-marinha e o mesmo ar sereno.

– Papai, você está bem?

– Ah, estou. Eu... Bem... Você me lembrou de sua mãe. Só por um instante.

Lucy desviou o olhar rapidamente.

– Entre – repetiu. – Podemos ir até o jardim. O tempo está bom demais pra ficar dentro de casa.

Arthur lembrou-se de que costumava haver um carpete bege na sala de jantar, e agora ela estava novamente com as tábuas à mostra. Um par de botas de borracha, masculinas, estava junto à porta. Seriam as antigas de Anthony, ou pertenceriam a um novo homem?

Ele nem ao menos sabia se Lucy tinha conhecido outra pessoa, ou se continuava de luto por seu casamento. Como se pudesse ler sua mente, Lucy seguiu seu olhar.

– Elas são grandes demais, mas eu as uso pra cuidar do jardim. Não vou devolvê-las a Anthony e são boas demais para eu me livrar delas. Alguns pares de meias grossas e elas cabem em mim muito bem.

– Ótimo. Elas são bonitas e parecem fortes. Preciso de umas botas novas. As minhas estão furadas.

– Estas são tamanho 42.

– Ah, eu costumava ser 42. Agora sou 41.

– Você deveria ficar com elas.

– Não, não posso. Você as usa...

– São grandes demais. – Ela pegou as botas e as enfiou nos braços dele. – Por favor, fique com elas.

Ele estava prestes a protestar, quando viu seu olhar determinado. A dor. Então, cedeu:

– Obrigado. Vieram a calhar. Talvez sua mãe tenha alguma que sirva em você.

– Ela era 35 e eu sou 37.

– Ah.

Eles conversaram e concordaram que o ano havia sido bom para cenouras, mas nem tanto para batatas. Enumeraram os diferentes pratos que se podem fazer com ruibarbo, e os méritos de usar palitos de madeira para marcar as fileiras de vegetais. Concordaram que até então aquele ano fora farto de sol, mas que a chuva não fora suficiente. Lucy perguntou que tipo de salgados Bernadette andava fazendo, e Arthur disse que ele gostava, particularmente, dos enrolados de salsicha, e que preferiria que ela não trouxesse bolo de marzipã, já que o gosto não era bom, mas não queria ofendê-la ao não comê-lo. Lucy concordou que marzipã era, de longe, a pior comida que ela conseguia imaginar, e que era estranho que fosse feito de amêndoas, porque ela gostava de amêndoas. Ambos achavam que o bolo de Natal ficaria muito melhor com apenas uma camada de glacê.

O dia estava quente. Arthur estava de calça preta e uma camisa de colarinho duro. Perguntou-se como algum dia se sentira confortável usando essas roupas todos os dias. Decidiu que nunca tinha realmente gostado delas. Miriam separava-as para ele todos os dias, e acabaram se tornando um uniforme.

O suor escorria pelo seu pescoço e juntava-se numa pequena poça abaixo do colarinho. Descobriu que o cinto da sua calça cortava sua cintura, quando ele se inclinava.

– Eu lhe devo uma explicação sobre as minhas viagens – disse.

Lucy afundou a pá, recolheu as pragas e depois as atirou, sem ver onde caíam.

– Bem, é, me deve. Você foi ao Solar Graystock e depois me deixou uma mensagem confusa, dizendo que foi atacado por um tigre.

– Também fui pra Londres.

Tinha decidido que precisava lhe contar a verdade. Queria que ela ficasse a par da pulseira e das histórias que ela continha.

Lucy travou os dentes, o que fez surgirem covinhas nas suas faces. Concentrou-se intensamente em cada erva daninha, observando-as se desprenderem.

– Estou bem preocupada com você.

– Não tem necessidade.

– Claro que tem. Você anda com um comportamento bem esquisito. O que anda fazendo, pai, viajando pelo país?

Arthur olhou para seus sapatos. As pontas estavam respingadas de terra dos buracos que Lucy cavava.

– Preciso lhe contar uma coisa. Vai explicar o que andei fazendo. É sobre a sua mãe.

Lucy não levantou os olhos.

– Então, vá em frente.

Arthur desejou que ela o olhasse nos olhos, mas ela estava concentrada no ataque à grama. Era como se tivesse havido um tumulto de toupeiras por ali. Mesmo assim, ele falou:

– Eu estava esvaziando o guarda-roupa da sua mãe, um ano depois que ela... Você sabe. Fiquei muito surpreso ao achar uma pulseira de ouro com pingentes enfiada dentro da bota dela. Nunca tinha visto aquilo antes. Tinha toda espécie de pingentes: um elefante, um coração, uma flor. Você sabe alguma coisa sobre isso?

Lucy sacudiu a cabeça.

– Não. A mamãe não usava coisas desse tipo. Uma pulseira de pingentes? Você tem certeza de que era dela?

– Bem, estava na bota dela. E o sr. Mehra, na Índia, disse que ele lhe deu o elefante.

– Um *elefante*?

– Um pingente de elefante. Aparentemente, sua mãe foi babá do sr. Mehra em Goa, quando ele era menino.

– *Papai.* – Lucy sentou-se nos calcanhares. Suas faces ruborizaram. – Você não está falando coisa com coisa. A mamãe nunca foi pra Índia.

– Eu também achava isso. Mas ela foi, Lucy. Ela morou lá. O sr. Mehra me contou e eu acreditei nele. Sei que parece tremendamente estranho. Estou tentando descobrir onde mais ela viveu, o que ela fez antes de a gente se casar. É por isso que fui a Graystock, por isso que fui a Londres.

– Não estou entendendo o que está acontecendo aqui. Do que você está falando?

Arthur começou a falar mais devagar:

– Achei um número gravado em um dos pingentes da pulseira. Era um número de telefone. Falei com um homem maravilhoso, na Índia, que disse que Miriam costumava tomar conta dele. Estou descobrindo coisas sobre sua mãe que eu nunca soube.

– A mamãe *nunca* foi pra Índia – Lucy insistiu.

– Eu sei. É difícil de acreditar.

– Deve haver algum tipo de mal-entendido.
– O sr. Mehra é médico. Ele descreveu a risada da sua mãe perfeitamente, e o saco de bolinhas de gude. Acho que ele falou a verdade.

Lucy recomeçou a cutucar a terra. Parou por um instante para recolher uma minhoca com a ponta da pá, e colocá-la em um vaso de planta, depois voltou a usar a pá como uma adaga. O tempo todo murmurava baixinho.

Arthur não sabia como lidar com as emoções alheias. Quando Lucy fez treze anos e os terríveis hormônios da adolescência apontaram suas feias cabeças, ele chegou à conclusão de que a melhor maneira de lidar com aquilo era mergulhar no jornal e deixar todo o resto a cargo de Miriam. Era ela quem lidava com as lágrimas dos meninos, com o estranho hábito de colocar faixas azuis no cabelo, com as batidas de porta, e com a ocasional xícara de café atirada por um deles. Dizia a Dan para se acalmar quando ele ficava acelerado, e regularmente ralhava: – Não fale assim com seu pai.

Arthur achava que se ignorasse os maus humores talvez eles fossem embora. Mas agora percebia que sua filha estava sendo consumida por alguma coisa. Era como se ela tivesse engolido um enxame de abelhas que lutavam para sair. Não podia mais suportar aquilo.

– Lucy, você está bem? – Ele pousou a mão em seu braço. – Lamento não ter lhe contado isto antes.

Ela forçou a vista contra o sol, a testa enrugada.

– Sim, estou bem.

Ele ficou quieto por um momento, pensando se deveria deixar as coisas como estavam, o que havia feito tantas vezes ao longo dos anos. Mas não retirou a mão.

– Não, não está. Dá pra perceber.

Lucy ficou em pé. Jogou a pá no chão.

– Não acho que dou conta disto tudo.

– Disto tudo o quê?

– Você e suas viagens loucas, me contando histórias esquisitas sobre a mamãe. Tentando lidar com a falta do Anthony. Tendo perdido... – Ela passou a mão no cabelo, depois sacudiu a cabeça. – Ah, quer saber? Não importa.
– Importa sim. Claro que importa. Não quis preocupar você. Sente-se comigo e fale. Prometo tentar ouvir. Me conte qual é o problema.

Por alguns instantes, ela ficou com o olhar perdido. Seus lábios curvaram-se à esquerda, como se parecesse considerar sua proposta.

– Tudo bem – disse, finalmente.

Arrastou duas espreguiçadeiras para fora do galpão e as colocou na grama, uma ao lado da outra, espanando a poeira e a terra com uma luva de jardinagem. Ela e seu pai sentaram-se, os rostos virados para o sol, apertando os olhos de modo que o que quer que dissessem um ao outro fosse feito sem que se olhassem diretamente. Isto trouxe uma espécie de anonimato ao que tinham a dizer.

– O que acontece?

Lucy respirou fundo.

– Quero contar por que não fui ao enterro da mamãe. Você precisa saber.

– Isto é passado. Você estava mal. Você se despediu à sua maneira – ele disse, já a perdoando, embora sofresse por ela não ter comparecido. Ansiava com cada fibra do seu corpo por saber como sua filha conseguira fazer tal coisa.

– Eu estava doente, mas tinha mais uma coisa. Lamento demais...

Foi então que ela deu um grito. Arthur arregalou os olhos. Mas sua filha já não era uma menininha. Deveria acolhê-la nos braços? Seguiu seus instintos e deixou a espreguiçadeira. Levantou-se, o corpo em silhueta contra o sol, e então caiu de joelhos. Envolvendo-a nos braços, abraçou-a com força, como deveria ter feito tantas vezes quando ela estava crescendo. Por um momento ela resistiu, o corpo rígido e distante. Mas depois foi como se ela fosse uma marionete e alguém tivesse soltado os cordões. Ela desabou em seus braços. Aninhou a cabeça sob seu queixo e eles ficaram ali por um tempo, se sustentando.

– O que está havendo?

Ela reprimiu um soluço, mas depois relaxou e um ruído escapou dela diferente de tudo que Arthur já ouvira, do fundo do seu peito. Foi um choro estranho. Engolindo, ela enxugou a saliva do queixo.

– Sofri um aborto, pai. Estava com quinze semanas. Fiz o ultrassom e estava tudo bem. Eu ia contar pra você e pra mamãe pessoalmente. Era uma coisa emocionante demais pra contar pelo telefone. Era minha história importante. Eu tinha combinado de aparecer na hora do chá, se lembra? Eu ia contar pra vocês que estava grávida.

– Ela soltou um suspiro cheio de arrependimento. – Tive umas cólicas fortes no dia seguinte ao ultrassom. Fiquei curvada no chão do banheiro e o bebê começou a sair cedo demais. Anthony chamou uma ambulância. Ela chegou em questão de minutos, mas eles não puderam fazer nada. – Ela sacudiu a cabeça. – Me desculpe. Não quero mais pensar nisso.

"A gente estava se afastando quando descobri que estava grávida. E aí a mamãe morreu. Tentei reagir. Me obriguei a sair da cama, tomar um banho e me vestir, mas no dia do enterro da mamãe desabei. Não dava para suportar estar na igreja com o caixão, as rezas e o choro. Foi onde eu e Anthony nos casamos. Sinto muito de verdade, papai."

Arthur ouviu a história em silêncio. Agora, tudo fazia sentido, a distância que ela mantinha dele. Tentou bloquear a imagem dela curvada no chão do banheiro, sozinha.

– Você foi muito corajosa. Sua mãe entenderia. Mas eu gostaria de ter sabido...

– Você tinha que providenciar o enterro. Estava de luto.

– A gente deveria ter ficado junto, como uma família. Tinha coisas demais pra fazer, certidões pra assinar, médicos com quem conversar, arranjos, flores. Foi bom manter a mente ocupada. Não notei nada de errado quando falei com você.

Lucy assentiu.

– A gente começou a se afastar, não começou? Quando fiquei enrolada, tentando salvar meu casamento... Com a mudança de Dan.

Arthur estendeu a mão e limpou uma lágrima do rosto dela.

– Estamos juntos agora.

Lucy deu um sorrisinho, depois olhou a grama.

– Fiz um caos no meu jardim.

– É só grama.

Ela se recostou na cadeira e apoiou a cabeça na mão.

– Você pensa muito na mamãe?

– O tempo todo.

– Eu também. Pego no telefone pra ligar pra ela e bater papo. Mas aí me lembro de que ela já não está aqui. Mas finjo que está. Imagino que vocês dois estão na sua casa, juntos, e que ela está ocupada, espanando ou escrevendo cartas. Se eu não pensar assim, fica muito mais difícil suportar.

Arthur concordou com um gesto de cabeça. Arrancou uma margarida e a girou entre os dedos.

– Estou feliz de ter vindo.

– Eu também. Mas tenho que telefonar para o Dan, pra dizer a ele que está tudo bem.

– Tudo bem?

– Quando você viajou com a Bernadette e depois deixou uma mensagem sobre um ataque de tigre, telefonei pra ele. Achei que talvez...

– O quê?

– Que você pudesse estar começando a ficar com demência ou coisa assim.

– Ai, Lucy, sinto muito. Acho que estou em plena forma. Só que a pulseira desencadeou alguma coisa em mim, uma necessidade de descobrir coisas sobre a sua mãe. Não quis deixá-la preocupada.

Lucy analisou o rosto do pai. Ele tinha os mesmos olhos bondosos, o mesmo nariz vermelho costumeiro. Acreditou que ele estivesse bem.

– Estou feliz que você esteja bem. – Ela suspirou aliviada. – E é mesmo verdade essa história da pulseira? Sobre os pingentes e a Índia?

– É.

Ele tirou a pulseira do bolso e a passou para ela. Lucy observou cada pingente. Balançou a cabeça.

– Isto não parece algo que a mamãe teria.

– Era dela. Sei que era.

– Então, quero saber mais sobre isto. Conte-me suas aventuras.

Arthur concordou. Explicou como tinha encontrado a pulseira. Contou a Lucy sobre o tigre, enrolando a manga até o ombro para mostrar o machucado. Expressou sua preocupação com Sebastian, lidando com o velho De Chauffant, e contou que a cachorra de Mike chamava-se Lucy. Contou a ela sobre sua visita a Vera, da agência dos correios.

Lucy girou a esmeralda no pingente de elefante.

– Não posso acreditar que você fez tudo isto.

– Eu devia ter lhe contado, mas tudo parecia tão improvável.

– Mas agora eu sei. – Ela devolveu a pulseira para ele. – E o que vai acontecer agora?

Arthur deu de ombros. – Não tenho certeza. A paleta tem umas iniciais, "S. Y.". O dono da joalheria não soube o que eram.

– Você tem que continuar procurando.

– Mas e se eu descobrir mais coisas que deveriam permanecer em segredo? Quanto mais eu descubro, mais perguntas aparecem.

– Não é melhor saber? Você se lembra de quando a mamãe me deu aquela caixa dela com listras cor-de-rosa e brancas, antes de morrer? Está cheia de fotos. Não tive coragem de olhar. Eu poderia pegá-la agora... – Ela deixou o comentário suspenso no ar.

Arthur tinha se esquecido da caixa com listras cor-de-rosa em fundo branco, que Miriam mantinha no armário sobre a cama. Ela lhe havia perguntado se ele se incomodaria se ela a desse para Lucy, e ele respondera que não. Lembrava-se de pessoas, coisas e épocas na sua cabeça, e não era sentimental para tirar fotos, ou guardar passagens de trem, cartões postais ou lembranças de férias. Arthur contemplou o céu, e depois dirigiu o olhar para a grama pontilhada de terra.

– Você decide – disse.

Lucy foi buscar a caixa, e eles se sentaram à mesa da cozinha. Quando ela abriu a tampa, Arthur sentiu cheiro de papel velho, tinta e perfume de lavanda.

Observou Lucy, enquanto ela tirava um maço de fotos e as percorria, uma de cada vez. Virava-as para lá e para cá, e sorria. Levantou uma delas e Arthur viu que era do dia do seu casamento. Seu cabelo escuro encaracolava e caía sobre sua sobrancelha direita. As mangas do seu terno eram compridas demais, quase cobrindo suas falanges. Miriam estava com o vestido de casamento da mãe. Ele vinha passando pelas mulheres da família. Sua avó também o havia usado. Estava um pouco grande na cintura.

– Tem certeza de que não quer dar uma olhada? – ela disse.

Arthur sacudiu a cabeça. Não queria olhar imagens do passado.

Quando Lucy terminou, deu uma espiada dentro da caixa.

– Tem alguma coisa encravada no canto – disse. Cutucou-a com o polegar e o indicador.

– Deixe-me tentar – Arthur disse.

Ele conseguiu desencravar um pedaço de papel amassado. Entregou-o a Lucy e ela o alisou. Era cinza com uma inscrição desbotada.

– Acho que é a parte de cima de um cartão timbrado de cumprimentos ou uma receita antiga. – Ela olhou com mais atenção. – O nome diz *"Le dé à coudre d'or"*. Também tem uma coisa escrita, mas está rasgada. Acho que são números.

Eles se entreolharam sem expressão.
— Pra mim, não tem qualquer significado. — Arthur deu de ombros.
— Acho que *d'or* significa ouro, em francês — Lucy disse. — Vou conferir no meu celular.
Arthur pegou o papel.
— Acho que o número é 1969, o ano em que me casei com a sua mãe.
Lucy pressionou alguns botões em busca de uma tradução. Franziu o cenho e tentou novamente.
— Acho que descobri uma coisa — disse. *Le dé à coudre d'or*. Significa "O dedal de ouro". Tem uma butique de noivas em Paris com este nome.
— Paris? — Arthur disse. Pensou nos alfinetes no mapa da parede do quarto de Miriam: Grã-Bretanha, Índia... E França. Não conseguia se lembrar se o alfinete estava espetado em Paris.
Lucy virou a tela para mostrar a ele. Uma fotografia mostrava uma loja charmosa, com um belo vestido branco, tubinho, na vitrine.
Arthur teve a sensação de que seu coração parara de bater por um segundo. Não podia ser uma coincidência. Um dedal de ouro na pulseira de Miriam, e um pedaço de papel com o nome de uma loja chamada "O Dedal de Ouro", do ano do seu casamento. *Tinha* que haver uma ligação. Mas será que ele estava preparado para descobrir ainda mais coisas sobre a esposa? Será que isso traria mais confusão e dor, principalmente considerando que o pingente de dedal poderia estar prestes a levá-lo a Paris?
— Você acha que a gente deveria ir? — Lucy perguntou baixinho.
Arthur considerou a mesma coisa: — Parece ser uma boa pista...
— Uma vez a mamãe me deu um pouco de dinheiro quando recebeu a aposentadoria. Me disse que era pra gastar em algum supérfluo, mas eu nunca gastei. "Gaste com você, escolha alguma coisa especial. A proíbo de gastar em produtos domésticos ou contas."

Lembro-me exatamente das suas palavras – Lucy disse. – Pensei que poderia gastar em alguma coisa bonita quando tivesse um bebê, só que não deu certo... Ainda tenho o dinheiro num pote de geleia, no meu armário.

– Você deveria gastá-lo com você, como a mamãe disse, comprar alguma coisa bonita.

– Bom, decidi que vou agradar nós dois. Que tal uma viagem à França? A gente poderia fazer uma visita à loja de noivas.

Arthur levou só um instante pensando nisso. Mesmo que não descobrisse mais nada sobre a pulseira, passaria um tempo agradável com a filha.

– Parece maravilhoso. Vamos embora – disse.

17

O DEDAL

Se algum dia tivessem pedido a Arthur que descrevesse como imaginava Paris, diria que na verdade nunca tinha parado para pensar naquele lugar. Tinha visto a torre Eiffel nos jogos americanos que Miriam comprara pela metade do preço, na liquidação do Sainsbury, e uma vez assistira a um programa sobre um barco de passageiros que levava turistas ao longo do Sena e que era conduzido por um capitão que vivia mareado e tinha alergia a ajudar pessoas. Arthur achou que a água parecia muito escura e se ele tivesse que navegar por algum lugar seria num daqueles elegantes navios brancos de cruzeiro, com piscinas a bordo, circulando pelo Mediterrâneo. Paris simplesmente não fazia parte dos lugares que o atraíam.

Miriam, contudo, tinha uma preocupação com tudo que fosse francês. Quando estava em promoção, assinava uma revista chamada *Viva!!* que exibia inúmeras fotos de mulheres chiques, dançando entre poças d'água com seus guarda-chuvas, bebericando em minúsculas xícaras de café, ou carregando cachorrinhos na cesta à frente de suas bicicletas.

Pelo que lembrava, ela nunca havia demonstrado um forte desejo de visitar Paris. Dissera que as lojas eram muito caras. Ele achava que ela sabia disso lendo sua revista. Ele mesmo tinha imaginado um clichê: muitas pessoas com camisetas listradas, réstias de alhos e baguetes apontando em suas cestas.

Suas imagens foram novamente postas à prova. Era como se tudo que ele pensasse que soubesse, ou apenas pensasse, estivesse sendo reescrito. Paris era maravilhosa. Parou à margem da rua e fotografou uma cena de cartão postal. Um gato preto magricela esgueirou-se pela calçada à sua frente. O domo branco da Sacré-Coeur brilhava como um bolo gelado à luz do sol. O som de um violino emanava das venezianas de um apartamento sobre uma cafeteria.

Um homem de bicicleta passou assobiando algo melódico e lindo. Da padaria era possível sentir o cheiro de pão assado recentemente, e sua boca começou a se encher de água ao ver os *macarons* cor-de-rosa-flamingo e os merengues em altas pilhas num suporte de bolo.

Flores flutuavam das árvores quando Arthur atravessou a rua para a butique. Lucy não quis entrar na lojinha parisiense de vestidos de noiva, temendo que fosse trazer de volta más lembranças do seu casamento com Anthony.

– Vou esperá-lo no café do outro lado da rua, tomando um café com croissant – disse. Depois acrescentou: – Boa sorte.

Na vitrine, um vestido de noiva estava disposto sobre uma cadeira de jardim de ferro branco. Uma gaiola pendia do teto, contendo uma pomba emplumada de papel machê. O vestido era pérola com um corpinho ricamente bordado com pérolas minúsculas no formato de uma vieira. A saia trazia um bordado em espirais como se fossem ondas. Um vestido próprio para uma sereia. A placa dizia:

Le Dé à Coudre D'or

Em letras pequenas, abaixo disso, constava:

Propriétaire: Sylvie Bourdin

Ao girar a grande maçaneta de latão, Arthur reparou nas costas da sua mão. A pele estava translúcida, com veias azuis, como se fossem o traçado de um percurso de motocicleta. Suas unhas estavam grossas e amareladas. Na porta de vidro, o rapaz que se casara com Miriam tinha desaparecido, e em seu lugar estava um velho de cabelos brancos muito grossos, e rugas como uma noz. O tempo voara. Às vezes, ele mal se reconhecia. Deu um sorriso enviesado e pelo menos reconheceu seus incisivos, que sempre tinham sido ligeiramente encavalados.

Um monte de sininhos tilintou à sua entrada. A loja estava tão fria que ele estremeceu. O chão de mármore branco reluzia sob um lustre do tamanho de um pneu de trator. Uma fileira de vestidos de noiva estava pendurada em uma arara em um lado da loja. Em um trono dourado, recoberto de veludo azul, estava sentado um cãozinho da Pomerânia, ostentando uma coleira azul cravejada, da mesma cor do assento da poltrona.

Uma senhora surgiu de uma abertura em arco. Usava um terninho azul-cobalto cortado com esmero e trazia o punho cheio de penduricalhos de ouro. Arthur deduziu que ela e ele tinham a mesma idade, embora a pele bem tratada, camadas de rímel preto e lábios vermelhos fizessem com que ela aparentasse quinze anos menos. O cabelo era platinado, preso num coque alto, e ela tinha o corpo esguio de uma bailarina.

– *Bonjour, monsieur* – sua voz cantarolou. – *Comment puis-je vous aider?*

Arthur sentiu-se como se tivesse voltado às aulas de francês, gaguejando em busca de palavras. Nunca tinha sido bom em línguas, dizendo a si mesmo que era improvável que se aventurasse longe o bastante de York para que fosse usá-las.

– *Bonjour* – disse, mas depois lhe fugiram todas as outras palavras em francês. Ele sorriu para compensar sua ignorância. – Estou procurando madame Bourdin, a proprietária da loja.

– Sou eu, *monsieur*.

— Ah, bom. — Ele suspirou de alívio. — A senhora fala inglês.
— Tento. *Comme ci, comme ça.* — Sua risada tilintou pela loja como os sinos prateados pendurados à porta. — Mas às vezes minhas palavras não são tão boas. Está procurando um vestido de noiva, senhor? — Ela acenou com a mão como se estivesse acenando uma varinha de condão sobre suas roupas.

Arthur olhou para baixo, quase esperando que agora estivesse vestido de príncipe encantado.

— Ah, não — disse. — Pra mim não. Bom, é óbvio que não é pra mim. Mas acho que vim à sua procura.

— *Moi?* — Ela levou as mãos ao coração. — Que bom. Sente-se.

Ela o dirigiu para uma mesa branca e lhe indicou a cadeira oposta, outro trono com estofamento azul. — Em que posso ajudá-lo?

Arthur tirou uma fotografia do bolso e a colocou na mesa. Era de Miriam com as crianças na praia em Scarborough.

— Faz tempo que a senhora tem a loja?

— Ah, *oui*. Muitos e muitos anos. Sou a fundadora.

— Então, acho que a senhora pode ter conhecido minha esposa. Ela levantou uma sobrancelha, mas pegou a fotografia. Ficou um tempo analisando-a. Olhou para Arthur. Seus olhos arregalaram-se.

— Esta é a Miriam, *non?*

Arthur assentiu.

Ela voltou a olhar para a fotografia.

— O senhor poderia ser... O senhor é Arthur?

— Sou. — Seu coração deu um ligeiro pulo. — A senhora sabe a meu respeito?

— Miriam costumava me escrever há muito tempo. Não com muita frequência, mas eu também não era muito boa em manter contato. Sou uma boa estilista, mas com cartas não funciono tão bem. Ela me contou que ia se casar com um homem encantador chamado Arthur. Fui convidada para o casamento, mas infelizmente tive que ficar em Paris pra cuidar da minha mãe. Ofereci um vestido da loja pra Miriam, mas ela usou o vestido da mãe, não é? Então lhe mandei um presente. Era um pequeno pingente que achei num antiquário, um dedal de ouro. É o nome da minha loja.

– Minha filha e eu achamos um pedaço de papel onde estava escrito esse nome.

– Juntei uma notinha quando mandei o pingente a Miriam.

Arthur tirou a pulseira de pingentes do bolso, e a estendeu para ela.

– Mas este é o pingente! – *Madame* Bourdin exclamou. Miriam costumava usar esta pulseira o tempo todo. Foi por isso que quando eu vi o pingente tive que comprá-lo pra mandar pra ela.

– Estou tentando descobrir as histórias por trás deste pingente e dos outros, *madame*.

– *Madame*. Ah, *non*. Pode me chamar de Sylvie. Você está querendo saber as histórias, mas não dá pra própria Miriam lhe contar? – Sua voz subiu um oitavo com a expectativa. – Ela veio com você? Faz muitos anos.

Arthur baixou os olhos.

– Infelizmente ela faleceu há um ano.

– Ah, *non*! Sinto muitíssimo, Arthur! *C'est terrible*. Pensei nela muitas vezes ao longo dos anos. Muitas vezes disse que precisava localizá-la e entrar em contato. Mas aí ando muito ocupada com a loja e alguma outra coisa vinha na minha cabeça além da Miriam. Sempre existem algumas pessoas que você guarda no coração, não é? Que você nunca esquece.

– Como é que vocês se conheceram?

– Através de um homem chamado François.

– De Chauffant?

– É. Você sabe sobre ele?

– Um pouco.

– Eu era uma das suas namoradas, quando Miriam trabalhou pra ele. Ele não tratava bem nenhuma de nós. Quando recobrei a sanidade e resolvi voltar pra Paris, sugeri a Miriam que viesse co-

migo. Então, escapamos juntas! A gente não tinha nenhum plano, nada de dinheiro. Foi uma aventura. – Ela hesitou. – O que houve com ela?
– Morreu de pneumonia. Foi um choque enorme.
Sylvie sacudiu a cabeça.
– Ela era uma boa pessoa. Quando a gente se conheceu, eu falava só um pouquinho de inglês, e ela só um pouquinho de francês, mas a gente se entendia. Você sabia que ela me ajudou a montar esta loja? Eu sempre quis ter uma pequena butique de noivas. Eu e Miriam costumávamos nos sentar nos bancos à beira do Sena e alimentar os gansos com sementes e pães. Falávamos sobre nossos sonhos, ou pelo menos eu falava. Sempre fui, como é que vocês dizem? Uma sonhadora?
Arthur assentiu.
– Um dia, passamos por uma loja atacadista. Estava fechando. Os vestidos de noiva estavam sendo vendidos muito baratos, por caixas. Havia um furgão na rua, e dois homens carregavam as caixas, colocando-as na parte de trás. Paramos e ficamos olhando. Quando o furgão se foi, um dos homens, o proprietário, percebeu nosso interesse e perguntou se gostaríamos de comprar o restante dos vestidos. Miriam não entendeu grande coisa do que estava sendo dito, então eu traduzi. Os vestidos tinham um bom preço, mas não eram baratos o bastante pra mim. Eu era muito pobre, sobrevivia só de pão com queijo, mas Miriam me disse pra não dar uma resposta negativa. Ela me disse o que responder ao homem, e eu fiz o que ela dizia. Disse que era uma jovem à procura de uma oportunidade pra vender vestidos de noiva, que ele poderia ajudar a mudar a minha vida. Juntas, nós o seduzimos.

"Por fim, comprei vinte vestidos pela metade do que o homem pedia originalmente. Então, passei a ter todos estes vestidos e nenhum lugar para vendê-los. Não tinha uma loja, e meu apartamento ficava no terceiro andar sobre uma lavanderia. Miriam sacudiu a cabeça e disse: 'Claro que temos um lugar!' Penduramos os vestidos em uma árvore florida e eles foram vendidos na rua. Estavam lindos pendurados à luz do sol, como pássaros exóticos. Por lá passavam muitas mulheres elegantes, e mesmo que não estivessem se casando, avisavam suas amigas. A notícia passou de boca em boca. No final do dia, só restavam dois vestidos. Foi assim que comecei o meu negócio. Ou poderia dizer, que ele *floresceu*. Voltamos ao atacadista, compramos outra caixa e fizemos a mesma coisa nos três dias seguintes. Quando terminamos, eu tinha dinheiro suficiente para pagar três meses de aluguel desta loja. Ela cresceu com os anos, ampliei. Agora crio meus próprios vestidos, mas tudo começou comigo e com a sua esposa pendurando vinte vestidos em uma árvore."

– Que história linda! – Arthur nunca a tinha ouvido, mas conseguiu imaginar Miriam e Sylvie jovens, rindo e subindo na árvore florida.

– Quando ela voltou pra Inglaterra, a gente se escreveu durante um tempo. Eu tinha a loja e depois Miriam teve os filhos. O tempo passa muito rápido.

Enquanto ela falava, na cabeça de Arthur começaram a afluir lembranças. Miriam mencionara uma amiga que tinha uma loja de roupas. Ele não conseguia se lembrar se ela havia dito, ou não, que ficava na França. Então, ela não tinha mantido esta parte da sua vida em segredo. Ocasionalmente, usava uma palavra francesa: *pourquoi* ou *merci*. Agora ele se maldizia por não ter prestado mais atenção. Era difícil se concentrar em alguma coisa, além do seu chá, quando chegava do trabalho. Quando as crianças estavam na cama, aproveitava o tempo com a esposa. Conversavam sobre seu dia, mais do que sobre o passado. Desejava ter tido mais interesse.

– Você precisa me acompanhar numa taça de champanhe, e alguma coisinha pra comer em memória de Miriam – Sylvie disse. – Vou lhe contar mais sobre como nos conhecemos e como nos divertimos. Só convivemos por alguns meses, mas existem lembranças que duram pra sempre. E você também pode me contar. Conte-me sobre a vida que tiveram juntos e seus filhos. Quero saber mais sobre minha amiga.

≈

Mais de uma hora depois, Arthur foi se encontrar com Lucy na cafeteria.

– Achei que você fosse passar o dia lá. – Ela riu.

Ele olhou o relógio. – Puxa, não percebi que tinha demorado tanto. Você ficou aqui todo este tempo?

– Adorei. Anthony só ia ao Starbucks!

– *Madame?* – Um garçom apareceu à frente deles. Usava calça e camisa pretas e tinha um avental listrado de branco e azul amarrado casualmente na cintura. Seu nariz tinha uma ligeira protuberância que fazia com que parecesse que ele deveria estar em um filme mudo da década de 1920.

– Quero outro café com creme, por favor – Lucy disse.

– E *monsieur?*

Arthur olhou no vazio.

– Um café, talvez? Algo pra comer?

– Um café, sim. Perfeito. – Virou-se para Lucy. – Quer almoçar?

Ela deu um tapinha no estômago. – Já comi dois croissants de chocolate, então eu passo. Mas a sopa francesa de cebola parece deliciosa. Vi algumas tigelas passando.

– Então é isto que vou querer.

O garçom assentiu.

Arthur pôs o guardanapo no colo.

– Sylvie confirmou que comprou e mandou o dedal como presente de casamento. Sua mãe viveu aqui por um tempo.

– Que estranho ela ter vivido em Paris e não ter contado pra gente. Você tem alguma ideia do motivo disto?

Arthur sacudiu a cabeça. – Mas agora eu sei a história por detrás de mais um pingente.

As bebidas e a sopa de Arthur chegaram minutos depois. Ele espiou dentro da vasilha de cerâmica marrom. A sopa tinha um *crouton* grosso de *gruyère* em cima.

– Acho que esse garçom gosta de você – ele disse, enquanto soprava a colher. – Eu o vi olhando você, quando atravessei a rua.

– Ele só quer que eu deixe uma boa gorjeta. – Lucy corou.

– Provavelmente não se trata disso.

– Não vejo outro motivo pra ele ficar me olhando.

Arthur ergueu os olhos. Sua filha estava linda, com a omoplata rosada e sardas. Era como se um véu tivesse sido levantado do seu rosto, levando com ele a tensão e o incômodo. Por um momento, ele se perguntou se deveria revelar isso a ela, mas não conseguiu encontrar as palavras certas. Em vez disso, olhou de volta para sua tigela.

– A sopa está mesmo boa – disse. – Não sei como eles conseguem deixar as cebolas tão macias.

Ficaram sentados em silêncio, enquanto ele terminava. Lucy pegou um jornal deixado por um senhor idoso com um poodle preto na mesa ao lado deles, e deu uma folheada.

Arthur inclinou a tigela para não perder a última colherada de sopa. O calor na sua barriga e o sol infiltrando-se pelas árvores fizeram com que se sentisse calmo e relaxado. Seus ombros não pareciam tão duros. Estar ali com Lucy dera-lhe tempo para refletir sobre as últimas duas semanas. Olhou para a butique às suas costas.

– Sabe, nas minhas viagens, conhecendo gente que fez parte da vida de Miriam, estou aprendendo que as pessoas se lembram de você pelas coisas que diz e faz. Ela já não está aqui, mas permanece no coração e na mente das pessoas.

– Este é um lindo pensamento.

– Não estou certo de que alguém vá se lembrar de mim com tanta generosidade.

– Não seja bobo, pai.

– Não estou sendo. Quanto mais fico sabendo sobre a incrível vida da sua mãe antes de mim, mais isto enfatiza que não tenho feito nada de aventureiro, nem viajado, nem conhecido ninguém sobre quem tenha tido algum impacto.

– Mas você está fazendo isso agora. Não é tarde demais.

Arthur deu de ombros.

Lucy sacudiu a cabeça.

– Você está sensível, pai. Era de esperar. Foi uma longa viagem até aqui e você está ouvindo histórias sobre a mamãe que nunca tinha ouvido. Mas garanto a você, sempre será parte da minha vida. Sempre será especial pra mim.

Arthur fez um ligeiro gesto de cabeça, grato por suas palavras sensatas. – Obrigado. – Sentiu que deveria dizer algo em troca. Queria contar a Lucy o quanto a amava desde o minuto do seu nascimento. Ouvira Miriam dizer isto repetidamente, com muita facilidade, mas as palavras nunca lhe vinham tão facilmente. Quando Lucy era criança, adormecida, ele então conseguia beijá-la na testa e sussurrar: – Eu amo você. – Mas aqui em público, numa cafeteria, bem, não conseguia falar muito. – Eu, ah... Bem. Igualmente.

– Ai, pai.

Subitamente, sentiu os braços de Lucy em volta do seu pescoço.

– Você está bem? Qual é o problema?

Lucy fungou. – Só sinto falta da mamãe, é isso. Seria ótimo se ela estivesse aqui com a gente.

– Eu sei.

Ele deu uns tapinhas em suas costas, sem saber o que dizer para mudar as coisas.

Lucy afastou-se primeiro. Procurou um lenço de papel na bolsa.

– *Madame?* – O garçom apareceu ao seu lado. Levantou uma das sobrancelhas. – Está tudo bem? – Deu uma olhada em Arthur, como se o acusasse de molestar sua jovem companhia.

– Está, estou bem. Este é meu pai. Estamos felizes.

– Vocês estão "lizes"?

– Estamos. Muito. Obrigada por perguntar. Só preciso de um lenço de papel – Lucy disse.

O garçom saiu, e depois reapareceu, deslizando uma caixa de lenços de papel pela mesa.

– Pra você.

– *Merci*. Muita gentileza sua.

– Claude – o garçom disse. – Me chamo Claude.

– É por minha conta – Lucy insistiu depois de enxugar os olhos e assoar o nariz. – O dinheiro é meu pra ser gasto no que eu quiser, se lembra?

– Me lembro, querida. – Arthur sorriu, fingindo estar rendido.

Foi até o banheiro, e quando saiu viu que Claude conversava com a filha. O garçom tinha uma bandeja enfiada debaixo do braço, e Lucy sorria e retorcia uma mecha de cabelo. Arthur agachou-se para refazer os laços dos cadarços e, quando viu que eles continuavam conversando, verificou quantos euros tinha na carteira. Quando Claude afastou-se da mesa, Arthur voltou.

– Tudo bem? – perguntou.

– Tudo – Lucy disse, as faces coradas.

– Vi você conversando com o garçom.

– Ah, é, ele, ah... – Ela limpou a garganta. – Ele me convidou pra dar uma volta com ele esta noite. Foi um pouco inesperado.

– Isto é uma coincidência, porque a Sylvie me convidou pra jantar.

Os dois se entreolharam e riram.

– Espero que você tenha aceitado – Arthur disse.

18

ENCONTRO EM PARIS

Arthur ensaboou o queixo e pegou o barbeador. Parou em frente ao espelho do banheiro do hotel e analisou sua imagem. Era esquisito estar se esforçando com sua aparência. Ia se encontrar com uma estranha para jantar, numa noite de sexta-feira, em Paris. Estava surpreso que alguém tão encantador quanto Sylvie não tivesse nada programado para a noite.

Seus dedos formigaram. Não queria pensar muito no assunto, para não correr o risco de desistir do encontro. Sexta-feira à noite era quando ele e Miriam costumavam fazer sua refeição de fritas e peixe em frente à TV. Mas ele disse consigo mesmo que ele e Sylvie estavam "saindo para conversar sobre Miriam", para dividir suas lembranças e histórias. Era algo que ele queria fazer, e não evitar.

Uma coisa sobre a qual estava tentando não se preocupar era *o que* eles poderiam comer. Será que todos os restaurantes franceses serviam pernas de rãs e cozinhavam tudo com alho? Esperava que não. Por um instante, sentiu saudades das tortas de Bernadette. Estava com saudades da comida caseira dela, e também da sua companhia. Esperava que Sylvie fosse gentil com ele.

Depois do almoço na pequena cafeteria em frente à butique de noivas, ele e Lucy tinham ido às compras. Ele raramente fazia compras com Miriam. Caso isso acontecesse, acabava perambulando do lado de fora das cabines de provas, olhando o relógio. Miriam segurava camisas e calças contra ele, depois assentia e as colocava na cesta, ou as retirava rapidamente para pendurá-las de volta na arara. As roupas apareciam como mágica no seu guarda-roupa, com as dobras da loja passadas a ferro e as lapelas soltas, prontas para uso. Da mesma maneira, quando ele tinha um aniversário em família, ou no Natal, presentes escolhidos com capricho apareciam, no balcão da cozinha, muito bem embrulhados em papéis de cores vivas, com laços de fita e cartõezinhos de presentes assinados "De Miriam e Arthur". Na verdade, ele gostava da ideia de comprar para sua família, de escolher alguma coisa que achava que eles pudessem gostar, mas a compra de presentes era domínio de Miriam. Ela assumia aquilo com prazer.

Desta vez, achou a experiência uma alegria. Ele e Lucy andaram pelas ruas sem pressa. Experimentaram vários tipos diferentes de queijo e pegaram amostras de azeite. Acharam uma loja de roupas com uma liquidação de fechamento, e Lucy insistiu para que ele comprasse cinco camisas, dois pulôveres e uma calça. Na cabine de provas, olhando-se no espelho com as roupas novas, até ele teve que admitir que parecia mais jovem.

Comprou um raminho de junquilhos para Sylvie e um broche com um gato preto esmaltado para Lucy, quando ela não estava olhando. Na vitrine de um antiquário, viu um colar simples de pérolas e o apontou.

– Acho que sua mãe adoraria isso – disse.

Lucy concordou: – Você a conhecia muito bem.

Arthur vestiu suas roupas novas e ficou em frente à loja de noivas mais uma vez, esperando Sylvie. As luzes de dentro estavam apagadas. Por um breve momento, ele meio que desejou que ela tivesse mudado de opinião, que tivesse reconsiderado. Andou para lá e para cá em frente à loja, tentando não agarrar o ramo de junquilhos com muita força.

A noite de sexta-feira parecia ser a noite dos casais em Paris. Um desfile de casais elegantes, bem-arrumados, de todas as idades, passava por ele, sem pressa. Sorriam ao vê-lo esperando. *Não se preocupe*, pareciam pensar, *logo ela virá ao seu encontro*.

Dez minutos depois, ele ouviu a porta da loja se abrir e Sylvie apareceu.

– Me desculpe, Arthur. Eu estava pronta pra sair quando o telefone tocou. Uma jovem noiva estava em pânico quanto ao seu vestido. Passou um tempo jejuando por causa do casamento, e emagreceu tanto que o busto já não preenche o vestido tão bem. Eu disse pra ela não se preocupar, pra ela vir me ver amanhã. O casamento é daqui a três semanas, então dá tempo de ela ganhar um pouco de peso. Não acho que seja o caso de fazer ajustes. Talvez um pouco mais de enchimento no sutiã... Seja como for... – Ela roçou o cabelo com a mão. – Pra que estou lhe contando isto? Sinto tê-lo deixado esperando, é isto que estou tentando dizer.

Ela sorriu ao pegar as flores. Inclinou a cabeça para cheirá-las, levou-as para dentro da loja e depois trancou a porta. Ele reparou que ela usava o mesmo terninho de quando ele a havia encontrado mais cedo, mas tinha acrescentado um colar turquesa cintilante e um xale creme de crochê. Sentia-se menos nervoso, agora que ela não tinha se trocado especialmente para o jantar.

Caminharam juntos pelas ruas de pedras, demorando-se em direção ao rio. A certa altura, Sylvie tropeçou e ele a segurou pelo cotovelo para que ela pudesse se equilibrar. Enquanto andavam, a mão dela permaneceu ali, enlaçando-o. Arthur sentiu seu braço se retesar. Caminhavam de braços dados. Era muito íntimo para ser confortável. Ele se perguntou se alguém que passasse pensaria que estavam juntos, e isto o fez se sentir constrangido. Esperava que Sylvie não pensasse que a saída deles fosse algo além de uma coisa de amigos. "Este é apenas o comportamento francês", disse consigo mesmo. "A norma é se tocar e ser próximo."

Olhou para ela. Ela sorriu e fez um passo de dança ao apontar uma pomba num fio de telefone, e depois um mural de uma menina sendo levada no ar por um bando de balões que estava carregando. Sylvie estendeu a mão para pegar duas azeitonas de uma vasilha em frente a uma loja. Acenou para o proprietário lá dentro, e depois deu uma delas a Arthur. Ele a pegou e o azeite pingou na sua mão. Buscou o lenço dentro do bolso. Depois, manteve o braço grudado na lateral do corpo.

Caminharam até um minúsculo bistrô com apenas oito mesas. *Chez Rupert*. Sylvie explicou que era amiga do dono.

– Disse a eles que trouxessem os pratos que achassem que a gente gostaria. Expliquei que você é um inglês de gostos simples.

– Ela riu. – Podemos experimentar um pouquinho de cada coisa.

– Um pouco como *tapas*?

Arthur e Miriam tinham ido uma vez a uma noite espanhola no centro comunitário local, em prol da obtenção de fundos para o telhado da igreja. Cada um deles tinha recebido um copo de sangria cheio de pedaços de maçã e laranja.

– É uma espécie de salada de frutas alcoólica – ele disse, depois de ar um gole.

Cada mesa tinha recebido cerca de seis pequenos pratos de terracota com diferentes comidas em cada um. Ele e Miriam tinham olhado um a um. Havia coisas que eles não reconheciam, mas comeram tudo. Fora uma noite agradável, ainda que tivessem tido que parar num restaurante de peixe e fritas a caminho de casa, porque continuavam com fome.

– É, como *tapas* – Sylvie concordou.

Enquanto esperavam a comida, deram conta facilmente de uma boa garrafa de *merlot*, e pediram outra. A cabeça de Arthur ficou mais leve, como se suas preocupações estivessem se afastando.

Surpreendeu-se ao experimentar mexilhões cozidos na manteiga com alho, e uma espessa sopa francesa de peixe chamada *bouillabaisse*. Comeu vitela e um cozido de cogumelos, engoliu mais vinho tinto. E tentou não pensar no motivo de não ter estado disposto a tentar novas coisas no passado.

Quando um músico que passava entrou no bar e tocou acordeão, Sylvie insistiu para que se levantassem e fossem dançar. Ainda que as pessoas ao seu redor rissem dos esforços patéticos do inglês para dançar, Arthur inclinou a cabeça e riu com eles.

Após o jantar, Sylvie pegou no seu braço novamente, e desta vez pareceu mais natural. Caminharam ao longo do Sena. O pôr do sol estava espetacular, fazendo com que o sol parecesse mais vivo. Arthur achou a companhia dela encantadora, mas não pôde deixar de querer estar com a esposa, rindo com ela, admirando o pôr do sol com ela. Sentiu necessidade de dizer seu nome, de lembrar a si mesmo que estava ali por causa dela.

– Miriam adoraria isto aqui – disse.

– Ela adorava mesmo – Sylvie disse. – Viemos aqui algumas vezes pra caminhar, conversar e fazer planos para o futuro. Estávamos cheias de confiança juvenil. Eu seria a melhor estilista do mundo de vestidos de noiva. Todas as celebridades e estrelas de cinema iriam querer usar um vestido Sylvie Bourdin. Mas aí, com a passagem dos meses e anos, você se torna mais sensato. Você reconhece que os sonhos não passam disso.

– Mas você conseguiu a sua loja. Você se saiu surpreendentemente bem. Você ajuda a fazer com que os sonhos se tornem realidade.

– Os sonhos de Miriam tornaram-se realidade? Ela falava em conhecer um homem e ter muitos filhos, viver no campo com um grande jardim.

– Ela dizia isto? Nada sobre tigres e ser arrebatada por um romancista?

– Você está me provocando, não é?

— Um pouco. — Eles pararam e olharam um barco a remo que passava, atravessando a água que, na luz esmaecida, parecia mercúrio. — Tivemos uma casinha, dois filhos e vivemos na periferia da cidade. Temo que sua vida comigo não tenha correspondido aos seus sonhos.

— Acho que, de nós duas, foi ela quem se saiu bem. Não tive filhos, entende? Estive sempre ocupada demais trabalhando. Tenho uma loja linda, em vez de bebês. As moças que vêm me ver são como minhas filhas. Tenho muitas, muitas filhas. — Sylvie riu. — Por sorte, algumas se lembram de mim depois do grande dia. Às vezes gostaria que meus sonhos tivessem sido mais simples, ou que eu tivesse tido tempo tanto pra uma família quanto pra minha loja.

Encontraram um barzinho onde ressoavam risadas, e se sentaram a uma mesa de ferro batido, na calçada.

— Nem eu conheço este lugar! — Sylvie exclamou. — Você está me transformando numa exploradora, Arthur.

Já passavam das duas da manhã quando eles voltaram à butique de noivas. Foi com certa culpa que Arthur percebeu que não haviam conversado muito sobre Miriam. Falaram sobre York e sobre Lucy e Dan. Ele contou a Sylvie sobre Bernadette e Frederica, e mais sobre as histórias por detrás dos pingentes. Por sua vez, Sylvie contou a ele sobre seus namorados ao longo dos anos, e como quase havia deixado Paris para viver em um moinho de água rural com um artista sem dinheiro, tendo recobrado a razão antes de ir para o altar.

— Tenho uma loja de noivas, mas eu mesma nunca fui uma noiva — disse.

Ao se aproximarem da butique, o pulso de Arthur acelerou-se. Qual a etiqueta nesses casos? Um beijo no rosto? Dos dois lados? Um abraço? Estava inseguro. Ficou calado ao pararem em frente à vitrine.

— Foi uma delícia, Arthur. Há muito tempo não ria tanto.

— Eu também não.

Sentiu que não precisava se esforçar demais com Sylvie. Havia uma facilidade natural entre eles, que não havia sentido com ninguém, além da esposa. Tinha ligação com Miriam, e isto o fazia querer ficar perto dela. Queria tocar as linhas em volta dos seus olhos, agradar seu rosto. Sylvie chegou um pouco mais perto. Podia sentir seu hálito no seu pescoço, ver como as pontas dos seus cílios viravam para cima e o pequeno vinco entre suas sobrancelhas.

Quis beijá-la.

Beijá-la?

De onde tinha vindo esta ideia? Ele só deveria querer beijar a esposa.

Sylvie sorriu para ele, como se pudesse ler seus pensamentos.

Ele sentiu sua própria mão deslizar ao redor da cintura dela. Deveria recuar antes que fosse tarde demais?

Enquanto refletia a respeito, seus lábios se tocaram.

Foi uma sensação estranha beijar outra pessoa. Ele tinha que parar e refletir sobre isto antes de continuar. Mas não conseguia se afastar. Precisava de contato humano, ser novamente desejado. Os lábios dela eram macios e quentes. O tempo voou.

Sylvie afastou-se primeiro.

– Está esfriando. – Ela estremeceu, puxando o xale mais para junto dos ombros. – Quer subir pra um café?

Era uma pergunta que ele não esperava. Mas era um arremate natural para a noite, sentar-se e conversar um pouco mais. Ele poderia lhe fazer mais perguntas, as que ele já tinha se esquecido de perguntar. Mas também seria perigoso. Será que ela poderia estar pensando em algo mais além de um café?

– Tenho mesmo que voltar ao hotel – disse. – Lucy pode estar indagando o meu paradeiro.

Isto pareceu estúpido assim que foi dito. Claro que eles estavam em quartos separados. Ele não a veria até o café da manhã.

– Mas Lucy foi pra um encontro com o amigo garçom?

– Foi, com o Claude.
– Tenho certeza de que sua filha, agora, é uma menina crescida.
– É, mas sempre vou me preocupar com ela.
– Tenho certeza de que Claude vai se preocupar em deixá-la direitinho no hotel. E ela tem celular, não tem?
– Tem. – Arthur tirou seu próprio celular do bolso. – Ah, veja, ela deixou uma mensagem. – Ele a abriu. Tinha sido mandada havia vinte e cinco minutos. Dizia para ele não se incomodar, que ela estava voltando para o hotel e o veria no café da manhã às nove horas.
– Ah, que bom! – Ele sorriu.
– Então você vai aceitar um café?

Arthur enfiou o celular de volta no bolso. Deixou a mão demorar-se lá.

– Eu... – começou.

Sylvie interrompeu-o. Levantou o queixo com orgulho.

– Negócio seguinte, Arthur. Às vezes me sinto sozinha. Acho que o tempo está me escapando. Gostaria muito que você me acompanhasse num café, e talvez passasse a noite. Encontro-me com homens jovens, e que são noivos. Encontro-me com pais de noivas que às vezes me propõem o que não deveriam. Sou profissional e recuso. Não encontro muita gente de quem goste, por quem sinta alguma coisa.

Arthur sentiu um profundo desejo nas entranhas. Não esperava se sentir assim em relação a alguém nunca mais. Era delicioso, mas também o fazia se sentir doente de culpa. Isto não era desejar uma artista de cinema, ou alguém inalcançável, o que poderia ser aceito num casamento. Sylvie era de carne e osso. Era linda e estava aqui, pedindo que ele fosse até seu quarto.

Era como se ele traísse a esposa.

Esta ideia chocou-o. É claro que ele poderia justificar a si mesmo dizendo que Miriam já não estava aqui, portanto como é que poderia traí-la? Mas ele sabia que se sentiria assim. Sylvie era amiga da sua esposa. Talvez de muito tempo atrás. Ele não poderia trair Miriam.

Deixou as mãos caírem de lado.

– Sinto muito, Sylvie. Gostaria muito de tomar um café com você, mas... – Baixou os olhos.

Sylvie ficou parada. Fez um ligeiro gesto de assentimento com a cabeça.

– Acho que entendo.

– Espero que sim. Porque acho você maravilhosa. Você é linda, graciosa, brilhante, inteligente, mas...

– Mas você continua apaixonado por outra pessoa?

Arthur confirmou:

– Pela minha esposa. Sempre, acho. Se algum dia existir outra pessoa, e realmente não consigo pensar nisso, vou ter que ir aos poucos. Só vou poder ficar aqui mais uma noite, e isto pra mim não basta. Se conhecer alguém, vou precisar achar que Miriam entenderia.

– Acho que ela gostaria que você fosse feliz.

Sylvie tirou as chaves da bolsa.

– Não sei se me sentiria feliz depois. E quero me sentir. Gostaria que fosse maravilhoso. Quero sentir que foi o certo.

Ela tocou o colar.

– Pode ser que você não acredite, mas houve época em que eu nunca tinha que pedir. Os homens me esperavam, me seguiam.

– Entendo perfeitamente. Você é *très magnifique*. – Os dois riram perante essa tentativa de francês. – Mas... – Ele enfiou a mão no bolso e tirou a pulseira. – Até que eu saiba todas as histórias, não consigo seguir em frente. Não estou preparado pra nenhuma outra mulher além da minha esposa.

– Você tem caráter. – Sylvie comprimiu os lábios. – Se bem que, se continuar na sua busca, pode ser que descubra coisas de que não goste.

– Isso já aconteceu.

— Pode haver mais.

Arthur percebeu que o tom dela estava mais frio. Pegou na sua mão.

— Você sabe de alguma coisa, Sylvie?

— Viu um lampejo nos seus olhos, enquanto ela negava.

— *Non.* Foi só uma ideia...

— Se você sabe de alguma coisa, por favor, me conte.

— Como eu disse, Miriam me escreveu algumas vezes.

— O que é?

Sylvie prendeu a respiração. Depois, disse: — Se quiser descobrir mais, deveria tentar sua amiga Sonny.

— Sonny?

— Se estou bem lembrada, ela fazia joias.

Arthur pensou na pulseira.

— Você sabe o sobrenome dela?

— Hum. Acho que começava com Y. Ah, é, Yardley. Eu me lembro porque tenho uma prima casada com um homem com o mesmo sobrenome. Minha memória é boa, não é?

— É. Excelente. Sonny Yardley. As iniciais "S. Y." estão no pingente de paleta. Parece que existe uma ligação. Você sabe onde posso encontrá-la?

— Não.

— Tem alguma outra coisa de que consiga se lembrar em relação a ela?

Sylvie franziu o cenho.

— Acho que o irmão pode ter sido artista, mas fora isso, nada.

— Vou tentar achá-la.

— Se conseguir, talvez ela possa contar o que você quer, ou não, saber.

— O que você quer dizer?

Sylvie deu de ombros. — Você mesmo vai descobrir.

Arthur percebeu que Sylvie queria entrar. Tinha ferido seu orgulho. A conversa toda tinha voltado para sua esposa. Beijou-a no rosto, agradeceu-lhe por sua hospitalidade, e depois voltou para o hotel. Lamentou, sentiu um peso no estômago, mas tinha feito a coisa certa.

O céu noturno já estava raiado de azul-claro, preparando-se para o novo dia, as estrelas se esvaíam. Envolveu a pulseira com os dedos e a segurou com força até chegar ao hotel. Antes de passar pela porta giratória, parou para ajeitar o colarinho. Ao fazê-lo, percebeu um movimento com o canto do olho. Virando-se, viu Lucy e Claude parados juntos, na rua. Lucy beijou-o no rosto e depois se afastou.

Arthur esperou para que pudessem chegar juntos à porta do hotel.

– Ah, oi, pai – ela disse, com grande tranquilidade.

– Oi. A noite foi boa?

– Foi. Muito. E a sua?

Arthur olhou o sol que nascia.

– Foi. Foi boa. Mas não acho que verei Sylvie de novo. Eu... Bom, eu... Sua mãe...

Lucy aquiesceu e abriu a porta.

– Eu entendo, pai. Claude também foi só por uma noite. Às vezes é isso aí.

19

BOOKFACE

Foi uma sensação boa estar de volta à própria cama, em sua própria casa. Depois da estadia em um *hostel*, do sofá de Mike, do hotel parisiense, da mansão com papel de parede listrado de alaranjado e preto, seu próprio quarto era onde ele queria estar. Era aconchegante, familiar como um casulo. Poderia tomar suas xícaras de chá quando quisesse.

Deitou-se e por um tempo pensou em seu beijo em Sylvie, refazendo repetidas vezes na mente o momento em que seus lábios se encontraram. Ainda podia sentir a maciez da sua cintura, a emoção de tê-la pressionada contra ele. Um calor irradiou-se em seu estômago, e ele moveu as mãos para senti-lo. Ao fechar os olhos, transportou-se de volta a Paris. Ainda podia sentir seu perfume.

Não se arrependeu de sua decisão de não tomar café com ela, mas imaginou aonde aquilo poderia ter levado. O que teria acontecido se a tivesse seguido até o andar de cima e entrado em seu quarto? Teriam feito amor, ou ele teria fugido noite adentro, incapaz de ir até o fim? Nunca saberia. Jamais passara a noite com alguém além da esposa. A ideia de estar com outra mulher fez com que se sentisse, ao mesmo tempo, nauseado e curioso. Abrindo os olhos, virou-se de lado e saiu da cama, nervoso com seus pensamentos indevidos. No entanto, em seu coração perdurou certa nostalgia.

Vestiu a calça e a camisa compradas com Lucy em Paris, e enfiou a camisa que cheirava a Sylvie no cesto de roupas sujas. Ao se ver no espelho, ficou surpreso de como parecia bem. O cabelo havia crescido no alto. A esta altura, Miriam insistiria para que ele fosse ao barbeiro no centro, mas ele gostou do jeito que estava. Passou a mão e deu uma arrepiada.

Por um momento, pensou em retomar sua antiga rotina, dar um sentido ao dia. Flagrou-se olhando o relógio para ver se já era hora de preparar sua torrada. Mas, então, pensou: *Basta!* Hoje seguiria o fluxo, veria o que ia acontecer.

Na cozinha, comeu uma maçã, enquanto ficava descalço olhando o jardim pela janela. Ficou surpreso ao ver que a cerca ao seu redor parecia alta demais. Por que ele e Miriam tinham escolhido uma estrutura tão alta que impedia a visão dos jardins dos vizinhos? Uma cercazinha de estacas brancas teria sido melhor.

Só restavam três pingentes com histórias a serem descobertas. Sua única pista, no entanto, era um nome: Sonny Yardley. Ainda que vasculhasse suas lembranças, não conseguia se lembrar de Miriam ter algum dia mencionado alguém chamado Sonny.

Começou sua busca com a lista telefônica, correndo o dedo atentamente pelos Ys. Havia dois S. Yardleys listados, mas, quando telefonou, um era um Steve e o outro um Stuart. Supôs que ela poderia ter se casado e mudado de nome, ou talvez nem mesmo estivesse viva. Frustrado por não ter os recursos para prosseguir em sua busca, limpou a casa de cima a baixo, não como parte de sua rotina, mas por necessidade. Tendo estado fora durante a maior parte de duas semanas, havia uma fina camada de poeira cobrindo todas as superfícies. Cantou a melodia tocada pelo acordeonista no barzinho que visitara com Sylvie. Aguou Frederica e a colocou do lado de fora, no jardim de pedras, para que tomasse ar fresco.

Tinha acabado de fazer um sanduíche de presunto e enchido um copo de leite quando a campainha tocou. *Bernadette*. Levantou-se de um pulo e passou a mão pela camisa nova. Nem ao menos pensou em assumir a postura de estátua do National Trust. Seria realmente bom encontrá-la. Tinha certeza de que ela gostaria de ouvir sobre Paris. Até havia lhe comprado um presentinho: um saquinho de algodão com lavanda, onde estava bordado um passarinho levando um envelope. Sorrindo, abriu a porta. Ficou extremamente surpreso ao descobrir que era Nathan, e não Bernadette, quem estava à sua porta.

– E aí?
– Ah, Nathan, oi.
– Você não estava me esperando, certo?
– Não, ah, achei que podia ser a sua mãe.
– Ela não está aqui? – Nathan perguntou. Limpou o nariz com as costas da mão. Sua camiseta branca tinha impressas, em grandes letras pretas maiúsculas: "Aconselhamento Parental."
– Não. Não a tenho visto. Estive na França com a minha filha.

Esperava que o rapaz desse de ombros e fosse embora resmungando que iria atrás dela, mas ficou ali parado, como se estivesse enraizado. Eles se entreolharam.

– Quer entrar e tomar uma xícara de chá? – Arthur perguntou.

Nathan deu de ombros, mas entrou.

– Venha, por favor. Sinta-se em casa.
– Sua casa é um pouco como a nossa. – Nathan foi até a sala de visitas. Afundou-se no sofá e jogou as pernas por cima do braço.
– Tem a mesma disposição, só que a mamãe gosta de cores vivas, obviamente. – Revirou os olhos. – A sua é um tipo todo neutro e calmo.
– É mesmo? Pra mim está parecendo antiquada.

Nathan deu de ombros. – É simpática.

Novamente fez-se um estranho silêncio, como se cada um deles estivesse esperando o outro falar, ou como se percebessem que, na verdade, não tinham nada a dizer.

– Vou ligar a chaleira – Arthur disse.

Saiu atarefado e fez um bule de chá na cozinha, acrescentando um prato de biscoitos à bandeja. Ao levá-la, encontrou Nathan analisando suas fotografias no consolo da lareira. Havia umas duas das crianças quando começaram a andar e um instantâneo da família nos dezoito anos de Lucy, quando haviam alugado o centro comunitário local e Vera, da agência dos correios, comparecera, embora não tivesse sido convidada.

– Você encontrou François De Chauffant? – Nathan perguntou.
– Encontrei. Fui à casa dele. – Pousou a bandeja. – Era no endereço que você me deu.
– Uma mansão grande e branca?
– Isso aí.

Nathan estalou a língua e voltou a se sentar.

– Isto é o máximo, sabe, visitar uma lenda viva. A casa dele tem montanhas de livros? Ele anda por lá com um robe de veludo, enquanto fuma aqueles charutos fininhos? Aposto que tem uma namorada e que ela só tem vinte e um anos, coisa assim.

Arthur pensou no homem enrugado, sozinho no sótão. No entanto, não quis acabar com as ilusões de Nathan.

– Foi uma visita muito reveladora – disse. – Ele tem sim montanhas de livros. Estava, ah, ocupado, então fiquei pouco tempo.
– Você pegou um autógrafo?
– Não, não peguei. Mas consegui um livro de poesias dele.
– Legal. Posso dar uma olhada?

Arthur, então, lembrou-se da última vez que o tinha visto, reluzindo alaranjado sob a lâmpada de um poste em um banco em Londres.

– Acho que o perdi de cara.
– Ah. – Nathan baixou os olhos. Sua franja caiu sobre seu rosto.

Arthur serviu o chá e estendeu uma xícara.

– Eu na verdade ia pedir sua ajuda.
– É?
– Uma vez ouvi na agência dos correios a Vera falar sobre uma coisa chamada Bookface. Pelo jeito, dá pra procurar pessoas pelo

nome e tentar encontrá-las. – Ou persegui-las, no caso de Vera, que tentava localizar um ex-namorado, do seu tempo de escola. – Preciso achar outra pessoa.

– Você está falando do Facebook?
– Estou? Então é Facebook. O que ele faz?
– Como diz a gralha da agência dos correios, dá pra você procurar pessoas e se relacionar com elas online, colocar status, carregar fotos e outras coisas.

Isto era como uma língua estrangeira, mas Arthur fez um gesto de cabeça como se entendesse.

– Houve época em que era uma mania, mas agora todo mundo já se encheu dele, a não ser que você seja velho. Todos os acima de trinta usam.

– Estou tentando achar uma Sonny Yardley. Você poderia usar seu conhecimento em computador pra me ajudar?

Nathan sorveu seu chá fazendo ruído.

– Procuro pra você esta noite. Meu celular está com problema. Sabia que todo mundo que tem um iPhone deixa cair? O meu caiu na privada esta manhã. Você tem mais dados sobre esta Sonny? Quantos anos?

– Por volta da minha idade.
– Período jurássico, rá, rá.
– Definitivamente pré-histórica.
– Deixa comigo.

Tomaram chá e Nathan comeu todos os biscoitos.

– Então, você não consegue achar a sua mãe – Arthur disse.

– Não, provavelmente ela foi até a cidade, cuidar das suas causas perdidas.

– Sua mãe é uma pessoa muito boa.

– Eu sei. – Ele hesitou com a boca aberta, e depois sacudiu a cabeça. – Às vezes me pergunto por que ela quer que eu vá pra uma faculdade tão longe. Quero dizer, acho que às vezes eu sou um chato, mas... Sabe, é como se ela quisesse se livrar de mim.

– Acho que ela só está procurando o melhor lugar pra você, o que for melhor pra você.

– Eu achava que ela fosse me querer numa universidade aqui perto, pra eu poder morar em casa com ela, mas... – Ele deu de ombros.

– Você disse isto pra ela?

– Não. Ela enfiou na cabeça que eu vou pra universidade, e que tem que ser pra estudar um assunto específico. Então, posso arrumar um bom trabalho quando terminar, blá-blá-blá, subir na vida, blá-blá-blá. Não faço ideia do que vou fazer com um diploma de inglês. Eu falo inglês, qual é o propósito de aprender?

– Bom – Arthur disse, consciente de provavelmente não ser a pessoa mais adequada para dar conselhos a alguém de dezoito anos –, o que você quer estudar, então?

Nathan sacudiu a cabeça.

– Se eu contar, você não vai entender.

– Por que não?

– Porque não vai. Porque a minha mãe também não vai me ouvir.

Arthur pensou em quando se sentou com Lucy no jardim, prometendo ouvir, como isso tinha sido o catalisador para o início de uma construção de pontes e a volta à existência de uma família.

– Sou um bom ouvinte – disse. – Tenho o dia todo.

Nathan mordeu o lábio inferior.

– Tem mais biscoitos?

– Recheados de chocolate?

– Prefiro de creme.

– Vou ver o que tenho.

Na cozinha, Arthur deu propositalmente mais tempo a Nathan para que ele pensasse no que queria dizer ou não. Ele sempre parecia falar tão pouco! De volta à sala de visitas, estendeu o prato reabastecido com Jammie Dodgers e Party Rings.

– Party Rings! – Nathan exclamou. – Adoro este troço. – Ele, então, pareceu se lembrar de que não ficava bem se mostrar tão entusiasmado com biscoitos com cobertura. – Então, cara... Você quer saber o que quero fazer na faculdade. Bom, quero assar bolos.

Arthur assimilou esta informação. Tomou bastante cuidado para não sorrir, nem parecer surpreso.

– Bolos? – disse sem expressão.

– Eu disse que você não ia entender. – Nathan soprou a franja. – Quando contei à mamãe, ela me olhou como se eu tivesse enlouquecido.

Arthur pousou uma mão no ombro dele.

– Não acho que você tenha enlouquecido. Não estou julgando.

Nathan respirou fundo.

– Eu sei. Me desculpe. Mas eu gosto de confeitaria. Sempre gostei. Às vezes ajudo mamãe na cozinha. Ela me diz que confeitaria não é uma matéria de verdade, que preciso fazer alguma coisa útil. Quando falo com ela, ela não ouve. Acha que tudo bem ela fazer seus rolinhos de salsicha, suas tortas, mas pra mim não.

– Confeitaria é uma coisa útil. Você poderia ser um chef, ou ter sua própria confeitaria...

– Ou ter meu próprio restaurante ou minha linha de produtos. Sei disso. Só que ela não entende. Está sempre tão ocupada cuidando de outras pessoas...

– Ela se preocupa mais com você do que com qualquer um.

Nathan desviou o olhar.

– Eu sei. Acho. Olha, você acha que... Ah... Daria pra você ter uma conversa com ela, Arthur, fazer com que ela ficasse do meu lado?

– Não acho que ela me ouviria.

– Não. Ouviria sim – Nathan disse rapidamente. – Ela tem você em alta conta. Dá pra perceber.

Arthur sentiu seu peito inflar-se um pouco.

– Posso tentar.

Bernadette lhe pedira que fosse uma boa influência para seu filho, e agora Nathan também pedia sua ajuda.

– Obrigado. Posso fazer mais uma pergunta? Mas quero que você seja sincero comigo – Nathan disse.

Arthur abaixou a xícara.

– Claro que sim.

Nathan esfregou o nariz.

– Minha mãe vai morrer?

Arthur engasgou. O chá entornou pela lateral da sua xícara e caiu no seu colo. Ele se levantou de imediato e deu um pulo para trás, o chá espirrando na sua virilha como se houvesse sofrido um acidente.

– Ela vai o quê?

Nathan falou sem qualquer emoção:

– Só quero estar preparado desta vez. Quando o meu pai morreu, foi um choque. Descobri suas fichas de consulta no hospital...

Que fichas de consulta? Arthur não sabia nada disso. Bernadette não tinha se aberto com ele. Quando vinha visitá-lo, era sempre em função dele, como ele estava se sentindo, o que pretendia fazer. Ele nunca perguntava sobre ela.

– Você não deveria ler assuntos de outras pessoas.

Ele enxugou a calça com um lenço de papel.

Nathan deu de ombros.

– Ela deveria ter escondido melhor aquilo, e não deixado por ali. Ela tem que ir à unidade de câncer. É disso que se trata? – Ele não esperou a resposta de Arthur. – Acho que eu devia saber, pra poder cuidar dela. Ela acha que guardando segredo me protege, mas só torna as coisas piores. Pensei que você soubesse. Ela deve ter lhe contado alguma coisa...

– Não, nada.

Talvez, se ele estivesse pronto para ouvir. Como é que Bernadette havia suportado seu estado depressivo, o fato de ele se esconder dela? Ele não lhe dera o devido valor.

– Acho que você precisa falar com ela – ele disse baixinho. – Vocês precisam ser honestos um com o outro. Diga como é que se sente em relação à universidade. Diga que está preocupado com ela. Tenha uma conversa séria.

Nathan contemplou o fundo da sua xícara como se estivesse lendo as folhas de chá, ainda que Arthur o tivesse preparado com um saquinho.

– Acho que eu ia ficar nervoso. Seria muito constrangedor. Não quero que ela perceba isso.

– Ela não vai se incomodar. Por favor, converse. Eu deveria ter conversado mais com os meus filhos. Só agora estou desvendando o passado. Não demore tanto quanto eu. Você não vai se arrepender.

Nathan concordou com um gesto de cabeça, absorvendo suas palavras. Levantou-se.

– Obrigado, cara. Você é legal.

Deu um soco no braço de Arthur, atingindo diretamente os arranhões do tigre.

Arthur sorriu em meio à dor.

Mais tarde, naquele dia, foi até a agência dos correios. Vera lhe deu um aceno animado quando ele entrou. Ele perguntou se ela havia visto Bernadette naquele dia, mas ela disse que não. No entanto, disse, havia uma nova viúva na rua Bridge, que precisava ser alimentada; então, provavelmente, Bernadette estava lá.

Ao voltar para casa, Arthur viu que a luzinha vermelha da sua secretária eletrônica estava piscando. Apertou o botão e ouviu a mensagem:

– Cara, dei uma olhada nessa tal de Sonny Yardley. Tem duas no Facebook, mas uma delas tem uns dezoito anos, com anel no nariz e cabelo cor-de-rosa. Acho que a que você procura é uma acadêmica no Scarborough College. Dá aulas de joalheria. Não tem muito mais do que isso na home page dela. É bem básica. Ela só tem cinco amigos, rá-rá! Espero que ajude. Tudo bem. Até.

20

A PALETA

Naquela noite, Arthur telefonou para Bernadette, mas ninguém atendeu. Pensou em fazer uma visita, mas isso poderia levantar suspeitas e Nathan o tinha feito jurar que não mencionaria as consultas do hospital.

"Provavelmente, ela está na aula de dança do ventre", disse consigo mesmo. Pensou que, na verdade, ela ficaria muito bem-vestida com cores vibrantes e sininhos de latão, livrando-se das preocupações. Escreveu um bilhete para si mesmo, para ligar para ela no dia seguinte.

Enquanto assistia a *NCIS*, do qual gostava muito, embora fosse mais chocante do que o necessário, procurou o número do Scarborough College na lista telefônica. Não havia um número listado para o Departamento de Joalheria, mas havia um para Arte e Design.

Sentou-se com o fone na mão durante quinze minutos, antes de criar coragem para fazer a ligação. Quando telefonou para o sr. Mehra, na Índia, tinha desencadeado o início de uma longa jornada de descobertas sobre a vida da esposa. As palavras de Sylvie sobre o fato de ele não gostar do que poderia encontrar ressoavam em sua cabeça. Se Miriam e Sonny eram amigas, por que não gostaria do que tinha para ouvir?

Seu coração golpeava ao discar o número. "Não se preocupe, ninguém vai atender a esta hora da noite", disse consigo mesmo.

Soltou um suspiro ao ouvir a mensagem da secretária eletrônica, dizendo que a escola estava aberta entre nove e cinco horas e que ele poderia deixar um recado designando o departamento e a pessoa que quisesse contatar.

Pediu para Sonny Yardley ligar para Arthur Pepper tão logo fosse possível. Deixou o número do telefone de casa e do celular.

Às 10h30 do dia seguinte, ao não receber resposta, deixou outra mensagem e depois mais uma, pouco depois das quatro. Neste meio-tempo, telefonou para Bernadette, porém mais uma vez não a encontrou.

No dia seguinte, decidiu visitar Bernadette pessoalmente. Ao sair de casa, Terry podava a grama.

– Como vão as coisas com a sua filha, Arthur?

– Tudo bem, obrigado. Fomos passar um final de semana estendido em Paris.

– Ah, ela me contou. Que fantástico!

– Ela contou sobre a nossa escapada? – Arthur franziu o cenho. Não tinha percebido que Lucy e Terry eram próximos. – Quando?

– Dei com ela na escola. Estava procurando minha sobrinha e batemos um papo. – Ele olhou a distância, por um tempo, depois voltou a se concentrar em Arthur. – Ela vai aparecer para o chá por estes dias?

– Provavelmente.

– Ela mora longe?

– Ah, não. Não muito.

– Que bom! É bom ter a família por perto.

Arthur acenou para a grama.

– Por que você fica podando? – perguntou. – Não é preciso fazer isso com tanta frequência.

– Não. Me mantém ocupado. Gosto das coisas bem organizadas. Minha esposa costumava me obrigar a podá-la sempre, quando a gente estava junto.

– Não sabia que você era casado.

– A gente se mudou de volta pra cá vindo de Midlands, e as coisas não funcionaram. Agora faz mais de um ano que estou divorciado. Tempo suficiente pra estar solteiro. Seria bom encontrar alguém pra compartilhar as coisas. A Lucy, ah, está com alguém neste momento?

– Ela se separou do marido há um tempinho. Terry sacudiu a cabeça. – É difícil.

– É. Ela é uma menina ótima.

– Parece muito carinhosa, Arthur. As famílias deveriam ser assim, não deveriam? Cuidar uns dos outros. A gente se mudou pra cuidar da minha mãe quando ela caiu. Eu quis fazer isso. Não dava pra deixar que ela se virasse, ou que alguém estranho viesse ajudar. Minha ex-esposa resistiu um pouco à mudança, mas depois acabou gostando daqui. – Ele deu um sorriso irônico. – Encontrou alguém e me trocou por ele.

– Ah, sinto muito saber disso.

Terry deu de ombros. – Me esforcei pra que a coisa funcionasse, mas não era pra ser.

– E a sua mãe? – Arthur disse, hesitante.

– Ah, está tinindo. – Terry riu. – Eu a vejo quase todos os dias. Ela até arrumou um namorado, um cara legal que vive a duas casas dela. Na maioria dos domingos todos nós almoçamos juntos. Seja como for, é melhor eu voltar para o trabalho, podando a grama, caçando jabutis. Você pode dizer à Lucy que mandei lembranças?

– Posso. Até.

Enquanto Arthur se afastava, especulou se a referência de Terry a Lucy era mais do que apenas amigável, e decidiu que não se importava caso fosse.

Bateu à porta de Bernadette. As janelas da sala de visitas estavam abertas, então imaginou que tivesse alguém dentro. Visualizou-a no corredor de entrada com as costas pressionadas contra a parede, escondendo-se dele. Como ele tinha sido tão cruel e ridículo? Podia ouvir um sonzinho tênue de rock. Ficou na ponta dos pés e gritou: "Nathan?", mas não houve resposta.

Acreditando ser muito atrevimento contornar a casa, voltou para a sua. A luz vermelha da secretária eletrônica estava apagada. Sonny Yardley não havia retornado sua ligação. Teria que partir para o ataque.

O Scarborough College era um enxame de estudantes. Moviam-se em conjunto pela área da recepção e pelos corredores que saíam dali, como um cupinzeiro. A juventude e a vitalidade que envolviam Arthur fizeram com que ele se sentisse muito, muito velho. Aqueles jovens pensavam que tinham a vida toda pela frente, sem saberem que ela passaria num piscar de olhos.

Era fácil visualizar Miriam entre eles. Algumas modas eram as mesmas: olhos escuros, franjas pesadas tocando nos cílios, saias curtas e justas. Ela tinha começado a usar roupas mais adultas quando eles começaram a namorar, como se tivesse arquivado parte da sua personalidade ao se encontrarem. Havia certas tendências que também o surpreenderam: furos nas sobrancelhas, tatuagens por toda parte.

Perguntou na recepção sobre a sra. Yardley, do Departamento de Joalheria. A senhora por detrás da mesa tinha um fone colado numa orelha e um celular na outra. Falava em cada um deles alternadamente. Ao mesmo tempo, tinha um arquivo aberto à frente e o examinava. Ao desligar ambos os fones, Arthur disse:

– Você precisa de mais um braço.

– Hã? – Olhou para ele como se tivesse que lidar com mais um aluno que tivesse perdido o iPhone.

– Como um polvo, assim dá pra você lidar com tudo o que for preciso.

– Nem me diga. – A mulher enfiou goma de mascar na boca. Tinha o rosto redondo e seu cabelo platinado estava puxado num coque firme. – Você veio para o clube do surfista prateado?

– Surfe? Eles fazem isto aqui?

– Está tentando ser engraçadinho?
– Não. – Não fazia ideia do que ela estava dizendo. – Estou procurando o Departamento de Joalheria. Espero encontrar Sonny Yardley.
– Hoje não vai dar. Ela está doente. Já tem umas semanas que ela não vem.

Arthur viu suas esperanças naufragarem.
– Mas ela trabalha aqui?
– Trabalha, mas só meio período. É seu último semestre, ela vai se aposentar. Você podia tentar o Adam. Ele vai assumir as aulas dela. Sala 304.

A recepcionista indicou-lhe a sala, que ficava numa parte antiga da escola. O saguão da entrada era moderno, cercado de vidro. Um longo corredor ligava aquele prédio a outro, vitoriano, de tijolos vermelhos. As janelas eram altas, com inúmeras vidraças pequenas, e as paredes revestidas de placas brilhantes verde-garrafa e creme. Era como se ele estivesse de volta à escola. A qualquer momento, agora, sua antiga professora, sra. Clanchard, surgiria de uma sala de aula, batendo ameaçadoramente uma régua de madeira na palma da mão. Ele estremeceu e seguiu em frente, lendo as placas nas portas. "Estúdio de cerâmica", "Escultura", "Confecção em papel", "Vidro". Por fim, chegou à 304.

Havia um círculo de alunos na sala. Alguns estavam à frente de cavaletes, e outros sentados em bancos de madeira. Todos olhavam folhas vazias de papel branco. Um homem estava no centro da sala. Era mais velho do que os outros e usava uma camisa xadrez vermelha e jeans, por onde apontavam seus joelhos. Enfiou uma mão no cabelo.

Arthur deu um tapinha no seu ombro. – Adam?
– Sim! – o homem respondeu, como se seu time de futebol tivesse feito um gol. – Ah, graças a Deus você chegou. A gente estava esperando.

A recepcionista devia tê-lo prevenido pelo telefone.

– Meu nome é Arthur Pepper. Eu...
– Arthur. Sim. Tudo bem. – Adam sentiu-se estremecendo. – Ouça. Preciso dar um telefonema. Minha esposa está ameaçando me deixar de novo. Se eu não telefonar, ela vai me capar. Entre. Só vou levar cinco minutos. – Ele se moveu rapidamente, enquanto Arthur entrava.

Arthur pensou que cinco minutos parecia um prazo muito curto para recuperar a esposa, principalmente se ela estivesse com uma faca, mas ele fez o que lhe fora dito: "Fique aqui um pouquinho." A sala era revestida de madeira. Ele havia assistido a um filme de Harry Potter uma vez, e aquilo o lembrou de Hogwarts. Havia uma velha escrivaninha de carvalho com um tampo de couro verde e as paredes estavam repletas de trabalhos de arte. Deu uma volta, admirando os trabalhos. Após analisar o terceiro, um desenho a carvão muito expressivo, percebeu que todos os temas eram nus. Homens e mulheres. Eles se esticavam, paravam e posavam para os retratos. Com uma visão amadora, classificou alguns como estudos muito bons com pinceladas definidas, bom uso de cor e rostos e expressões bem-feitos. Outros, ele não entendeu. Pareciam ir pouco além de uma coleção de pinceladas nervosas, rabiscos e manchas de tinta. Todos estavam datados e as datas seguiam em sucessão. Pelo que parecia, a cada ano era acrescentado um trabalho de arte à sala.

Estava dando a volta na sala pelo sentido errado, então olhou os trabalhos recentes antes de chegar aos das décadas de 1970 e 1960. Havia uma pintura no final da sequência que atraiu seu olhar. Diferentemente dos outros trabalhos, aquela mulher estava sorrindo, como se conhecesse o artista e estivesse posando especialmente para ele. Seus seios projetavam-se orgulhosos; os lábios estavam entreabertos. Ela lembrava em grande parte Miriam. Ele sorriu perante a semelhança.

Então, seu sorriso murchou.

Voltou a analisar o retrato, aproximando-se da moldura. Avaliou a água-marinha dos olhos da modelo, depois a marca de nascença no seu quadril. Ela sempre odiara aquela marca. Parecia um balão de ar quente, em grande formato circular e um quadradinho abaixo.

Arthur viu-se contemplando um nu da sua esposa.

– Certo. – Adam irrompeu de volta na sala. Passou a mão pelo cabelo. – Ela não quer me ouvir. Na verdade, desligou. Tenho que ligar de novo. Normalmente, ela não responde até que eu tenha ligado no mínimo quinze vezes. Ela avalia o quanto eu a quero de volta pelo número de ligações que faço. É um jogo, mas, se eu quiser ficar com ela, tenho que jogá-lo. Puxa, eu bem que podia passar sem esta. Seja como for, os alunos estão ficando inquietos. Venha comigo.

Arthur seguiu-o para junto dos alunos que continuavam por ali, conversando e parecendo entediados.

O retrato da sua mulher ficou entalado na sua cabeça. Quando ela teria posado? Para quem? Por que estava nua? Sentiu-se zonzo, incapaz de se concentrar em onde estava e no que viera perguntar. Pôs um pé à frente do outro, mas era como se estivesse flutuando, e não andando. Esperara uma conversa, um simples sim ou não que alguém pudesse lhe contar sobre o pingente de paleta, mas agora descobrira isso. Quem exatamente tinha sido Miriam Pepper?

– Vá atrás daquele biombo. Aí a gente pode começar.

Adam bateu palmas.

Arthur olhou no vazio, a mente emperrada. Sala de espera? Onde? Ah, ali. Tudo bem, então. Seus pés recomeçaram a se mover. Estava ciente apenas de si mesmo e do seu desconforto.

Não era uma sala, era mais um biombo de madeira, mas havia uma cadeira de plástico e um copo de água numa mesinha baixa. Um roupão atoalhado. Sentou-se e esperou por Adam. Pensou em como, na praia, com as crianças, Miriam segurava uma toalha à sua volta e, em uma série de movimentos mágicos, tirava o maiô molhado e se contorcia para vestir suas roupas íntimas. Na noite do seu casamento, tinha insistido que as luzes fossem apagadas. No entanto, aqui estava ela, nua. Uma imagem de seu corpo despido pendia na parede da sala havia mais de quarenta anos para que todos a admirassem. Não sabia como se sentir. Deveria voltar e arrancá-la da parede? Ou Miriam teria se orgulhado da pintura, ou se envaidecido por ter sido pintada por alguém.

Mas quem a *havia pintado*?

Sentiu as emoções agora familiares de ciúmes e confusão voltarem a invadir seu corpo. A cada pingente, renovava as esperanças de que a próxima descoberta sobre sua esposa fosse normal, compreensível, uma descoberta que diria a ele que tudo que acontecera entre os dois estava certo. E a cada vez sentia-se ainda mais perplexo. Tudo já fora muito simples, mas sua curiosidade tinha estragado isto.

A conversa foi morrendo. Passaram-se alguns minutos. Adam enfiou a cabeça por detrás do biombo.

– Ainda não está pronto?

– Estou – Arthur disse. – Quando quiser.

Tomou um gole de água. Estendeu a mão e tocou no roupão. Era de toalha branca e estava áspero de tantas lavagens. Passaram-se mais alguns minutos.

Desta vez, surgiu uma moça. Tinha cabelo preto com uma franja magenta, usava um *kilt* xadrez e botas de cano curto.

– Adam teve que ir fazer mais um telefonema – disse. – Você está pronto?

– Estou. Eu disse para o Adam. Estou esperando por ele.

– Mas você ainda está vestido.

Era a observação mais estranha e mais óbvia.

– Bem, estou.

– Ah, o Adam não lhe disse? Estamos estudando a forma humana.

Arthur franziu o cenho, na dúvida quanto à ligação.

– Nossos desenhos vão influenciar uma peça de joalheria do corpo.
– Que bom.
– Só temos mais uma hora e quinze; então, se você estiver pronto... O aquecedor está ligado e aqui fora está bem aquecido.

Foram precisos alguns minutos para que ele entendesse o que ela sugeria. Engoliu em seco.

– Vocês a-acham... Acham que eu sou um modelo vivo? – gaguejou.
– Bem, achamos.
– *Não* sou. – Sacudiu a cabeça, furioso. – Com certeza não. Vim ver a sra. Yardley. Ela está de licença, doente, então a recepcionista me disse pra vir ver Adam. Quero conversar com ele sobre uma joia. Ele me pediu pra esperar na sala com as pinturas, e agora aqui.
– Então você não é nosso modelo?
– Com certeza não.
– Então, ele não veio? – A garota arregalou os olhos. Arthur viu que tinham ficado marejados, como se estivesse prestes a chorar. – Mas você *tem* que fazer isto. Se a gente não fizer este trabalho, vamos reprovar no exame final.
– Sinto muito, mas não acho que possa ajudá-la...

A garota sacudiu a cabeça, mas reconsiderou e se aprumou.
– Já fiz isto uma vez. Faria de novo agora, mas tenho que estar na aula. Você só precisa se sentar ali. É simples. Você se senta e a gente desenha.
– Mas vocês querem alguém nu?
– Bem, queremos.
– Não sou modelo.
– Não importa.
– E o Adam? Ele não pode...

Ela revirou os olhos. – Sorte nossa se ele voltar. Às vezes, ele some a aula toda. A mulher dele é uma verdadeira vaca. Aliás, me chamo Edith. — Ela estendeu a mão. Quando ele a apertou, ela disse: — Por favor, ajude a gente.

— Me chamo Arthur. Arthur Pepper.

A pintura de Miriam relampejou novamente em sua mente. Como ela teria se sentido ao se sentar para o retrato? Livre? Teria feito isto para ajudar alguém? Por dinheiro? Ele poderia se preocupar de que ela tivesse sido coagida a fazer algo que não queria, mas havia seu sorriso. Parecia que ela tinha se divertido. Colocando-se na mesma situação, poderia entender melhor o que ela sentira.

Miriam tinha um corpo lindo e jovem. O dele estava flácido, como se sua pele estivesse escorrendo dos ossos e músculos.

Mas, na verdade, o que ele teria a esconder? Provavelmente não haveria mais amantes em sua vida, não haveria mais viagens à praia para uma nadada. As próximas visões do seu corpo nu poderiam ser de enfermeiras no hospital, ao banhá-lo em seu leito de morte. Do que, exatamente, ele tinha que ter medo?

As lembranças fluíram de volta para ele, doces e dolorosas. Ele e Miriam tinham feito um piquenique numa propriedade do National Trust. As crianças estavam na escola, e ele tinha tido uma folga inesperada com o cancelamento de um compromisso. Miriam preparara sanduíches, e eles tinham caminhado entre as árvores e descoberto um campo cheio de papoulas. Ao se sentarem, as plantas eram mais altas do que suas cabeças. Almoçaram e Miriam reclamou que seu vestido estava grudando nela por causa do calor.

— Então tire — ele havia brincado, enquanto procurava uma laranja na cesta. Enfiou as unhas do polegar e tirou a casca. Ao levantar o olhar, ali estava ela, nua, com exceção da calcinha de algodão branca.

— Boa ideia. — Ela riu. Mas depois seu sorriso se esvaiu.

Eles se juntaram com urgência, incapazes de resistir ao impulso. Ele gemeu ao tocar a pele dela, tão quente e reluzente de sol. Fizeram amor às pressas, Arthur ainda vestido, ela em cima. Depois, ela ficou deitada na grama por um tempo, de costas, completamente nua e natural. Era a coisa mais linda que ele já vira.

– Miriam, nós... – A costumeira reserva dele voltou. – Pode aparecer alguém.

– Eu sei. – Ela apanhou o vestido, enfiou-o de volta pela cabeça e beijou a ponta do nariz dele. – Você se lembrou de trazer bolo?

Eles haviam comido bolo xadrez, enquanto trocavam olhares tímidos, mas intencionais, e enquanto cumprimentavam alguém que passeava com o cachorro.

Embora este tipo de coisa não acontecesse com muita frequência, ele sabia que ela podia ser espontânea e desinibida. Mas pensava que fosse apenas com ele.

– Então, você vai fazer isto? – Edith perguntou. Coçou o nariz, deixando uma mancha de carvão na ponta. Tinha os cílios pretos e espessos, como Miriam, e retorcia as mãos. – "Porr favoor", Arthur.

Ele se descobriu tremendo. Se Edith não estivesse ali, teria posto a cabeça entre as mãos e chorado, pelos anos de ternura com a esposa, pela incessante sensação de perda.

– Se eu fizer, posso ficar com a roupa de baixo? – perguntou, perturbado.

– Acho que não. Ben está projetando uma armadura baseada na genitália masculina. Precisa dos detalhes. Você nada? Alguém já o viu nu?

– Viu, mas... Não posando.

– É uma coisa muito natural.

– Pra mim *não* é.

– A gente não vai ficar desejando o seu corpo.

Ela tinha razão. O mais provável era que seu corpo nu provocasse um estremecimento ou um levantar de ombros.

– Você nunca mais vai ver nenhum de nós. – Ela sorriu para ele.

– Isto não ajuda, exatamente. – Ele levantou uma das pernas da sua calça alguns centímetros, para exibir o tornozelo. Sempre tinha tido as pernas bronzeadas, mesmo no inverno. Fechou os olhos e voltou a visualizar a esposa no dia do piquenique. – *Então tire*, pensou, repetindo suas palavras para ela. Lembrou-se de como ela havia se despido em segundos, o quanto fora natural. *Então tire*. Ele *podia* fazer isto.

– Tudo bem – disse baixinho.

– Genial.

Edith desapareceu pelo biombo, antes que ele pudesse mudar de ideia.

Arthur hesitou, pensando no que tinha acabado de fazer, mas desabotoou a camisa. Seu peito estava bem, até firme, queimado, com alguns fios de cabelo brancos. Miriam dizia que ele tinha um bom físico. Na época, ele não achava que ela tivesse alguém com quem compará-lo. Desceu a calça, tirou as meias e a cueca. Finalmente, ficou nu. Segurou o roupão contra a virilha, saiu de detrás do biombo e entrou na sala. Sua esposa teria posado apenas para uma pessoa, ou para uma sala cheia de gente? Alguns estudantes levantaram os olhos. Tinham uma expressão que poderia ser mais bem descrita como expressão de enfado. Foi até a cadeira, sentou-se e cruzou as pernas, cobrindo sua dignidade. Edith acenou com a cabeça, e, com relutância, ele deixou o roupão escorregar para o chão.

Houve um súbito e agradável som dos rabiscos de lápis e carvões, de borrachas esfregando o papel. Olhou diretamente à frente e concentrou o olhar em uma luminária. Estava empoeirada e uma larva retorcia-se na lâmpada. Edith tinha razão. Sentia-se muito livre, como se fosse um neandertal que tivesse saído da caverna e entrado em um ateliê de arte, o que supunha ser parte do que realmente acontecera.

A certa altura pensou ter visto Adam apontar a cabeça pela porta, mas não quis se mexer e desmanchar a pose. Sentia-se aquecido pelo pequeno aquecedor que lançava um reflexo alaranjado nos seus tornozelos, e se permitiu devanear de volta ao dia do piquenique. Reviveu cada segundo daquele dia delicioso, e achou bom que estivesse com as pernas cruzadas.

Após dez minutos, alguém gritou:

– Dá pra fazer outra pose?

Sem se preocupar com sua nudez, ele se levantou e deixou seus braços penderem de lado. Olhou diretamente à frente.

– Ei, não dá pra você posar mesmo, ou fazer alguma coisa do tipo? Você está parecendo triste.

– Me diga o que eu devo fazer.

Um rapaz aproximou-se decidido. Pegou nos braços de Arthur e os movimentou de modo que um ficasse esticado e o outro dobrado.

– Finja que está atirando com arco e flecha. Estou criando uma joia baseada na guerra.

– Você é o Ben?

– Sou.

– Me diga exatamente o que você quer, Ben.

Aquela garotada ia criar uma peça fantástica de joalheria de arte com a sua ajuda. Quando ele tivesse partido, sua lembrança poderia perdurar como uma peça preciosa de fivela de cinto, ou como uma braçadeira, assim como a lembrança de Miriam fazia na sala revestida.

Foi então que um pensamento lhe ocorreu, e foi um pensamento estranho. Percebeu que queria que o retrato dela ficasse pendurado naquela sala, mesmo que ela estivesse nua, mesmo que ela pudesse não ter sabido, ao posar, que o trabalho permaneceria exposto durante tantos anos. Era uma bela obra de arte. Não fazia parte da sua vida, mas fazia parte da vida dela. As pessoas deveriam poder vê-la.

– Você foi ótimo, cara – Ben disse ao fim da aula. – Quer ver?

Arthur vestiu-se e seguiu Ben e Edith pela sala. Era estranho ver-se representado em cerca de vinte diferentes trabalhos de arte.

Viu seu corpo em carvão, pastel, em borrões, em pinceladas. Estes jovens artistas não o tinham visto como um velho, tinham-no visto como um modelo, um guerreiro, um arqueiro, como algo belo e útil. Ficou imaginando o que aconteceria com aquelas obras agora. Sem dúvida, seriam exibidas em portfólios, ou estariam orgulhosamente nas paredes. Dali a vinte anos, quando talvez ele não mais estivesse aqui, suas formas ainda poderiam ser admiradas. Seus olhos encheram-se de lágrimas. Reconheceu-se em alguns, não em outros. Seu rosto parecia calmo, em desacordo com a aparição enrugada e cansada que o saudava no espelho a cada manhã.

– Feliz? – Edith perguntou.

– São muito lindos.

– Minha esposa diz que vai me dar uma segunda chance. – Adam entrou de volta na sala. Tinha o rosto lívido e os ombros curvos. – Ah, acabou a aula? – Olhou ao redor da sala e depois para o relógio. – Tem coisa boa aqui, alunos! – exclamou.

Ben e Edith dirigiram-lhe um olhar de desprezo e saíram.

– O que houve com estes dois? – Adam perguntou, incrédulo.

– O que aconteceu?

– O modelo não apareceu.

– Mas o trabalho deles. Eles... – Suas palavras foram se esvaindo ao ver o tema do trabalho deles. Ah...

Arthur endireitou o colarinho.

– Meu nome é Arthur Pepper. Talvez agora a gente possa conversar sobre o motivo que me trouxe aqui. Quero lhe perguntar sobre um pingente de ouro no formato de uma paleta. Está gravado com as iniciais "S. Y.". Acho que são de Sonny Yardley.

A escola não mantinha registros completos do trabalho dos alunos, Adam explicou. Mas eles tinham alguns esboços e fotos de alguns dos alunos mais promissores de cada ano. Arthur disse que estava procurando uma peça de joalheria criada em meados da década de 1960, e Adam puxou alguns livros pesados das prateleiras, abriu-os e os colocou à sua frente.

– Você deveria ter dito que estava aqui atrás de um trabalho – Adam disse. – Lamento *muito* que tenha tido que se despir. É a segunda vez que isto me acontece. Se alguém descobrir, me despedem. Aí jamais terei minha esposa de volta. Você não vai contar pra ninguém, vai?

Arthur disse que não contaria.

– Por que ela vive ameaçando ir embora?

– Porque, olhe só pra mim. Sou um porra de um professor-assistente. Ela é advogada, muita areia para o meu caminhãozinho. Ela dá um nó na minha cabeça. A maior parte do tempo está com a cabeça ocupada pelo trabalho. Mas gosta de me manter em sobressalto, ameaçando me deixar. Não posso continuar deste jeito.

– Parece exaustivo.

– É. Mas a gente ama isto. O sexo que vem depois, quando a gente faz as pazes, é incrível.

– Ah. – Arthur virou as páginas e analisou os esboços com mais atenção.

– Eles devem ter feito pingentes naquele ano – Adam disse. – Neste ano, é uma peça de armadura ou de joia para o corpo.

– Ben me contou. Meu pênis pode se tornar um protetor de nariz, ou coisa do tipo.

Ele disse isto sem pensar, e depois soltou uma gargalhada, por ter dito a palavra "pênis", e por ter ficado nu por mais de uma hora para os alunos. Era absurdo. Adam olhou-o desconcertado, o que fez Arthur rir ainda mais. Uma lágrima desceu pelo seu rosto e ele a enxugou. Os músculos do seu estômago doíam enquanto pensava em Ben manuseando um pedaço de latão no formato dos seus balangandãs. Usou os dedos para secar debaixo dos olhos. Estava se descontrolando. Sua vida com a esposa era uma mentira.

– Já encontrou alguma coisa? – Adam perguntou. – Em que data você está?

– Hum, 1964. Sinto muito. Fiquei um pouco histérico por um instante.

E então ele achou. A página seguinte que virou mostrava um desenho intrincado. Era de uma paleta com seis manchas de tinta e um belo pincel. – É esta. – Tirou a pulseira do bolso e a estendeu sobre o papel.

Adam espiou na página.

– Ah, é, foi a própria Sonny Yardley quem fez isto. Ela é uma artista maravilhosa. Muito inspiradora. Que maravilha você ter esta peça de verdade.

– Me disseram que a Sonny anda doente, mas quero descobrir a história por trás deste pingente e como minha esposa veio a possuí-lo.

– Bem, quando ela voltar, peço pra ligar para você.

Arthur voltou para a pintura da sua esposa. Eles sorriram um para o outro.

Adam juntou-se a ele.

– Esta também é minha preferida. Tem alguma coisa nos olhos dela, não tem?

Arthur concordou com um gesto de cabeça.

– É do Martin Yardley, irmão da Sonny. Ele só pintou por um tempinho. Não sei muito bem por quê. – Adam baixou a voz: – Nunca contei a ninguém, mas aquela pintura me levou a ser professor. Quando eu estava na escola, não sabia o que queria fazer. Amava arte, mas não pensava nela como uma carreira. Aí, viemos visitar a escola. Eu me lembro da Sonny. Usava imensas calças alaranjadas e uma echarpe no cabelo. Dá pra você imaginar as nossas risadinhas, garotos de quinze anos, ao olhar estas pinturas de mulheres nuas. Tentei fingir ser maduro, mas percorrer uma sala cheia de pinturas de seios foi coisa mais excitante que já me aconteceu. Pensei como seria incrível pintar mulheres nuas como meio de vida. Costumava visitar esta galeria e olhar as pinceladas, principalmente neste trabalho.

– Ela é a minha esposa – Arthur disse baixinho, pensando em como isto soava estranho, parado ao lado de um rapaz admirando o retrato nu.

– É mesmo? Que coisa fantástica! Você precisa trazê-la aqui pra ver isto. Diga a ela que sua pintura me ajudou a pintar, e também a conhecer um montão de moças maravilhosas. Então ela conhece a Sonny?

Arthur encarou-o. Estava prestes a dizer "Sinto muito, mas Miriam faleceu", mas reconsiderou. Não queria ouvir outra expressão de lamento por ele, por sua esposa. Não a conhecia. Agora, ela parecia uma estranha para ele.

– Elas foram amigas uma época, acho – disse.

Despediu-se de Adam e saiu da escola, protegendo os olhos contra a luz forte da tarde e sem saber que direção tomar.

21

BERNADETTE

Quando Bernadette tocou sua campainha, ela não pareceu tão alta quanto o normal. Foi um *brimmm* abafado. Arthur estava preparando uma xícara de chá na cozinha. Automaticamente, pegou mais uma xícara no armário. Ainda não tinha conseguido ter uma conversa com ela a respeito da vontade de Nathan de fazer confeitaria, e sobre suas consultas no hospital.

Antes de ir até a porta da entrada, deu uma olhada no calendário "Scarborough Espetacular". No dia seguinte era seu aniversário. Durante semanas, vira a data circundada, mas não tinha dado real importância. Ia fazer setenta anos. Não era motivo para comemoração, era só um ano mais próximo da morte.

Depois da sua visita à escola, sentia-se tolo. Precisava que sua cabeça ficasse quieta, parada. Todos os seus pensamentos estavam saindo do controle como crianças malcriadas e ele queria que eles parassem e o deixassem em paz. Tinha esquecido a sensação de não ter nada na cabeça, além de limpar e regar Frederica, e estava começando a sentir falta daqueles dias.

Não conseguia entender como Miriam podia ser tão próxima de alguém, a ponto de posar nua para ele, e depois nunca ter mencionado essa pessoa. Vasculhou a cabeça para lembrar se algum dia conhecera alguém chamado Sonny. Teria Miriam escrito cartas para ela? Mas chegou à conclusão de que esta senhora era uma estranha para ele.

A campainha voltou a tocar.

– Já vou, já vou! – gritou.

O dia estava lindo e ensolarado; uma luz amarela enchia o corredor e as partículas de poeira brilhavam como purpurina no ar. Pensou em como Miriam amava a luz do sol, depois tirou isto da cabeça. Será que amava mesmo? Como é que ele podia ter certeza do que era certo ou errado, do que sabia e já não sabia?

Sonny Yardley ia telefonar para o trabalho nesta semana, para conversar sobre sua volta, e Adam prometera lembrá-la de entrar em contato com Arthur. Era possível que ele até achasse uma pista para os últimos pingentes, o anel e o coração. Agora só queria terminar sua missão, pôr um ponto final em tudo.

– Oi, Arthur – Bernadette estava à porta.

– Oi. – Ele quase que esperava que ela entrasse a passos decididos, inspecionasse o corredor à procura de poeira, mas ficou muito quieta. Pensou nas palavras de Nathan sobre as consultas na unidade de câncer. Instintivamente, evitou contato visual, para o caso de ela perceber que ele sabia de algo. – Entre – disse.

Ela sacudiu a cabeça.

– Provavelmente, você está ocupado. Fiz isto pra você. – Ela estendeu uma torta num saco de papel, na palma da mão. – É de mirtilo-vermelho.

Ele se viu ouvindo o tom de voz dela. Parecia nervosa ou triste? Decidiu fazer um esforço especial com ela hoje.

– Ah, mirtilo-vermelho. Que delícia. É uma das minhas prediletas.

– Ótimo. Bom, espero que você goste. – Ela se preparou para ir embora.

Arthur olhou para ela. Se ela fosse, ele ficaria só, e não podia confiar que não pegaria os paninhos de limpeza e começaria a limpar as bancadas. Também queria saber se ela estava bem.

– Não estou nem um pouco ocupado – disse. – Você me acompanha?

Bernadette continuou calada, mas entrou atrás dele. Arthur deu uma olhada nela. Seus olhos estavam escuros por debaixo. O cabelo estava com um tom mais escuro de vermelho, quase mogno. Não podia mencionar as consultas, porque isto quebraria a confiança de Nathan nele. Tentou não pensar na perda de Miriam e em qual seria a sensação de perder mais alguém em sua vida. Supôs que, agora, tinha chegado à idade em que os amigos e os membros da família começavam a envelhecer e a enfraquecer. Teve a mesma sensação de medo de quando o tigre dos Graystock ficara sobre ele, uma agitação terrível no estômago. Mas disse consigo mesmo que estava sendo dramático. Aquilo devia ser só um susto, uma checagem de rotina. Tentou pensar em algo animado para dizer.

– Nathan me contou que ele também gosta de fazer massas – disse, descontraído, enquanto espiava dentro do saco da torta.

Bernadette respondeu com distração: – É, gosta.

Arthur deslizou a torta para uma assadeira e ligou o forno escolhendo uma temperatura baixa para que não ficasse pronta muito rapidamente.

– Não precisa mais me trazer coisas, você sabe. Agora já caí na vida. Não vou me matar ou afundar num mar de depressão. Já não sou uma causa perdida. Estou indo bem. – Ele se virou e sorriu, esperando que ela fizesse o mesmo, que o cumprimentasse.

– Uma causa perdida? É assim que você se vê? – perguntou rispidamente.

Arthur sentiu suas faces se enrubescerem ligeiramente.

– Bem, não. Não acho isto. Foi uma coisa que escutei na agência dos correios. Vera diz que você cuida de pessoas que estão passando por uma má fase. Ela chama essas pessoas de suas causas perdidas.

Bernadette ergueu o queixo.

– Bom, aquela mulher idiota não tem nada melhor pra fazer do que fofocar sobre os outros – retorquiu. – Prefiro passar o tempo sendo útil e ajudando os outros do que ficar parada à toa, sem ter serventia pra ninguém.

Ele percebeu que a havia ofendido. Raramente ela se ofendia.

– Sinto muito – ele disse, desanimado. – Eu não deveria ter dito nada. Foi insensível da minha parte.

– Acho bom que você tenha dito. E nunca o vi como uma causa perdida. Eu o via como um homem simpático que perdeu a esposa e que poderia precisar de um pouco de ajuda. *Isto* é algum crime? É um crime eu ajudar outras pessoas com um pouquinho de atenção? Não vou mais usar aquela agência dos correios. Aquela Vera consegue ser uma mulher cruel às vezes.

Arthur nunca tinha visto Bernadette tão perturbada. Seu sorriso, que sempre estava presente, tinha sumido. Usava mais delineador do que o normal. As linhas pretas e grossas tinham rachado e esfarelado. Não quis pensar nelas como um mau sinal.

– A torta está com um cheiro bom – ele disse baixinho. – A gente poderia comer lá fora. Está um dia gostoso.

– Logo vai mudar. – Bernadette fungou. – Eles previram tempestades nos próximos dias. Nuvens escuras e chuva.

Ela se levantou e foi até o fogão, viu em qual temperatura estava e virou o acendedor para aumentá-la. Abriu a porta do forno e pegou a assadeira. A torta começou a escorregar da assadeira. Deslizou até ficar precariamente pendurada, metade dentro, metade fora. Ambos observaram enquanto ela tremia precariamente na beirada. Lentamente, metade começou a se quebrar. Estalou num ângulo reto e caiu no chão. A massa despedaçou-se, espalhando migalhas pelo linóleo. O recheio de mirtilos-vermelhos caiu da metade de massa que ficou na assadeira. A mão de Bernadette tremeu. Rapidamente, Arthur tirou a bandeja da mão dela.

– Ich – ele disse. – Fique sentada que eu limpo este pequeno desastre. Vou pegar a pá e a vassoura.

Ele fez isso, e suas costas estalaram quando ele se curvou. Foi então que notou que os olhos de Bernadette estavam cheios de lágrimas.

– Não se preocupe. Ainda sobrou uma boa metade. Sabe, nunca soube de fato o que eram mirtilos-vermelhos.

Viu Bernadette morder a própria bochecha.

– Eles também são chamados de uvas-do-monte. – Sua voz tremeu. – Eu costumava colhê-los quando era menina. Minha mãe sempre sabia o que eu andara fazendo quando chegava em casa com a língua e os dedos vermelhos. O gosto era uma delícia, frescos, colhidos no pé. A gente costumava pôr eles na água salgada, e todos aqueles vermezinhos saíam se contorcendo. Eu pensava, quando comia a torta, se ainda tinham sobrado alguns deles lá dentro.

– Eles teriam ficado no forno – Arthur disse delicadamente.

– Imagino que eles teriam queimado, e não se afogado. De um jeito ou de outro, não seria uma boa morte.

– Acho que nenhuma morte é boa. – Essa não era uma boa conversa.

– Não. – Ela olhou pela janela.

Arthur também olhou para fora. Frederica continuava feliz no jardim de pedras. As cercas continuavam muito altas. Pensou que Bernadette poderia mencionar o jardim ou o tempo, mas ela não o fez. Ele se esforçou à procura de algo para dizer, especialmente porque ela parecia muito nervosa por causa de uma torta partida. A única coisa que eles realmente tinham em comum era a comida.

– Quando estive em Londres – disse –, comi um sanduíche de salsicha sentado na grama. Era gorduroso, estava coberto de ketchup e tinha tiras escuras de cebola. Foi a melhor coisa que comi em muito tempo. Sem falar nas suas tortas, é claro. Miriam achava que era o auge da falta de educação comer algum prato quente em público, ao ar livre, principalmente comer andando. Senti culpa, mas também certa sensação de liberdade.

Bernadette virou-se da janela.

– Carl insistia no rosbife todos os domingos. Costumava comer isso quando era criança. Uma vez, fiz peru e ele ficou muito nervoso. Pra ele, eu estava insultando a tradição da sua família. Carne aos domingos era uma coisa aconchegante. Eu estava questionando toda a sua criação quando fiz aquele peru. Quando ele morreu, continuei fazendo rosbife em sua memória, mas nunca gostei. Aí, um dia, não aguentei mais. Fiz pra mim um sanduíche de cheddar e cebolas em conserva. Mal consegui engolir aquilo porque era como se eu estivesse traindo a sua memória. Mas na semana seguinte tornei a fazer. E foi o melhor sanduíche que já comi. Agora, como o que quero, quando quero. Mas nunca teria mudado todos aqueles almoços de rosbife porque, embora não fosse a comida que eu queria, Carl era o homem com quem eu queria comer aquilo.

Os dois ficaram em silêncio por alguns instantes, pensando em seus cônjuges.

– Eu trouxe um bom cheddar da cidade – Arthur disse. – E eu sempre tenho cebolas em conserva. Posso fazer um sanduíche pra nós dois, e sua torta de mirtilos-vermelhos poderia ser a sobremesa.

Bernadette ficou olhando para ele. Arthur não conseguiu decifrar sua expressão.

– Você sabia que esta é a primeira vez que você me convida pra comer?

– É mesmo?

– É. É muita gentileza sua, Arthur, mas não quero tomar o seu tempo.

– Você não está tomando o meu tempo. Achei que seria agradável almoçarmos juntos.

– É um avanço que você esteja fazendo isto, pensando em se socializar.

– Isto não é um experimento científico. Pensei que você pudesse estar com fome.

– Então eu aceito seu convite.

Havia algo diferente nela hoje. Normalmente, ela se movimentava com rapidez e propósito. Hoje, ela parecia mais lenta e reflexiva, como se pensasse demais em tudo. Ele tinha esperado uma batalha pelo controle da cozinha, ela insistiria em espiar pela porta do forno a todo o momento, enquanto ele ficaria sentado, lendo o jornal. Mas quando ele tirou o queijo da geladeira, ela disse que ia dar uma olhada no jardim. Ficou perambulando por ali, enquanto ele cortava dois pãezinhos redondos no meio e passava uma espessa camada de manteiga.

Era a primeira vez que ele comia com alguém em casa, desde a partida de Miriam, e era realmente agradável ter companhia. Normalmente, Bernadette montava guarda para ter certeza de que ele comesse os enroladinhos de salsicha e as tortas que ela trazia. Ela não comia com ele.

Mais uma vez, ele lembrou com culpa a quantidade de vezes em que tinha se escondido dela, xingando quando a comida dela aterrissava no capacho enquanto ele posava como uma estátua do National Trust. Era uma santa. Não entendia como tinha aguentado seu comportamento e não desistido dele.

– O almoço está pronto – ele chamou da porta dos fundos, depois de ter cortado os pãezinhos em quatro e os colocado em um prato com algumas fritas básicas. Mas Bernadette não se mexeu. Estava com o olhar perdido, os olhos fixos na torre da Catedral de York.

Ele enfiou os chinelos e caminhou pelo cascalho.

– Bernadette? O almoço está pronto.

– Almoço? – Por um momento, ela franziu o cenho, os pensamentos em outro lugar. – Ah, sim.

Sentaram-se à mesa. Desde a morte de Miriam, ele normalmente não se incomodava com a aparência da comida, simplesmente a colocava no prato e comia. Mas ficou satisfeito com o resultado dos sanduíches. Tinham sido cortados uniformemente e dispostos com uma pequena brecha entre cada porção. Bernadette sentou-se no lugar que costumava ser de Miriam. Ocupava mais espaço do que sua esposa. Era mais colorida também, lembrando-lhe um papagaio com seu cabelo vermelho e a blusa roxa. Hoje, suas unhas estavam verdes, a cor da esmeralda na banqueta do pingente de elefante.

– E aí, você foi a Paris?

Arthur assentiu com a cabeça. Contou-lhe sobre Sylvie e a butique de noivas, e como Lucy tinha conhecido um garçom simpático. Havia embrulhado o saquinho de lavanda de Bernadette num papel de seda cor-de-rosa, e o entregou a ela então, antes que terminassem de comer.

– O que é isto? – Ela parecia genuinamente surpresa.

– É um presentinho de agradecimento.

– Pelo quê?

Arthur deu de ombros. – Você é sempre tão prestativa!

Ela abriu o presente, rodou-o nas mãos e o levou ao nariz.

– É um lindo presente – disse.

Ele esperara que ela abrisse um grande sorriso e apertasse seu braço. Algo se comprimiu dentro dele quando ela não o fez. Era só um presentinho, mas um gesto importante para ele, o fato de tê-lo dado para ela. Queria mostrar que a apreciava, que gostava dela, que valorizava sua amizade. Tinha investido uma porção de sentimentos dentro daquele saquinho. Mas como ela poderia saber disso? Desejou ter acrescentado uma nota de agradecimento, especialmente porque ela devia estar passando por um período difícil. Ficou com a boca seca ao tentar encontrar as palavras para isso.

– Você é uma pessoa muito boa – conseguiu dizer.

– Obrigada, Arthur.

Eles terminaram o almoço. No entanto, ele não estava tranquilo. Sentia uma espécie de enjoo, e não sabia se era porque o sanduíche e a torta ficaram muito tempo em seu estômago. Descobriu que, além da preocupação com Bernadette, também estava ansioso pelo telefonema de Sonny, para ter respondidas todas as suas perguntas.

– Alguma vez você se perguntou como era a vida de Carl antes de vocês se conhecerem? – ele perguntou da maneira mais normal que conseguiu, enquanto tirava os pratos.

Bernadette levantou uma sobrancelha, mas respondeu mesmo assim: – Ele tinha trinta e cinco anos quando a gente se conheceu; então, é claro que houve outras mulheres. Ele também já tinha sido casado. Não o questionei, já que eu não queria saber, se é isto que você quer dizer. Não acho que faça diferença se ele teve duas ou vinte mulheres antes de mim. Tenho pena é de Nathan. Ele era jovem demais pra perder o pai.

Arthur sabia que podia confiar nesta mulher cheia de dignidade, sua amiga, ainda que hoje estivesse um pouco distante, mas, por isso mesmo, não parecia o momento certo para mencionar suas consultas.

– Tem alguma coisa que você queira me dizer? – ela sugeriu.

Arthur fechou os olhos e se viu nu, sentado num banquinho, o corpo branco e enrugado. Viu Miriam sorrindo sedutora para o pintor do retrato.

– Eu... – ele começou, depois se interrompeu, incapaz de encontrar as palavras, sem saber se queria dizê-las. – Só fico me perguntando por que Miriam ficou comigo. Quero dizer, olhe pra mim. Não tenho nada de extraordinário. Não tenho ambições, nem desejo. Não pinto, nem escrevo ou crio. Eu era um maldito serralheiro. Ela deve ter ficado muito entediada.

Bernadette franziu o cenho, surpresa com seu desabafo:

– Por que ela ficaria entediada? O que o faz pensar assim?

– Ah, sei lá – ele suspirou. Estava cansado disso agora, cansado desse mistério. – Ela teve uma vida muito excitante, antes de me conhecer. E não me contou a respeito. Escondeu de mim. O tempo todo em que estávamos juntos... Fico me perguntando se pensava na sua vida na Índia, em tigres, artistas e romancistas, e ela ali, empacada com um chato como eu. Ela ficou grávida e teve que se acomodar com a vida que eu lhe proporcionava, quando, na verdade, queria fazer alguma outra coisa. – Constrangido, ele percebeu que seus olhos estavam cheios de lágrimas.

Bernadette ficou imóvel, a voz calma. – Você nunca é chato, Arthur. Ter filhos e ser adulto é, em si mesmo, uma aventura. Vi vocês dois uma vez, num bazar de igreja. Vi como se entreolhavam. Ela o via como seu protetor. Eu me lembro de que pensei que vocês pertenciam um ao outro.

– Quando foi isso? – ele perguntou.

– Alguns anos atrás.

– Provavelmente você se enganou.

– Não – ela respondeu com firmeza. – Sei o que vi.

Arthur jogou a cabeça para trás. Sabia que nada do que ela dissesse melhoraria as coisas. Era mais aconselhável guardar seus pensamentos só para si e manter a boca fechada do que revelar seu estado sensível.

– Nunca se sabe o que nos espera.

Bernadette levantou-se e levou os pratos para a cozinha. Começou a lavá-los debaixo da torneira, embora não tivesse terminado sua comida.

– Deixe isso aí – ele disse. – Eu cuido disso.

– Tudo bem. – Sua voz fraquejou.

Arthur ficou paralisado. Parecia que ela estava chorando. Não deveria ter mencionado Carl ou discutido com ela sobre o bazar da igreja. Agora, o que deveria fazer? Manteve-se sentado, imóvel, os ombros tensos. Bernadette fungou. Ele ficou com o olhar perdido, fingindo que nada estava acontecendo. Não era bom com assuntos emotivos.

– Você está bem? – perguntou baixinho.

– Eu? Estou, claro. – Ela abriu a torneira. Mas ao se mexer para pegar o pano de prato ele viu que estava com os olhos molhados.

Lembrou-se de uma conversa que tivera com Miriam. Tinha perguntado o que ela queria de aniversário, e ela havia lhe dito que não se preocupasse em lhe comprar nada, não havia nada que ela quisesse. Então, ele apenas comprou um cartão e um pequeno buquê de junquilhos brancos. Naquela noite, ela mal falou com ele, e quando finalmente ele perguntou por que ela estava tão ríspida, ela lhe disse que esperara um presente.

– Mas você me disse pra não comprar nada! – ele protestou.

– Mas é uma maneira de falar. Como quando você vê que uma mulher está nervosa e você pergunta o que há de errado e ela responde "Nada". Ela não quer dizer isso. Ela quer dizer que tem alguma coisa errada e que quer que você pergunte de novo qual é o problema, e continue perguntando até conseguir uma resposta. Você deveria ter me comprado um presente, mesmo eu dizendo que não queria nada. Era sua chance de mostrar que se importava.

Então, Arthur sabia que quando as mulheres dizem coisas às vezes podem querer dizer o oposto.

– Não acho que você esteja bem – disse.

Ele se levantou e foi até ela, dando um tapinha no seu ombro. O corpo de Bernadette enrijeceu-se.

– Pode ser que sim, pode ser que não.

Ela pegou um prato e o enxugou com o pano, depois o colocou no escorredor.

Arthur tirou o pano da mão dela. Torceu-o e o colocou sobre o balcão.

– O que foi? Qual é o problema?

Ela baixou os olhos, pensando se deveria lhe contar.

– Fui pra minha aula de dança do ventre no mês passado e, quando estava me trocando, achei um caroço no meu... Seio. Fui ao médico e ele me mandou para o hospital pra um exame de câncer. Os resultados saem amanhã.

– Entendo... Eu, hum... – Ele não soube o que dizer. Nathan tinha razão.

– O médico diz que é rotina, que é melhor tirar a dúvida. Mas minha mãe morreu disso, e minha irmã teve isso. Com toda probabilidade, eu também tenho. – Ela começou a falar mais rápido: – Não sei bem como vou me virar, com Nathan indo pra universi-

dade e sem o Carl. Não contei ao Nathan. Não quero que ele fique preocupado.
– Eu podia levá-la pra consulta...
– Faz um ano que você não dirige.
– Eu costumava dirigir. Tenho certeza de que não terei problema.
Bernadette sorriu. – É muita gentileza sua, mas não.
– Você me ajudou muito.
– Não preciso de retribuição.
– Não estou tentando retribuir. Estou oferecendo uma carona. E minha amizade.
Ela não pareceu ouvi-lo.
– Nathan só tem dezoito anos... Imagine se acontecesse alguma coisa. Primeiro o Carl, agora eu.
– Procure não se preocupar. Não dá pra saber até virem os resultados. Amanhã tudo se esclarece.
Ela respirou fundo e prendeu a respiração, antes de soltar o ar pelo nariz.
– Você está certo. Obrigada, Arthur.
– Posso buscá-la de táxi. Você não precisa passar por isso sozinha.
– Muita bondade sua. Mas quero guardar isso comigo. Vou sozinha ao hospital.
– Provavelmente, Nathan está muito preocupado.
– Escondi dele. Ele não sabe de nada.
Arthur não sabia se deveria contar sobre a visita de Nathan, e que ele estava terrivelmente preocupado. Enquanto refletia sobre o que dizer, seu celular tocou.
– Vá atender – Bernadette disse. – Tenho que ir mesmo.
– Tem certeza? Eles podem ligar de novo.
Ela sacudiu a cabeça.
– Não precisa me acompanhar. Obrigada pelo almoço. Foi muito bom.

– A que horas é a sua consulta?
– Alguma hora à tarde. Seu celular está tocando. Na cozinha.
– Me diga o que deu.
– Seu celular... Você deveria atender.

Arthur abriu a porta da frente com relutância. Bernadette saiu. Ele a viu caminhando pelo passeio do jardim, enquanto, distraído, pegava o celular.

A voz da mulher era clara e controlada. O tom era tão frio que o fez estremecer:

– Arthur Pepper?
– Sim?
– Acho que você andou me procurando. Meu nome é Sonny Yardley.

22

O ANEL

— Realmente, não gostei de o senhor ter aparecido no meu local de trabalho sem avisar — Sonny disse. — Não é nada profissional. Eu poderia estar no meio de uma aula. Acontece que eu estava de licença por doença, então, de fato, não preciso dessa invasão. Quando voltei, Adam me informou que o senhor tinha vindo pessoalmente me procurar.

— Lamento. Telefonei antes e deixei mensagens.

— E eu as recebi. Isto não lhe dá o direito de me perseguir.

Arthur oscilou com seu tom agressivo. Não tinha percebido que sua atitude causaria tal afronta.

— Não foi minha intenção prejudicá-la, sra. Yardley.

— Bem, agora já foi. O senhor encontrou o que procurava através do Adam? — Sua maneira continuava ríspida.

— Tenho uma peça, uma pulseira de pingentes. Acredito que a senhora possa ter desenhado um dos pingentes, no formato de uma paleta.

— Sim.

— Bem, como disse nas mensagens que deixei, acho que a senhora conheceu minha esposa, Miriam Kempster. Acho que pode ter lhe dado o pingente.

Sonny não falou. Isto o deixou desconfortável. Levou o celular até a mesa da cozinha e tentou preencher o silêncio.

– Sylvie Bourdin me deu seu nome.

– Não conheço nenhuma Sylvie Bourdin.

– Ela também foi amiga da minha esposa. Miriam ficou com ela em Paris. Ela sugeriu que a procurasse.

– É mesmo? – Sonny disse com desdém.

Arthur começou a ficar irritado por ela ser tão agressiva.

– Sra. Yardley, minha esposa morreu. Está fazendo doze meses agora. Não sei se está a par disso. Venho tentando descobrir algumas coisas do seu passado.

Ele meio que esperou que ela se desculpasse, dissesse que lamentava seu comportamento, mas novamente ela ficou quieta. Ele pensou que ela devia estar muito zangada, ou que retinha suas palavras numa espécie de manifestação de poder. Talvez ainda se sentisse mal depois de ter ficado doente. Então, ele recomeçou a falar. As palavras lhe escapavam da boca. Contou a ela sobre a pulseira de pingentes e sobre como o rastreamento deles o levara a Paris, Londres e Bath. Só restavam dois pingentes para ele descobrir a respeito: o anel e o coração.

Ele sabia que ela ainda estava do outro lado da linha pelos ocasionais estalidos, como brincos ressoando contra a lateral do fone. Ao terminar, acrescentou:

– Então, esta é a história.

– Não sei por que eu não deveria desligar na sua cara, sr. Pepper – ela disse, gélida.

– E por que a senhora faria isto?

– Alguma vez sua esposa falou de mim para o senhor?

– Não, acho que não. Mas a minha memória pode estar um pouco enferrujada...

– Eu me pergunto quantos outros esqueletos ela guardou no armário. O senhor sabe?

– Eu, hum, não.

Eles pareciam estar falando línguas diferentes, e ele estava cansado de joguinhos, de seguir pistas, sem saber aonde levariam.

– Não, não parece que o senhor saiba – Sonny disse. – Então, devo ter pena do senhor.

– Fui até a escola de arte pra procurá-la. Vi uma pintura do seu irmão, enquanto estava lá. Era da Miriam. Ele era um bom artista.

– É, ele *era*.

– Ele não pinta mais?

– Ele já não está entre nós. O senhor de fato não sabe de nada, sabe?

Arthur não sabia muito bem ao que ela se referia.

– Lamento saber disso. É uma maneira maravilhosa de lembrá-lo, ter sua obra exposta.

– Eu *detesto* aquela pintura. É impulsiva demais para o meu gosto. Se fosse por mim, e se meu irmão não fosse o artista, ela seria retirada. Ou até queimada.

– Ah, eu a achei bem bonita.

– Não me subestime. Eu realmente não tenho tempo para esta conversa, sr. Pepper.

Arthur não arredou pé.

– Só estou tentando descobrir a respeito da minha esposa. Sinto que existem coisas que eu não sei, histórias que nunca ouvi.

– Pode ser que seja melhor não saber. Vamos acabar com esta ligação. Sinta-se à vontade pra jogar fora o pingente de paleta. É uma parte da história que prefiro esquecer.

A mente de Arthur vacilou. A mão que segurava o celular tremeu. Era muito tentador fazer o que ela mandava. Era algo em que ele também havia pensado, livrar-se da pulseira e tentar voltar à vida normal. Mas ele tinha ido longe demais.

– A senhora e minha esposa já foram amigas próximas? – perguntou com delicadeza.

Sonny hesitou.

– Sim, fomos, há muito tempo.

– E Martin também, já que a pintou?
– Foi há muito tempo...
– Preciso saber o que aconteceu.
– Não, não precisa. Esqueça isto.
– Não posso, sra. Yardley. Pensei que Miriam e eu sabíamos tudo um do outro, mas agora sinto que não sei nada. Existe um grande buraco, e preciso descobrir como preenchê-lo, mesmo que ouça coisas de que não goste.
– Não acho que *vá* gostar.
– Mas tenho que saber.
– Muito bem, sr. Pepper. O senhor pediu a verdade. Aqui vai. Sua esposa era uma *assassina*. O que acha disto?

Arthur sentiu como se estivesse caindo em um buraco gigante. Seu estômago despencou. Seus membros davam a sensação de estarem se agitando.

– Me desculpe, não entendo – disse, arfando.
– Ela matou meu irmão, Martin.
– Não pode ser.
– É.
– Me conte o que aconteceu.

Sonny fez uma pausa.

– Fazia muito tempo que éramos amigas, eu e a Miriam. A gente brincava junto, e fazíamos a lição de casa juntas. Quando ela tinha problemas em casa, era comigo que desabafava. Era eu quem ouvia e dava conselhos. Eu a encorajei a ir com a família Mehra pra Índia. Comprei a pulseira pra ela como um presente de boa sorte, antes de ela partir. Eu a apoiei quando ela ficou em Paris. Esse nome Sylvie Bourdin me é vagamente familiar. Miriam e eu escrevíamos uma pra outra o tempo todo, durante suas viagens. Éramos tão próximas quanto duas amigas poderiam ser.

"Mas aí, depois que ela viajou pra Paris, pra Índia e pra Londres, quando se cansou de andar por aí, ela voltou pra casa. Mas em vez de me dar atenção, retomando nossa amizade, ela concentrou sua atenção no Martin, começou a flertar com ele. Eles começaram a sair sem mim. Em poucos meses, estavam pra se casar. Você sabia disto?"

– Não – Arthur sussurrou.

– Martin quis lhe comprar um anel de brilhantes, fazer a coisa do jeito certo. Então, começou a economizar cada centavo que podia. Neste meio-tempo, comprou pra ela um pingente no formato de um anel pra pendurar na pulseira.

– Estou com ele aqui. – Ao falar, Arthur não sentia que as palavras vinham dele. – E a senhora fez o pingente de paleta?

– Fiz. Foi um presente de aniversário.

– E a senhora diz que Miriam e Martin ficaram noivos? – *Ele* pensava que tinha sido seu primeiro amor.

– Por um tempinho. Até ele morrer. O carro que ele dirigia bateu de frente contra uma árvore.

– Sinto muitíssimo. Mas a senhora disse que minha esposa era uma assassina...

– Eles estavam no carro do meu pai. Martin não tinha passado no exame de motorista, mas queria tanto impressionar Miriam que pegou as chaves sem pedir, quando meus pais saíram. Miriam incentivou-o. Eu a ouvi dizendo que queria outra aventura. Miriam, com seus olhos contornados de preto, seu coque lustroso no alto da cabeça, suas roupas elegantes e suas pérolas. Um cara jovem como ele não tinha qualquer chance quando ela voltava sua atenção pra ele. Ele pintava, mas na verdade queria ser um escritor, um jornalista. Quando descobriu que ela mantinha uma amizade com aquele autor francês, De Chauffant, ficou impressionado. Quis impressioná-la.

Era um final de tarde ensolarado. Eu me lembro de ouvir os pássaros cantando quando eles saíram de braços dados. Eu disse ao Martin que ele não deveria pegar o carro, mas os dois riram de mim. Miriam me disse para ir com calma, mas tenho certeza de que vi Martin hesitar, só por um segundo. Mesmo assim, ela o puxou pela porta, e eu vi quando eles se foram.

Uma testemunha disse que Martin fez uma curva muito fechada, perdeu o controle e se arrebentou contra uma árvore. Ambos foram levados ao hospital. Miriam escapou com um corte mínimo na testa. Meu irmão ficou em coma durante três semanas. Não teve chance. Tudo por querer se mostrar pra Miriam, provar que era bom o bastante pra ela. Se ela não tivesse concentrado sua atenção nele, agora ele estaria aqui, casado com outra pessoa. Poderia ter tido filhos. Meus pais poderiam ter tido netos. Não pude dar isto a eles, mas ele poderia ter conseguido.

– Mas seu irmão estava dirigindo... A senhora disse que a Miriam...

– É como se ela o tivesse matado.

Ele pensou na cicatriz minúscula que sua esposa tinha na têmpora. Ela havia dito que era de um tombo em criança.

– Ela nunca lhe contou sobre o Martin? Nunca tocou no meu nome? – Sonny perguntou.

– Não. Eu não sabia de um noivado antes do nosso.

– Bom, então agora o senhor sabe que sua esposa foi uma mentirosa.

– Ela não *mentiu*. Só não me contou. Miriam bloqueou seu passado. Não falava sobre sua vida antes de a gente se conhecer. Achei que fosse por ter sido sem graça, que não houvesse nada pra me contar. Mas parece que foi o oposto. Estaria casada com Martin agora, caso esta coisa terrível não tivesse acontecido? Estaria comigo, mas pensando nele? Mesmo assim, eu ainda a amo muito. Às vezes sinto que não posso viver sem ela.

Sonny limpou a garganta.

– Eu pediria desculpas pela maneira como falei dela, mas não me arrependo. Ela acabou com a minha vida e com a vida da minha família.

– Então, eu digo que lamento. Lamento o que aconteceu, se isto pode servir de alguma coisa.

– Ela visitava Martin todos os dias, sentava-se ao lado da cama. Eu não suportava vê-la nessa época. Ficava arrepiada. A gente sempre o tinha tratado como meu irmão chato, e então, de repente, ela se sentiu atraída por ele, me dizendo que ele poderia ser o homem que ela estava procurando. Ela queria se acomodar. Eu queria que ele conhecesse outra pessoa, alguém que não fosse tão instável. É como se ela tivesse me abandonado por ele.

Arthur sentiu seu corpo começar a tremer. Fossem quais fossem as histórias que descobrira sobre a esposa, não ouviria sua ex-amiga difamá-la.

– Seja o que for que a senhora pense de Miriam, sra. Yardley, ela foi a mulher mais gentil e bondosa que já conheci. Ficamos casados quarenta anos. Sinto muito o que aconteceu com seu irmão, mas a senhora está falando de muitos anos atrás. A mulher que a senhora descreve não se parece em nada com a minha mulher. As pessoas mudam. Parece que a senhora tinha ciúmes da felicidade do seu próprio irmão.

– Bom, é, eu tinha. Admito isto. – As palavras de Sonny se precipitaram. – *Eu* era sua amiga, não Martin. A gente compartilhava tudo. Aí ela chegou em casa e o pegou. Me jogou fora. Queria ver Martin mais do que a mim...

Arthur deixou as palavras dela em suspenso. Usou o silêncio da mesma maneira que Sonny.

– O senhor ainda está aí, sr. Pepper?

– Sim, ainda estou aqui.

– Ela o matou. Pouco me importa quem estivesse guiando aquele maldito carro. No que me diz respeito, Miriam o matou. Ela privou minha família do seu filho, e a mim do meu irmão. Veio para o enterro e nunca mais a vi depois disso. Eu não queria vê-la, e fiz questão de que ela soubesse disso. Soube que ela tinha se casado com alguém. Ela escreveu me contando, mais uma das suas malditas cartas. Ela seguiu em frente, mas os Yardley nunca conseguiram. Espero que isto responda a todas as suas perguntas, sr. Pepper. Agora o senhor sabe a verdade.

Arthur afastou o celular do ouvido. Não suportava continuar ouvindo as palavras de Sonny.

– Eu a amei, independentemente de qualquer coisa – ele disse. – Amei de verdade.

Ele desligou o celular e chorou de soluçar.

23

ANIVERSÁRIO MISERÁVEL

Hoje era seu aniversário. Setenta anos. Era para ser um marco. Miriam teria lhe comprado um presentinho, talvez algumas novas meias listradas, ou um livro. Eles teriam ido ao Crown & Anchor na cidade, para comer peixe com fritas, ou talvez um sanduíche de presunto com mostarda. Tomariam umas duas Shandies, e talvez comessem uma torta de maçã com creme, como sobremesa. Sua esposa não gostava de nada sofisticado. Pelo menos era o que ele costumava pensar.

Lucy ainda não tinha telefonado. Ele não esperava que Dan se lembrasse, e Bernadette tinha coisas mais importantes para pensar. Ele tinha certeza de que hoje não haveria cartões caindo no seu capacho.

Tinha ido para a cama pensando em Sonny e Martin, e acordara no meio da noite pensando neles. Seu sono foi intermitente, e ele não estava certo de quais pensamentos eram verdadeiros e quais faziam parte dos seus sonhos. Viu Miriam rindo num carro com o braço de Martin pendendo dos seus ombros, como se ele a possuísse, protegendo-a do perigo. Visualizou um carro verde-garrafa, com capota conversível. Ele atravessou ambas as pistas de uma estrada e se arremeteu contra uma árvore. Imaginou a si mesmo na cena, correndo para ajudar. Miriam estava lá, a cabeça largada, sangue gotejando da sua testa. Mas o motorista tinha a cabeça apoiada na direção. O ângulo do seu pescoço não estava muito certo, como se ele fosse uma peça de origami dobrada da maneira errada. Viu suas próprias mãos esticando-se para tocar a cabeça do homem, e o sangue, como se fosse melaço em sua cabeça. Depois, Martin levantou a cabeça. Riu como um louco e seus dentes estavam manchados de vermelho. – Ela me matou. Sua esposa me matou. Feliz aniversário, Arthur.

Ele se sentou com um pulo na cama. Suas roupas estavam molhadas, grudadas em seu corpo como uma segunda pele. Primeiro ele as puxou, depois se despiu. Depois de jogá-las em uma pilha no chão do banheiro, entrou no chuveiro, mesmo ainda não sendo cinco da manhã.

Deixando a água escorrer pelo seu rosto, ficou imóvel, tentando impedir os pensamentos e imagens em sua mente. Miriam não estava ali. Tinha matado um homem. Como é que ele podia ter passado toda uma vida com alguém sem conhecê-la? Teria ela alguma vez pensado em lhe contar? Ele devia ser um idiota para não ter percebido, não ter perguntado nada em relação a seu passado. Em vez disso, deduzira que ambos fossem iguais, que não houvesse nada de significativo em suas vidas até se encontrarem. Estava errado.

Enxugou-se e automaticamente vestiu uma de suas velhas camisas e a calça azul de Graystock. Ainda estava escuro lá fora. Sentiu-se letárgico. Desanimado, incompetente e inútil; uma causa perdida. Nada que pudesse pensar em fazer tinha algum sentido. Aquele deveria ser um dia feliz, uma comemoração. Seu aniversário. Mas estava ali sozinho, desolado.

Sentou-se na cama, no lado de Miriam. Abriu a gaveta da mesa de cabeceira, tirou um bloco pautado e uma caneta, e sem pensar começou a escrever uma carta. Sua esposa costumava escrever para Sonny, agora ele também escreveria para ela. Embora Miriam pudesse estar envolvida na morte de Martin, ele a tinha amado du-

rante muitos anos e sempre amaria, mesmo que ela não tivesse confiado nele.
Sentiu necessidade de fazer isto. Estava confuso e magoado, mas não se permitiria ficar amargo. Tinha que lutar contra isso. No seu choque da conversa com Sonny, ontem, havia coisas que não dissera.

Cara sra. Yardley,

Amei minha esposa de todo o meu coração. Ela não era perfeita, mas ninguém é. Eu, com certeza, não sou. Sou um homem calado, não especialmente brilhante, não especialmente bonito. Durante muito tempo, me perguntei o que Miriam vira em mim, mas ela realmente viu alguma coisa e fomos felizes.

Descobri coisas sobre sua vida que não sabia. Não sabia sobre a senhora ou Martin, sobre a Índia ou Paris. Poderia ficar aqui sentado e passar o resto da minha vida refletindo sobre o motivo de ela não ter me contado. Mas ela teve suas razões e eu, honestamente, não acho que fossem razões egoístas, ou para esconder algo. Acho que ela não contou para mim por amor.

A senhora pode pensar em mim como um velho tolo e iludido, mas quero que me conheça e se lembre de mim como a pessoa que amou Miriam, e foi amada por ela. Sinto-me como o homem mais sortudo do mundo por ter tido isso. Ela fez de mim uma pessoa melhor.

Parece que ela também amou a senhora e Martin profundamente...

Ele continuou escrevendo, sem saber o que jorrava dele. Toda a raiva, frustração e amor que sentia pela esposa impregnaram suas palavras.

Ao terminar, tinha quatro páginas completas nas mãos. Seu punho doía e ele estava lacrimejando de emoção, tão vazio quanto um ovo sem gema. Não releu a carta, sabendo que tinha dito tudo o que precisava dizer. Acrescentou no final da última página:

Após todos estes anos, imploro que busque no seu coração uma maneira de perdoá-la. Se não puder, pelo menos se lembre da amizade que uma vez vocês desfrutaram.

Sinceramente,
Arthur Pepper

Ele arrancou as páginas do bloco e as dobrou dentro de um envelope. Depois, escreveu "Sra. Sonny Yardley" na frente.

Enrolou a manga da camisa e expôs o antebraço; depois, deu um beliscão firme na pele e observou como sua carne voltava ao lugar lentamente, deixando impressões digitais cor-de-rosa. Nem ao menos sentiu isso. Tentou novamente, desta vez enfiando as unhas. Só queria sentir alguma coisa, dor física, que lhe dissesse que estava vivo, que tudo isto estava acontecendo.

O tempo estava deplorável. Da janela do seu quarto, podia ver que o céu estava da cor de bolas de algodão embebidas em tinta. O bom tempo tinha acabado, como Bernadette disse que aconteceria. Mas ele não podia ficar em casa. A ideia de estar cercado por quatro paredes fez com que se sentisse claustrofóbico. Seria miserável passar seu aniversário aqui. Ficaria apenas sentado, pensando no que poderia ter sido, o que deveria ter sido. Teria sua esposa passado mais de quarenta anos lamentando a morte de Martin, desejando estar com ele, e não com Arthur?

As questões em sua cabeça fizeram com que se sentisse zonzo, e colocou as mãos espalmadas contra as paredes para se estabilizar enquanto descia a escada. Tinha que sair dali.

No corredor de entrada, pegou um casaco e uns sapatos, sem pensar se estavam de acordo com o clima. Ao sair pela porta, enfiou o envelope no bolso.

As estrelas e a lua ainda estavam no céu. Ninguém se lembraria de que há setenta anos um bebê bochechudo, rechonchudo, chamado Arthur tinha nascido. Hoje era um dia comum como qualquer outro. A única coisa com algum significado era que esta tarde sua amiga Bernadette descobriria se tinha câncer.

Com este pensamento, ele parou na rua, petrificado. Desejava de todo coração que ela ficasse bem. Como poderia lidar com a perda de outra pessoa tão querida? Percebeu que Bernadette tinha sido mais do que uma ajuda em tempo de necessidade. Era uma amiga. Uma amiga *querida*.

Terry estava saindo de casa.

– Está desagradável, não está, Arthur? Quer uma carona?! – gritou, puxando o capuz de seu casaco.

– Não, obrigado.

– Aonde você vai de manhã tão cedo?

– Vou passar o dia fora.

– Na casa da Lucy?

Ele não queria conversar, então fingiu não ouvir a pergunta de Terry e seguiu em frente. Andou e parou no terceiro ponto de ônibus, esperando um para o centro de York. Depois, pegou o trem para Scarborough. Ficou olhando pela janela nos cinquenta minutos da viagem. As nuvens eram cobertores grossos pretos e o céu era de um branco fluorescente.

Ao descer do trem, as árvores pingavam chuva, mas ele não parou. Caminhou a passos largos pelas ruas, em direção à escola. Chegou ensopado e estendeu o envelope para a recepcionista de cabelo prateado.

– Olhe só o seu estado – ela disse, reconhecendo-o. – O senhor não tem guarda-chuva?

Ele não respondeu.

– Quero que entregue isto à sra. Sonny Yardley assim que ela chegar pra trabalhar. É de suma importância.

Ele se virou e saiu pelas portas de vidro da entrada, sem que a ouvisse gritar, oferecendo sua jaqueta.

Passou pelos estudantes que fumavam, conversavam, mexiam nos celulares e seguiam para começar o dia na escola. Ele não notou os cafés onde as famílias se abrigavam da chuva sob toldos listrados, nem ouviu o som eletrônico e o chacoalhar de moedas das máquinas de fliperama que começavam a funcionar. Chegou à praia, sozinho. Ninguém mais era estúpido o suficiente para sair com aquele tempo, especialmente para ir até o mar.

Ele se estendia à sua frente como um tapete cinza, movendo-se, ondulando. Ficou parado à beira, olhando, deixando o silêncio das ondas hipnotizá-lo. A água entrou pela ponta dos seus sapatos. O vento beliscou suas coxas. Seus tornozelos ficaram vermelhos e doloridos enquanto ele ficava ali parado.

No espaço de poucas semanas tinha passado de um viúvo enlutado, sofrendo a perda da esposa, para uma mente que se tornava uma confusão de suspeitas.

Eles tinham se conhecido muito bem. Era isso que ele amava em seu casamento. Eram almas gêmeas, sintonizados nos pensamentos um do outro, nas emoções e com as mesmas afinidades. Só que eles não tinham conhecido a história um do outro. Por que nunca tinha perguntado à esposa sobre sua vida antes dele? Porque não esperava que ela tivesse tido uma, foi por isso.

Sem ela, ele tinha... O quê? Tinha Lucy. Tinha Bernadette. Tinha seu filho do outro lado do mundo. Mas havia um buraco dentro dele que doía, que nunca mais voltaria a ser preenchido. Doía pela mulher que ele amava, a mulher que não conhecia. Sua casa não era um lar sem ela. Era apenas paredes, tapete e um velho tolo vagando lá dentro.

Como poderia viver sem sentir novamente o rosto dela pressionado contra o seu ombro? Sem o som dela cantando, enquanto preparavam o café da manhã juntos? As coisas jamais voltariam a ser como antes, quando eles eram uma família. A ideia o puxou para baixo como areia movediça.

Agora a chuva apertara. De início fora um chuvisco, salpicando suas pálpebras. E então começara a chover forte, como canudos disparados do céu. A água bateu no seu rosto, rolou pelas suas faces. Sua calça ficou ensopada, grudada nas pernas. Envolveu a boca com as mãos e gritou: – Miriam! – Sua voz foi capturada e levada pelo vento, soprada para algum outro lugar. – *Miriam!* – gritou seu nome repetidas vezes, sabendo que ela não poderia ouvi-lo, que suas palavras eram inúteis. – *Miriam!*

Quando essas palavras se foram, sentiu-se vazio, como se elas fossem as únicas coisas que o mantinham inteiro. O mar rolou sobre seus pés e encheu seus sapatos. Tropeçou para trás sobre uma pedra, e caiu na areia molhada com um ruído surdo. Seus joelhos estalaram e suas mãos e costas bateram na areia. Uma onda estourou sobre suas pernas, ensopando-o mais uma vez e o envolvendo num halo de espuma branca. – Miriam – ele disse novamente, baixinho, enfiando os dedos na areia. Sentiu-a ser sugada e deslizar para longe dele. Desejou ter deixado a esposa em paz, perfeita em sua memória, em vez de espionar e persegui-la. Tinha aberto portas que desejava que tivessem permanecido trancadas. Agora, queria não ter enfiado a mão dentro da bota. Alguém que a comprasse em um bazar de caridade teria tido uma agradável surpresa ao encontrar a pulseira de pingentes. Poderia ter lhe trazido boa sorte.

Ele tirou a pulseira do bolso. Detestava-a agora, detestava o que ela tinha feito com suas lembranças. A imensidão cinza do mar era convidativa. Levantou a mão na altura do ombro, sentindo o peso da pulseira. Imaginou-a girando no ar, e depois estalando na água. Ela afundaria e iria para as profundezas, ficando no leito do mar durante séculos, à espera de ser descoberta por alguém que poderia especular sobre as origens dos pingentes. Só que para essa pessoa a pulseira seria anônima. Seu único significado seria seu valor como curiosidade, ou o que valesse em ouro.

Arthur questionou se livrar dela faria com que se sentisse melhor, mas ainda havia um pingente sobre o qual nada sabia, o coração. A caixa em formato de coração, o fecho em formato de coração e o pingente em formato de coração. Talvez aquilo pudesse lhe dizer que sua esposa realmente o amava, que o tempo que passaram juntos não tinha sido uma acomodação para ela. Ele poderia conter as respostas.

Tinha que conter.

Mas era muito tentador caminhar para dentro do mar com a pulseira. As ondas convenciam-no a se deixar envolver por elas. Se entrasse com a pulseira, teria certeza de que ela desaparecera. Seus pés e seus tornozelos estavam molhados, então por que não a virilha, a cintura, o peito, os ombros? Por que o mar não deveria cobrir sua boca, o nariz, os olhos, até que tudo que restasse fosse um tufo de cabelos brancos, que o mar poderia encobrir e reclamar?

Quem se importaria?

Alguns meses antes, ele diria que ninguém se importaria, mas depois ele e Lucy tinham se reconectado. Ele e Sylvie tinham se beijado. Bernadette preocupava-se com ele.

Foi quando pensou em Lucy que se obrigou a se levantar. Ela precisava dele. Ele precisava dela. Foi um alívio ouvir os pedregulhos rincharem sob seus pés; não ter posto em prática o que o mar queria que fizesse. Lucy. Ela já tinha sofrido bastante com o aborto, o final do casamento, a perda da mãe. Ele teria que ser um velho egoísta e tolo para se matar e trazer mais tragédia à sua porta. Foi recuando cada vez mais, até que seus pés bateram num banco de seixos. Sentou-se em uma pedra, e olhou a pulseira em sua mão. Brilhava intensamente contra o cinza-escuro das pedras, do mar e do céu. O coração parecia incandescente.

Havia um halo de água ao redor dos seus pés, quando se sentou ao lado de uma piscina de pedra. Um caranguejo minúsculo e cinza balançou, suspenso na água do mar, imóvel o bastante para estar morto. Arthur observou-o por um tempo. Estava encurralado.

A maré baixaria. O sol poderia sair e secar a água. O corpinho do caranguejo secaria até torrar.

Afundou a ponta dos dedos na água. O caranguejo moveu uma pinça e ficou quieto. Era como se estivesse acenando para ele. Arthur enfiou a mão mais fundo. Seu amiguinho estava apresentando sua própria variação de um método de estátua do National Trust.

– Se você ficar nesta piscina de pedra, pode morrer – ele disse em voz alta. – Vai encalhar. No mar, estará mais seguro. – Curvou a mão e o caranguejo foi levado para sua palma. Arthur levantou a mão com delicadeza. Ele e o caranguejo se encararam por um instante. O animal tinha olhos pretos do tamanho de duas cabeças de alfinete.

– Não tenha medo – disse.

Levou-o até o mar e esperou até que uma pequena onda avançasse para a praia. Então, depositou-o na beira da água. Ele ficou parado por um momento, como que para agradecer e se despedir, depois andou de lado em direção à água. Uma onda calma encobriu-o, e quando a água se afastou, o caranguejo tinha desaparecido.

Arthur olhou seu lugar vazio na praia. *Talvez eu também tenha ficado preso numa piscina de pedra*, pensou. *Preciso estar no mar, mesmo que seja assustador e desconhecido. Se não fizer isto, vou secar e morrer.*

Imaginou o que Lucy diria se o visse ali, ensopado até os ossos, resgatando um caranguejo. – Você vai ficar doente. Entre e se aqueça. – Era isto que ele teria dito a ela, quando era criança. A ideia de eles estarem com os papéis trocados era estranha. Pensou que Miriam também acharia isso curioso.

Pouco importava o que fizesse agora. Era um viúvo. Não havia ninguém que lhe dissesse como viver. Se ele quisesse dançar feito bobo no mar, podia. Na verdade, por que não deveria? Mexeu os pés e esperou até as ondas virem em sua direção, e então chutou e dançou. – Olhe pra mim, Miriam. – Riu histericamente enquanto as lágrimas rolavam pelo seu rosto, misturadas às gotas de chuva.

– Estou sendo bobo. Eu a perdoo. Você não me contou coisas porque achou que assim seria melhor. Preciso acreditar que você fez isto por um bom motivo. Ainda estou vivo. Gostaria que você também estivesse, mas você não está. E quero viver, mesmo que doa. Não quero ser um caranguejo ressecado.

Passou para uma corrida lenta, e depois, intermitentemente, andava e corria pela beira d'água, entrando e saindo do mar, a água gelada fazendo-o se lembrar de que estava vivo. Agitou os braços e abraçou o vento, deixando que assobiasse por suas roupas e ardesse nos seus olhos.

Tinha que perdoar e esquecer. Não havia outra maneira.

Abraçou-se e caminhou pelo vento até chegar a uma cafeteria na praia. Viu que as nuvens escuras estavam se afastando. O sol espiou entre elas. Gotas de chuva reluziam ao longo da beirada listrada de azul e branco do toldo. Poças na calçada brilhavam como espelhos.

Um casal abriu a porta e entrou. Tinham com eles um fox terrier com o pelo molhado e encaracolado. De suas calças e casacos impermeáveis pingava água. "Estou tão molhado quanto eles", disse consigo mesmo, e pensou no que Miriam diria: *Você não pode entrar neste estado*. Mas ele *podia* entrar. Estremeceu com o impacto bem-vindo do jato de ar quente no seu rosto ao entrar.

– Nossa! Olhe só pra você – disse uma senhora num alegre avental amarelo. – Vamos dar um jeito nisso. – Desapareceu atrás do balcão, e trouxe para ele uma toalha felpuda azul-celeste. – Esfregue-se. – Estendeu ao casal uma toalha mais grosseira para o cachorro. – Hoje está de doer. Você foi pego enquanto estava caminhando? O tempo pode virar de uma hora pra outra. – Ela estalou os dedos. – Num minuto está tudo lindo, no outro tudo fica escuro e deprimente. Mas o sol sempre aparece, querido. Acho que agora chegamos neste ponto. Logo ele estará brilhando.

Arthur usou a toalha para absorver a água, se enxugar e se esfregar. Ainda estava ensopado, mas o rosto estava seco. Viu um jovem casal dividir um chocolate quente. A menina tinha cabelo escuro, como Miriam, e o menino era magrelo e cabeludo. Sua bebida estava coberta com chantili e flocos de chocolate em um copo alto. Quando a senhora de avental amarelo veio anotar seu pedido, pediu a mesma coisa. Sua bebida veio com uma barra de chocolate ao lado e uma colher comprida. Ele se sentou à janela e observou as gotas de chuva no vidro. Encheu a colher de creme e aproveitou cada colherada, soprando e bebendo o líquido quente e encorpado.

Quando terminou, pegou o trem na estação e depois o ônibus para casa. Suas roupas grudavam nele, zunindo conforme ele andava.

Ao se aproximar de casa, seu celular vibrou no bolso. Bernadette tinha deixado uma mensagem: "Ligue pra mim."

24

LEMBRANÇAS

O corredor de entrada de Arthur estava escuro, gelado. Ele olhou a mensagem de texto de Bernadette. Era clara e objetiva. *Ah, Deus, não*, foi seu primeiro pensamento. Esperou que ela estivesse bem. Despiria suas roupas molhadas e depois telefonaria para ela.

Como havia previsto, não havia cartões de aniversário à sua espera. Lucy estaria na escola, etiquetando livros. Bernadette poderia estar no hospital. Estava sozinho.

Ao colocar suas chaves na prateleira perto do jarro com *pot-pourri*, ele parou. Pensou ter ouvido um farfalhar. Estranho. Ficou parado por um tempo, escutando. Depois de culpar a idade por ouvir coisas que não estavam lá, abriu a porta da sala da frente aos poucos. Mas algo fez seu coração quase parar.

Viu uma silhueta contra a janela. Era maciça, um homem. O homem não se mexeu.

Um ladrão.

Arthur abriu a boca para gritar, berrar, fazer o som que conseguisse, mas não saiu nada. Tinha trancado a porta ao passar, e não queria se virar e buscar as chaves. *Por que eu?*, pensou. *Não tenho nada. Sou um velho bobo.*

Mas então sua resiliência impulsionou-o. Tinha passado por coisas demais para deixar que um estranho em sua casa estragasse

tudo ainda mais. Ficou feliz que Miriam não estivesse ali. Teria ficado assustada. Seguiu em frente e falou alto, para a escuridão:
– Não tenho nada de valor aqui. Se você for embora agora, não chamo a polícia.
Ouviu um baque na cozinha. Um cúmplice. Arthur ficou com a boca seca. Com certeza estava em desvantagem. Dois invasores não o ouviriam, não poderiam ser convencidos. Apalpou em volta, procurando algo pesado com o qual se armar. Só conseguiu encontrar um guarda-chuva, e segurou na extremidade pontuda de modo a poder atingir o estranho com o cabo. Forçou-se a espiar pela fresta da porta, e se preparou para um golpe na cabeça.
Atrás dele, a luz na cozinha acendeu. Ele piscou, sentindo-se zonzo.
– Surpresa! – gritou um coro de vozes.
Havia um grupo de pessoas na sala de jantar. Hesitou e tentou concentrar-se em seus rostos para ver quem seriam os invasores. Então, viu Bernadette com um avental branco. Terry estava lá, sem o jabuti. Os dois meninos ruivos que não usavam sapatos estavam lá.
– Feliz aniversário, papai – Lucy apareceu e o envolveu em seus braços.
Arthur soltou a arma.
– Pensei que vocês tivessem esquecido.
– Faz um tempão que a gente está aqui esperando por você no escuro. Mandei uma mensagem de texto – Bernadette disse.
– Eu ia ligar pra você. Está tudo bem?
– A gente conversa depois – ela disse. – É seu aniversário.
– Você está ensopado. – Lucy se assustou. – Terry disse que o viu saindo pra passar o dia fora. A gente achou que a esta altura você já estaria em casa.
– Eu precisava sair. Eu... Ah, Lucy. – Ele a abraçou de novo. – Sinto falta da sua mãe...
– Eu sei, pai, eu também.
Suas testas se tocaram.

No tapete aos pés de Arthur, formaram-se anéis de água. Sua calça azul colava nas pernas. O casaco estava pesado de água.

– Fui dar uma volta. Fui surpreendido pelo tempo.

– Vamos lá. Tire estas roupas e junte-se a nós – disse Lucy.

– Mas não entre na sala da frente ainda.

– Tem um homem lá – ele disse. – Pensei que fosse um ladrão.

– Era pra ser sua grande surpresa de aniversário – Lucy disse. Ela olhou por cima do ombro do pai. – Mas acho que você pode recebê-la agora.

– Oi, pai.

Arthur não conseguiu acreditar nos seus ouvidos. Virou-se mecanicamente e viu seu filho parado com os braços estendidos.

– Dan... – gaguejou. – É você mesmo?

Dan assentiu.

– Lucy ligou pra mim. Eu quis vir.

O tempo recuou. Arthur só queria segurar seu filho novamente, ficar perto dele. Quando Dan partira para a Austrália, os dois homens só conseguiram dar um tapinha amigável nas costas um do outro. Agora, eles se abraçavam com força, ali no corredor. Arthur deliciou-se com os braços fortes de Dan e a sensação do queixo barbado do seu filho no alto da sua cabeça. Os convidados ficaram calados, permitindo que pai e filho saboreassem o momento.

Dan afastou-se, segurando Arthur à distância de um braço.

– Que esquisitice você está usando, pai?

Arthur olhou para sua calça azul e riu. – É uma longa história.

– Vou ficar aqui uma semana. Gostaria que pudesse ser mais.

– Deve ser tempo suficiente pra eu lhe contar o que tenho feito.

Quando subiu para se trocar, dava para ouvir as conversas e risadas no andar de baixo. Nunca gostara de festas ou encontros familiares, sentindo-se desconfortável por não ter nada divertido ou interessante para contar. Ficava na cozinha, renovando os drinques das pessoas, ou atacando os salgadinhos, enquanto Miriam socializava. Mas agora gostava do som de outras pessoas na casa. Era amistoso, caloroso. Era o que andara desejando.

Instintivamente, pegou em seu guarda-roupa sua calça costumeira e uma camisa. Estendeu-as na cama e tirou seus trajes molhados. Mas, então, olhou para as roupas na cama. Aquela calça de velho arranhava seus tornozelos e cortava na sua cintura quando ele se sentava. A roupa que ele costumava vestir era mais um uniforme, um uniforme de viúvo. As roupas que tinha comprado em Paris com Lucy eram um pouco menos formais. Então, remexeu no fundo do guarda-roupa. Ali, encontrou um velho jeans de Dan, de antes que ele desenvolvesse pernas de Popeye, e uma camiseta com "Superseco" escrito na frente. Achou isso divertido porque, na verdade, ainda estava supermolhado. Secou-se com a toalha, esfregou o cabelo, vestiu as roupas e desceu.

A mesa de fazenda da cozinha tinha sido montada na sala de jantar com um bufê: enroladinhos de salsicha, fritas, uvas, sanduíches e salada. Uma faixa brilhante de septuagésimo aniversário estava pregada na parede. Em sua cadeira, havia uma pequena pilha de cartões e presentes.

– Feliz aniversário, Arthur. – Bernadette deu-lhe um beijo no rosto. – Você vai abrir seus presentes?

– Mais tarde. – Sempre se sentia embaraçado abrindo presentes na frente dos outros, tendo que fingir prazer ou surpresa. Gostava de tirar o papel aos poucos e pensar no conteúdo. – Você fez tudo isto?

Ela sorriu. – Em parte. Dan e Lucy também foram ótimos. Seu vizinho Terry ofereceu-se para tomar conta dos meninos ruivos, enquanto os pais iam ao cinema, por isso eles também vieram.

– Mas... – Arthur hesitou. – Sua consulta no hospital... Você me deixou uma mensagem. O que houve?

– Psiu. Depois a gente fala nisso. O dia é *seu*.

– Isto é importante. Mais do que tudo, quero saber que você está bem.

Bernadette deu um tapinha no seu braço.

– Estou bem, Arthur. Os resultados foram bons. O tumor era benigno. Foi muita preocupação, então foi bom estar ocupada, ajudando a planejar esta surpresa pra você. Lucy me chamou. Ela chamou todos nós.

Arthur sorriu.

– Nathan me contou que se abriu com você – Bernadette disse.

– Ele leu minhas fichas de consultas no hospital, então fico feliz que ele pôde conversar com você. Seja como for, estou bem.

– Ah, Deus. – O alívio que ele sentiu foi imenso. Fez seus joelhos fraquejarem e sua garganta ficar apertada. Esticou os braços, passou-os em torno dela e a abraçou com força. – Estou muito feliz que você esteja bem. – Ela era macia e quente, e cheirava a violetas.

– Eu também. – Sua voz tremeu um pouco. – Eu também.

A campainha tocou e Lucy gritou: – Eu atendo!

Segundos depois, a porta da cozinha abriu-se.

– Ei, solte a minha mãe, cara – Nathan disse.

Arthur baixou as mãos, mas viu que Nathan estava rindo.

Tinha cortado o cabelo curto, o que expunha seus olhos azul-claros. Segurava em suas mãos estendidas algo coberto com papel de alumínio.

– Pra você.

– Pra mim? – Arthur pegou-o das mãos dele e retirou o papel de alumínio. Embaixo havia um bolo de chocolate tão lindo que parecia ter vindo de uma loja exclusiva. Sua cobertura era reluzente e trazia confeitadas as palavras "Feliz 65º Aniversário, Arthur".

– Eu que fiz – Nathan disse. – Eu e minha mãe nos acertamos de novo. A gente conversou. Ela está feliz que eu queira ser confeiteiro. Ela contou que os resultados dela são bons?

– Contou. Estou feliz por vocês dois. E olhe só pra este bolo!

– Ele não iria contar ao menino que fazia setenta e não sessenta e cinco anos. – É incrível. Parece delicioso.

Arthur quase perdeu o equilíbrio com os dois meninos ruivos da rua. Um deles bateu no seu cotovelo.

– Ei, vocês dois – Nathan disse ao pousar o bolo. – Prestem atenção no que estão fazendo e calcem as meias e os sapatos.

Os dois meninos pararam e imediatamente fizeram o que estava sendo mandado.

– Eles só precisam que alguém lhes dê atenção. – Nathan disse.
– Terry é um santo por tomar conta deles.

Lucy apareceu. – Pai? Quero lhe mostrar uma coisa. É seu presente.

– Estou com uma pilha de presentes aqui. Ainda não abri.
– É o mais importante, de mim e do Dan. Está na sala da frente.
– Ela abriu a porta.

Arthur sacudiu a cabeça. – Vocês não deveriam ter se incomodado – disse, mas foi atrás dela.

Foi confrontado com uma explosão de cores, de pessoas. Todas as paredes estavam cobertas de fotografias. Elas tinham sido perfeitamente dispostas em fileiras e colunas, como paletas de cores. Mas quando ele chegou mais perto os rostos ficaram nítidos: o seu, de Miriam, de Dan, de Lucy.

– O que é isto? – perguntou.

– É a sua vida, pai – Lucy disse. – Você não quis olhar dentro da caixa listrada de cor-de-rosa e branco, então eu trouxe as fotos pra você. Quero que olhe com atenção. Quero que estude estas fotos e se lembre da vida fantástica que teve com a mamãe.

– Mas há coisas que você não sabe. Coisas que descobri...

– Sejam quais forem essas coisas, elas não mudam o que vocês tiveram juntos. Vocês tiveram muitos anos de felicidade. Você ficou obcecado com o passado, pai. Ficou viciado em descobrir coisas de uma época em que não fazia parte da vida da mamãe. E você exagerou essa época na sua cabeça e no seu coração de tal jeito que esta época ficou maior, mais animada e melhor do que a que você e a mamãe tiveram.

Arthur virou-se. Havia centenas de imagens dele e de Miriam, juntos.

— Olhe pra sua vida. Veja como a mamãe está sorrindo, como você está sorrindo. Vocês foram feitos um para o outro. Foram felizes. E pode não ter havido tigres, poemas impressionantes ou compras em Paris. Vocês podem não ter viajado para regiões exóticas, mas tiveram uma vida toda juntos. Olhe pra ela e se anime.

As fotos pareciam janelas minúsculas em um edifício esparramado, cada uma delas dando-lhe um vislumbre do passado. Lucy e Dan as tinham pregado em ordem cronológica, de modo que as mais próximas da porta, do seu lado esquerdo, eram em branco e preto. Do tempo em que ele e Miriam se conheceram. Ele se lembrava de tê-la visto pela primeira vez entrando no açougue com sua enorme cesta balançando da dobra do seu braço. Podia até se lembrar do que havia na cesta: uma réstia de linguiças embrulhada estava sobre um tablete de manteiga. Ele se lembrava de que o vime estava gasto e quebrado.

Circulou lentamente pelo quarto, olhando, analisando as fotografias, vendo sua vida desenrolar-se perante seus olhos.

Bernadette, Nathan e Terry discretamente retiraram-se para a cozinha, levando os ruivos com eles.

Arthur estendeu a mão para tocar numa fotografia. Ali estava o dia do seu casamento. Ele parecia muito orgulhoso, e Miriam olhava para ele com adoração. Havia uma foto de Miriam empurrando um carrinho de bebê. Lucy balbuciava lá dentro. Então, ele viu algo brilhante pendendo do punho da esposa.

— Onde você vai, pai? — Lucy chamou-o, enquanto ele saía apressado da sala e subia a escada.

— Já volto.

Reapareceu segundos depois com sua caixa de truques e tirou seu monóculo. Apontou para a foto e ajustou o monóculo na órbita do olho. Do punho de Miriam pendia a pulseira de ouro de pingentes.

– Então não era um segredo. Ela realmente usou a pulseira – disse Lucy, olhando mais de perto. – Eu não me lembro dela.
– Nem eu.
– Não combina com ela, combina?
– Não, não combina.
– Mas dá pra você ver que vocês eram felizes? Pouco importa uma pulseira de ouro idiota.

Arthur ficou parado, com os braços caídos. Sentia-se tonto de amor e orgulho. Seus filhos tinham levado algumas horas e um monte de cola para provar isto a ele. Estivera cego. Os últimos doze meses morando sozinho, elaborando seus métodos rígidos, tinham desbotado a sua vida. Precisara de algo que preenchesse o vazio, e tinha feito isto com uma obsessão por uma antiga pulseira de ouro de pingentes. Sentiu muita pena de Sonny Yardley pela perda do irmão. Mas tinha sido um terrível acidente. Miriam percebera que tinha que seguir com a sua vida, e fizera isso. Sentia-se feliz por ela ter escolhido fazer isto com ele.

Caminhou pela sala duas vezes, recordando, rindo, lembrando-se da primeira vez em que segurou Lucy nos braços, do orgulho que sentia ao empurrar os filhos no carrinho. Viu como Miriam estava linda em seu quadragésimo aniversário, como seus olhos brilhavam de amor por ele.

– Então, estamos prontos?! – Dan gritou.
– *Dan!* – Lucy gritou de volta. – Você é muito impaciente. Papai ainda está olhando.

Dan deu de ombros. – Só pensei que...
Lucy sacudiu a cabeça. – Está bem, então vá lá. – Ela relaxou.
– O quê? – Arthur perguntou. – O que acontece?
As luzes diminuíram. Bernadette riscou um fósforo e acendeu as velas do bolo.

O coração de Arthur começou a golpear o peito. Todos cantaram "Parabéns pra você", e ele gostou de como palavras diferentes eram cantadas quando chegava a hora do seu nome. Lucy e Dan cantavam "pai", e os meninos ruivos cantavam "vizinho". Bernadette cantava "Arthur", e Nathan só resmungava um pouco. Arthur não esperava jamais voltar a se sentir tão feliz.

Sentou-se na poltrona com um coquetel na mão. Bernadette insistiu em lhe fazer um *Sex on the beach*. O gosto era bom, doce e suave. Ele não era muito sociável, mas não tinha importância, porque seus convidados vieram até ele um a um. Dan agachou-se e sussurrou o quanto sentia saudades da Inglaterra. Sentia falta dos feijões com molho de tomate da Heinz, e do campo. Terry disse que esperava que Arthur não se incomodasse, mas tinha convidado Lucy para ir ao cinema na semana seguinte e ela tinha aceitado. Estava passando um filme que os dois queriam ver. Arthur disse que isso era ótimo. Viu os dois conversando, e eles pareciam à vontade juntos. Lucy ria, e ele percebeu que nunca a tinha visto rir com Anthony.

– Andei conversando com a Lucy. Ela me contou sobre a pulseira da mamãe – Dan disse.

A pulseira estava no bolso da calça ensopada de Arthur, no chão do quarto. Não queria pensar naquela coisa infernal. Talvez devesse tê-la atirado no mar. Agora ela fazia parte do passado, e queria deixá-la lá.

– Não quero falar nisto esta noite.

Dan abriu a boca para falar, mas Bernadette aproximou-se, agitada. Colocou um prato com uma fatia do bolo de chocolate na mão de Arthur.

– O Nathan contou que foi ele quem fez isto? O que você acha?

Arthur enfiou o garfo e experimentou o bolo.

– Ah, está muito gostoso. Seu filho tem talento. Puxou a você.

Bernadette sorriu, e depois insistiu em buscar também uma fatia para Dan, mesmo que ele dissesse que não queria.

Lucy aproximou-se de Dan.

– Você já contou pra ele?

– Contar o quê?

Seus dois filhos estavam à sua frente, ambos com os lábios comprimidos como se tivessem uma má notícia para dar.

– O que foi? – ele perguntou.

– Aqui está. Um bolo delicioso para nós todos. – Bernadette reapareceu com o braço carregado de pratos. – Tem pra todo mundo.

– Dan? – Arthur disse, enquanto seu filho era forçado a aceitar um prato.

– Falo com você amanhã.

– Será que a gente pode dormir aqui esta noite? – Lucy perguntou.

Arthur sentiu o peito se encher de alegria. – Claro!

– Mas amanhã de manhã precisamos ter uma reunião de família. Dan precisa lhe contar uma coisa.

25

O CORAÇÃO

Arthur ficou de ressaca. Parecia que seu cérebro estava explodindo. A casa estava quieta, mas ele podia ouvir sons estranhos, embora familiares. Dan roncava em seu antigo quarto. Dava para perceber que Lucy estava acordada, lendo. Se forçasse os ouvidos, poderia ouvi-la virando as páginas de um livro. Virou-se de lado para ver o lugar vazio do colchão ao seu lado.

– As crianças voltaram para casa, Miriam – sussurrou. – Ainda somos os Pepper. Todos nós ainda a amamos.

Tinha esquecido o quanto eles comiam de cereal e o espaço que Dan ocupava à mesa da cozinha. Dan e Lucy insistiram em preparar seu café da manhã, ainda que Arthur não estivesse com vontade de comer. Engoliu dois comprimidos de paracetamol com sua xícara de chá. Os três comeram e riram. Dan derrubou o leite e Lucy reclamou, limpou e o chamou de estúpido.

Arthur olhou para o filho e teve vislumbres do menino de rosto redondo, olhos de botão de chocolate e cabelo espetado que costumava pular de excitação quando passava *Os Muppets*.

– Você disse que tinha uma coisa pra me contar – lembrou.

Lucy e Dan entreolharam-se.

– Contei ao Dan sobre suas viagens pelo mundo – Lucy disse.

– Você é um aventureiro de verdade, pai.

– Também contei a ele sobre a pulseira de pingentes.
– Eu me lembro da mamãe mostrando-a pra mim quando eu era criança – Dan disse.
– Ela mostrou a pulseira pra você?
– Me lembro de uma vez, em que a Lucy estava na escola e eu fiquei em casa com a mamãe. Eu estava com dor de estômago, e ela me deixou faltar e assistir à TV. Depois de um tempo, fiquei muito entediado. Então, a gente foi para o seu quarto. Mamãe se agachou e tirou uma coisa do guarda-roupa. Era a pulseira de pingentes. Ela me mostrou todos os pingentes e me contou uma historinha sobre cada um. É claro, sempre tive ouvidos de surdo, então não me lembro de nenhuma delas. Mas brinquei com ela a tarde toda. Aí, mamãe a guardou de volta e nunca mais a vi. Perguntei pra ela mais umas duas vezes se podia brincar com a pulseira, mas ela disse que tinha "se livrado dela". Eu sempre me lembrei dela. Gostava mais do elefante. Eu me lembro da pedra verde dele.
– Eu também. É um animal nobre. – Ele olhou para o filho. – E aí, o que você tinha pra me contar?
– Ainda falta descobrir a história de um pingente?
– Falta, a do coração.
– Eu o comprei – disse Dan.
Arthur largou a xícara. Ela se espatifou no chão, e o chá e a porcelana espalharam-se por toda parte. Lucy foi procurar um pano, uma pá e uma vassoura.
– O que foi que você disse?
– Eu comprei o pingente de coração. Bom, Kyle e Marina escolheram. A gente estava numa loja em Sydney. A mamãe me disse que eu tinha que me esforçar mais nos meus presentes pra você.
– E eu costumava achar que você deveria se esforçar mais nos presentes pra sua mãe.
– Bem, dessa vez eu me esforcei. Passamos pela joalheria, e os mostruários da vitrine estavam cobertos de pingentes de ouro. Marina quis parar e olhar, e eu me lembrei da pulseira de pingentes da mamãe. Tinha me esquecido completamente, mas aí a lembrança

foi muito nítida. Foi como se eu tivesse voltado a ser criança, brincando com o tigre, com o elefante. Eu disse a Marina que ela poderia escolher um pingente e que a gente mandaria pra vovó na Inglaterra. Ela ficou muito animada. Escolheu o coração na mesma hora. Eu não sabia se a mamãe ainda tinha a pulseira, mas, de qualquer modo, era um belo presente.

– Levei a pulseira numa joalheria em Londres, e o dono disse que o pingente de coração era mais moderno – Arthur disse. Não estava soldado na pulseira do jeito certo.

– Vai ver que a mamãe usou sua caixa de truques pra ela mesma prendê-lo no lugar.

– Mas ela não me contou, não me mostrou – Arthur disse.

– A gente só mandou pra ela umas duas semanas antes de ela morrer. Vai ver que planejou mostrar numa outra vez...

Ou talvez, se tivesse me mostrado, eu teria feito perguntas, Arthur pensou. *Teria perguntado as histórias por detrás dos pingentes, e era tarde demais para ela me contar.* Teria trazido más lembranças de Martin. Talvez o pingente de coração tenha ajudado a trazer felicidade para a pulseira.

– Provavelmente foi isso – ele concordou. – É claro que ela teria me contado.

Dan levou Lucy e Arthur até Whitby, em seu carro alugado. O dia estava ensolarado, mas ventoso, e Arthur tinha se vestido de acordo desta vez, com uma jaqueta acolchoada impermeável e botas de amarrar. Emprestara algumas roupas a Dan. Seu filho tinha se esquecido de como o clima britânico poderia ser.

Caminharam pela velha cidade, e subiram os 199 degraus até a antiga abadia. Arthur foi aos poucos, parando para se sentar em bancos ao longo da subida e olhar por cima dos telhados alaranjados das casas e das pousadas. Lucy tirou mechas de cabelo da boca, e Dan agitou os braços e correu ao vento quando chegaram no alto.

– Uau! – gritou. – Kyle e Marina adorariam isto aqui.

– Você acha que um dia vai poder trazê-los? – Arthur perguntou, hesitante. Fazia muito tempo que não via os netos.

– Vou trazer, pai. Juro. De agora em diante, vamos tentar vir todo ano. Não percebi o quanto a morte da mamãe mexera comigo... Também quero pedir desculpas.

– Do quê?

– Eu costumava deixá-lo nervoso, às vezes, quando você queria ler pra mim, quando chegava tarde em casa, vindo do trabalho. Eu não sabia como era difícil ser pai até ter meus próprios filhos. Eu era um saco. – Ele se virou para a irmã. – Desculpas a você também, Lucy.

Arthur sacudiu a cabeça. – Não precisa pedir desculpas, filho.

– Ninguém é perfeito. – Lucy deu um soco no braço do irmão.

– E você, com certeza, não é.

Dan soltou um *ai* fingido, e riu.

Passearam pelo cemitério, rodearam as ruínas da abadia e depois foram até a colina que dava para o mar.

– Você se lembra daquela vez em que eu e a Lucy fomos com a mamãe até o carrinho de sorvetes? – Dan perguntou. – A gente estava brincando de pega-pega e corremos pra rua? Aquele caminhão grande estava roncando em nossa direção, mas a gente não percebeu. Você apareceu do nada e destroncou nossos braços. O caminhão passou ventando. Você salvou as nossas vidas. Eu quase mijei de medo.

– Você se lembra disto?

– Me lembro. Eu achei que você fosse como o Super-homem. Contei pra todos os meus amigos na escola. Era como se você tivesse poderes sobre-humanos.

– Você só saiu correndo e pegou seu sorvete.

– Acho que eu estava em choque. Você foi meu herói.

Arthur corou.

– É aqui. – Lucy parou. – Este era um dos lugares prediletos da mamãe. Eu me lembro, tem uma pedra pra lá com o formato de uma cabeça de cachorro.

– E ali tem uma com o formato de um vulcão – Dan acrescentou. – A gente sempre se sentava naquele banco e ficava olhando o mar.

As lembranças começaram a emergir gradualmente na mente de Arthur, como amigos surgindo de um nevoeiro. Sua curiosidade pelas histórias por detrás dos pingentes estava começando a esmorecer. Elas eram quase como histórias de fadas, coisas acontecidas no passado. Sentia-se satisfeito que sua cabeça estivesse voltando a se encher de suas próprias histórias, sobre sua esposa e filhos.

– Eu me lembro de um dia em que a gente estava implorando, implorando pra que você entrasse no mar – Lucy disse –, e você ficava dizendo que estava feliz em ficar lendo seu jornal. Então, eu, mamãe e Dan fomos para o mar, e aí, de repente, você estava do nosso lado, rindo, apanhando água e jogando na gente. A mamãe estava usando aquele vestido branco que ficava transparente ao sol.

– Eu me lembro – Arthur disse. – Mas pensei que tivesse ficado na praia, olhando vocês.

– Não, você entrou – Dan disse. – A gente o forçou a obedecer.

Arthur pensou em como era possível que as lembranças se alterassem e mudassem com o tempo. Que fossem esquecidas e retomadas, fossem melhoradas ou entristecidas segundo o desejo da mente ou do humor. Ele tinha imaginado as emoções de Miriam, como ela havia se sentido em relação a quem lhe dera os pingentes. Ele não sabia. Não poderia saber. Mas sabia que ela o tinha amado, que Dan e Lucy amavam-no, que ele tinha muitos motivos para seguir em frente.

– Vamos lá, Super-homem. – Dan bateu no seu ombro. – Vamos até a praia dar uma nadada?

– Vamos – disse Arthur, e pegou a mão dos dois filhos nas suas.

– Vamos lá.

26

CARTAS PARA CASA

Quando Arthur voltou de seu passeio até Whitby com Dan e Lucy, encontrou uma porção de cartas sobre o capacho. Estavam amarradas com um pedaço de barbante amarelado. Todas haviam sido escritas em papel-lavanda. Todas estavam abertas e, pelo seu estado, tinham sido lidas e relidas inúmeras vezes, com exceção da que estava em cima, quase intocada. Tinham a caligrafia da sua esposa.

Em cima, selado, havia um envelope pardo. Ele o abriu.

Caro sr. Pepper,

Aqui estão algumas cartas que me foram mandadas pela Miriam há muitos anos. Provavelmente serão de mais serventia para o senhor do que para mim.

Às vezes, a pessoa se apega a coisas, não por querer mantê-las, mas por ser difícil deixá-las ir. Espero que elas respondam algumas de suas perguntas sobre sua esposa.

Apreciaria se o senhor não voltasse a me procurar, mas lamento a perda que o senhor e sua família sofreram.

Sonny Yardley

– O que é isto? – Lucy perguntou, enquanto ela e Dan tiravam as botas no corredor de entrada.
– Ah, nada – disse Arthur, despreocupado. – Só uma coisa para eu ler mais tarde.
Enfiou as cartas no bolso. Sua esposa tinha mantido o passado em segredo porque era isto que ela sentiu que precisava ser feito. Ele tinha sido curioso demais para deixar seu segredo enterrado. Mas certas coisas deveriam ficar no passado, coisas sobre as quais seus filhos não precisariam saber, coisas sobre Sonny e Martin Yardley.
– Vamos – ele disse. – Vamos entrar em casa e nos esquentar. Alguém está a fim de um sanduíche de salsicha com ketchup, e de um jogo "cobras e escadas"?
– Sim, por favor – disseram Lucy e Dan em uníssono.

Naquela noite, Arthur vestiu o pijama e se sentou na cama com o maço de cartas ao lado. Pegou-as com hesitação. Apenas por um brevíssimo instante pensou em não abri-las, ou esquecê-las.

Folheou-as, lendo as datas do correio. A de cima era a mais recente. Era como se tivesse sido mandada ontem. Suas mãos tremeram ao abrir o envelope, tirar a carta e desdobrá-la.

Janeiro, 1969
Querida Sonny,

É muito difícil escrever esta carta. Já faz mesmo mais de dois anos que eu escrevi para você? A gente costumava se escrever sempre.
Sinto muita falta da nossa amizade, e penso com frequência em você. No entanto, tenho que aceitar que você não quer mais que eu faça parte da sua vida. Mesmo que isto me deixe terrivelmente triste, me consolo por ser isto que você quer.

Durante toda a minha vida, você e Martin eram uma constante. Você me serviu de apoio quando eu estava crescendo, depois compartilhou meus problemas e minhas viagens. É muito difícil acreditar que Martin se foi. Lamento muitíssimo meu papel na sua morte. Tentei entrar em contato com você inúmeras vezes para transmitir minhas condolências e minha tristeza.

Ainda penso em Martin e no que poderia ter sido. As lembranças são tanto doces quanto dolorosas. Sinto muita falta de vocês dois.

Depois de ficar de luto por muito tempo, estou tentando seguir em frente. E é por isto que estou lhe escrevendo mais uma vez, minha amiga. Não gostaria que você soubesse a meu respeito por mais ninguém.

Encontrei um homem adorável. Seu nome é Arthur Pepper. Estamos noivos e vamos nos casar em York, em maio deste ano.

Ele é calmo e gentil. É equilibrado e me ama. Nós compartilhamos um tipo de amor tranquilo. Estas coisas simples da vida agora me dão prazer. Meus dias de procura terminaram. Não tenho mais vontade de estar em nenhum outro lugar que não seja em casa. E minha casa deve ser com ele.

Não contei a Arthur sobre o Martin, e decidi não contar. Isto não é em desrespeito à memória do seu irmão, mas sim um esforço para que eu não viva no passado e dê pequenos passos em direção ao futuro. Não quero esquecer o passado, apenas continuar caminhando.

Pergunto-lhe mais uma vez se você gostaria de me encontrar, conversar e relembrar nossa amizade. Se eu não receber notícias suas, saberei que a resposta é "não" e deixarei você sossegada.

Espero que sua família esteja bem e que você tenha encontrado um pouco de paz.

Sua amiga,
Miriam

Arthur ficou acordado até duas da madrugada, lendo as cartas da esposa para Sonny. Por fim, releu a primeira carta, onde Miriam contava a Sonny sobre seu amor por ele. Depois, pegou uma carta de cada vez e a rasgou em minúsculos quadradinhos. Juntou-as do acolchoado com a mão e as embrulhou num lenço, pronto para ser colocado na lata de lixo no dia seguinte. Conhecia bem a esposa. Eles tinham compartilhado suas vidas por mais de quarenta anos. Estava na hora de se desligar do seu passado.

27

ACHADO NÃO É ROUBADO

Seis semanas depois

Antes de entrar na loja de Jeff, em Londres, Arthur ficou parado por um tempo, olhando as pulseiras, os colares e os anéis de ouro na vitrine. Que histórias poderiam contar de amor, felicidade e morte! E ali estavam, esperando serem comprados por novas pessoas, criando novas histórias.

Ele abriu a porta e esperou que seus olhos se ajustassem à escuridão.

– Só um segundo! – gritou a voz grave de Jeff. Ele, então, passou pela cortina de contas e tirou o monóculo. – Ah, oi. É...

– Arthur. – Ele estendeu a mão e Jeff apertou-a.

– Sim, claro. Você veio com o Mike e trouxe aquela incrível pulseira de ouro, a que tinha pingentes que me deixou apaixonado. Era da sua esposa, não era?

– Você tem boa memória.

– Vejo muitas joias no meu trabalho. Claro que vejo. Vendo as peças. Mas aquela pulseira, bem, ela tem alguma coisa especial.

Arthur engoliu em seco.

– Decidi vendê-la e achei que você poderia estar interessado.

– Com certeza. Posso dar mais uma olhada?

Arthur enfiou a mão na mochila e entregou a caixa em formato de coração. Jeff abriu-a.

– Simplesmente linda – disse. – É ainda mais magnífica do que eu me lembrava. – Ele a tirou da caixa e a revirou nas mãos, exatamente como Arthur tinha feito ao descobri-la. – Ela será comprada por uma mulher segura. Não se trata de exibição ou investimento. Ela comprará isto porque ama os pingentes e por eles terem histórias para contar. Você quer mesmo vender?

– Quero.

– Conheço uma mulher em Bayswater que vai amar isto. É produtora de cinema, um verdadeiro tipo boêmio. Isto é a cara dela.

– Gostaria que ela fosse para uma boa casa. – Arthur ouviu sua voz fraquejar.

Jeff colocou a pulseira de volta na caixa em formato de coração.

– Você tem certeza disto, cara? É uma grande decisão.

– Ela não tem valor sentimental pra mim. Estava escondida e ficou esquecida durante anos.

– Você é quem sabe. Não vou a lugar nenhum. Estou aqui há quarenta anos, assim como meu pai antes de mim, portanto vou continuar aqui na semana que vem, no mês que vem, e no ano que vem, caso você queira pensar a respeito.

Arthur engoliu em seco. Com um dedo, empurrou a caixinha de volta para Jeff.

– Não. Quero vender isto, mas quero guardar um dos pingentes. Você continuaria interessado se eu ficasse com o elefante?

– A pulseira é sua. Se você quiser o elefante, fique com ele. Só vou redistribuir os outros pingentes para preencher o espaço.

– Ele é o sujeitinho que desencadeou a minha jornada.

Arthur sentou-se num banquinho junto ao balcão, enquanto Jeff ia para os fundos da loja. Puxou uma revista. Na contracapa havia um anúncio de um novo tipo de pulseira com enfeites. Em vez de pingentes, ela tinha contas que entravam numa corrente. O anúncio sugeria que elas deveriam assinalar acontecimentos, exatamente como fazia a pulseira de Miriam. Era curioso como certas coisas realmente não mudavam.

Arthur empurrou-a para longe e deu uma olhada na quantidade de ouro e prata que o cercava. Havia anéis que deviam ter sido usados por décadas, significando muito na vida das pessoas, depois foram vendidos ou dados. Mas a joia ganharia vida nova, iria para uma nova pessoa que a amaria e a usaria. Tentou imaginar a produtora de cinema que Jeff conhecia. Em sua mente, ela usava um turbante vermelho de seda e um vestido leve com estampado de caxemira. Imaginou a pulseira de Miriam pendurada no seu punho e pareceu bem.

– Aqui está. – Jeff pressionou o elefante na palma de Arthur. Longe dos outros pingentes, ele pareceu majestoso, como se fosse marchar sozinho. Arthur girou a esmeralda com o dedo.

Jeff entregou-lhe um rolo de dinheiro.

– É o que acertamos. Vale isto, mesmo sem o elefante.

– Tem certeza?

Jeff assentiu.

– Obrigado por se lembrar de mim. O que você planejou pra hoje? Vai visitar o Mike?

– Vou tentar achá-lo. Você ainda o vê?

– Só todos os dias. – Jeff revirou os olhos. – Ele é um amor por vir aqui pra ter certeza de que estou bem. Levei um sustinho com o coração há algum tempo. Mike assumiu o papel de meu anjo da guarda, quer eu goste ou não. Todos os dias ele me pergunta o que eu comi e se estou me exercitando o bastante.

– Ele é um rapaz cuidadoso.

– É mesmo. Tem um coração de ouro. Logo vai se recuperar. Só precisa ficar longe dos perdidos, e vai ficar bem. E aí, o que você vai fazer com este dinheiro, Arthur?

– Meu filho vive na Austrália. Ele me convidou pra ir pra lá.

– Bem, gaste este dinheiro. Aproveite-o com alguma coisa que o deixe feliz. Dá pra construir lembranças com dinheiro, mas não dá pra fazer dinheiro com lembranças, a não ser que você seja um comerciante de antiguidades. Tenha isto em mente, meu velho amigo.

A seguir, Arthur pegou o metrô para atravessar Londres. Bateu na porta da casa de De Chauffant, mas ninguém atendeu. As cortinas do andar superior estavam fechadas. Tinha separado certa quantia no bolso para Sebastian.

Uma mulher apareceu na soleira da casa vizinha. Levava uma pasta debaixo de um braço e um chihuahua debaixo do outro.

– Espero que você não seja um maldito jornalista – ela disse rispidamente, colocando a pasta e o cachorro no chão.

– Não, de jeito nenhum. Tenho um amigo que mora aqui.

– O escritor?

– Não, Sebastian.

A mulher sacudiu a cabeça.

– Um cara jovem com sotaque europeu?

– É, é ele.

– Ele foi embora há umas duas semanas.

– Ah.

– Se quiser saber, acho que ele se saiu bem. Estava de braços dados com um homem mais velho. Bem-vestido. Eles pareciam bem próximos, se é que me entende.

Arthur concordou com a cabeça. Imaginava Sebastian ainda preso à servidão. Parecia que tinha encontrado alguém.

– É melhor do que cuidar daquele velho narcisista filho da puta – a mulher disse.

– A senhora conhecia os dois?

– As paredes têm ouvidos. Ouvi suas brigas com bastante frequência. A maneira como aquele escritor gritava com o pobre rapaz era desprezível. Ele morreu hoje de manhã. Ainda não saiu nos jornais.

– De Chauffant? Morreu?

A mulher confirmou: – Um faxineiro encontrou-o. Era um jovem, terrivelmente chocado. Bateu à minha porta e a gente chamou uma ambulância. Sumiu assim que ela chegou. Então, agora estou esperando os jornalistas e fãs aparecerem. Achei que você fosse um deles.

– Não, sou só Arthur. Arthur Pepper.

– Bem, Arthur Pepper, isto serve pra mostrar que nunca se sabe o que acontece na vida das pessoas, não é?

– É, tem razão. Posso incomodá-la e pedir um envelope e uma folha de papel?

A mulher deu de ombros, voltou para dentro de casa e depois lhe entregou o material.

– Também tem um selo aí, caso precise.

Arthur sentou-se no degrau de cima de De Chauffant e pôs quatro notas de cinquenta libras dentro do envelope. Escreveu uma breve nota:

Pra comida do tigre, de Arthur Pepper.

Escreveu o endereço de lorde e lady Graystock, e jogou o envelope numa caixa de correio.

Para sua próxima parada, Arthur dirigiu-se à estação de metrô, onde havia encontrado Mike pela primeira vez. Sentia-se agora como um viajante sazonal, com seus tênis, a mochila e a carteira profundamente enfiada no bolso. Procurou ouvir o som alegre da música de flauta, mas, em vez disso, tudo que ouviu foi uma guitarra. Uma menina com o rosto cheio de *piercings* estava sentada no chão, com as pernas cruzadas. Seu cachecol listrado de lã se desdobrava em alça para a guitarra. Sua interpretação de "Bridge over troubled water" foi inesquecivelmente linda. Arthur jogou vinte libras no estojo da guitarra, e depois pegou o ônibus para o apartamento de Mike.

Seu amigo não estava lá.

Arthur ficou parado no corredor, no modo estátua do National Trust. Ouviu com atenção e olhou à sua volta para ter certeza de que estava só. O corredor estava vazio. Podia ouvir um leve som da TV vindo de um dos apartamentos do andar de cima. Parecia um programa de perguntas e respostas. Seu coração disparou ao tocar a campainha do apartamento vizinho ao de Mike. Esperou, mas ninguém atendeu. Ótimo. Exatamente o que queria. Apertou novamente a campainha para ter certeza. Agachou-se e tirou sua caixa de truques da mochila. Depois de vasculhar dentro dela, tirou um conjunto de chaves mestras. Analisando uma por uma, escolheu a mais apta para a função. Costumava ser um bom serralheiro. Enfiou-a na fechadura, ouvindo, girando, sentindo. Houve um clique, depois um mais alto. Tinha conseguido.

– Oi – chamou baixinho, enfiando a cabeça pela porta. Relembrou como havia ficado assustado na noite da sua festa-surpresa, quando pensou que havia assaltantes na casa, e esperava não ter ninguém lá. Não tinha vindo assustar ou confrontar. Só queria fazer o que era certo.

A disposição do apartamento era a imagem espelhada do de Mike, no vizinho. Primeiramente, puxou uma cadeira e a encaixou debaixo do trinco. Se chegasse alguém, ganharia tempo. O apartamento ficava no segundo andar do prédio e, com seu tornozelo machucado, mal poderia arriscar um pulo lá de cima. Tinha que ser rápido.

Enquanto rodava pelo apartamento, afastou livros e abriu gavetas. Ficou na ponta dos pés para olhar em cima de armários, enfiou a mão debaixo do colchão e tateou. Sua busca resultou numa pilha de revistas *Nuts*. Talvez Mike estivesse errado ao achar que seu vizinho tinha roubado seu Rolex de ouro, mas, se estivesse aqui, ele o encontraria.

Encontrou, realmente, pilhas suspeitas de joias espalhadas por ali. Havia um monte de correntes de ouro no peitoril da janela do banheiro, uma pilha de laptops na mesa da cozinha. O quarto de dormir rendeu uma sequência de bolsas assinadas, dispostas sobre o acolchoado como que prontas para serem fotografadas. Então, avistou uma caixinha preta na mesa de cabeceira. Dentro havia um Rolex de ouro. Tirou-o e olhou na parte de trás. A gravação era a mesma descrita por Mike: "Gerald." Enfiou-o no bolso. Pegou sua mochila no cômodo da frente, puxou o zíper e a pendurou nas costas.

Foi então que ouviu um barulho. Um chacoalhar. O som de chaves entrando numa fechadura e depois tentando destrancar. Ai, Deus. Ficou paralisado. Apenas seus olhos moviam-se de um lado a outro, enquanto pensava no que fazer.

– A maldita porta está emperrada. – Ouviu a voz de um homem e outra chacoalhada na fechadura.

Olhou ao redor. A cadeira continuava encaixada debaixo da porta.

– Não consigo abrir a porra da porta – ouviu.

Não houve resposta, então ele imaginou que o homem devia estar falando sozinho. Ouviu sons de passos afastando-se, e o som abafado de uma campainha, enquanto o homem tentava encontrar um vizinho.

Arthur tirou a cadeira e fez uma vistoria no apartamento. Tinha que sair dali. Mas como? Foi rapidamente até a janela. Viu que a queda deveria ser, no mínimo, de três metros. Com certeza quebraria os tornozelos. Mas não havia outra saída. Tudo o que tinha a fazer era pular, se esconder ou sair da maneira como entrou. O guarda-roupa do homem era uma pecinha vitoriana. Não dava para se enfiar lá dentro. E o que faria se quebrasse as duas pernas com o pulo?

Só restava um jeito...

Abrindo lentamente a porta, quase esperou dar de cara com o vizinho de Mike. Se ele era capaz de roubar um relógio e toda a mercadoria em seu apartamento, o que mais poderia fazer? Abriu a porta alguns centímetros e espiou. O homem estava parado no final do corredor. Usava uma regata de malha vazada e uma calça enorme. O cabelo estava embaraçado e tingido de preto. Se Arthur saísse agora, com certeza o homem o veria. Amaldiçoou-se por ter tido essa ideia disparatada. Deveria ter deixado que Mike se virasse. Mas, mesmo assim, sentiu-se feliz por ter o relógio a salvo no bolso. Saiu rapidamente para o corredor e fechou a porta à sua passagem. O clique não foi alto o suficiente para que o homem ouvisse. A cabeça de Arthur ressoava. Blém-blém. Parecia tão alto que ficou surpreso de ninguém mais ouvir.

Caminhou às pressas na direção oposta.

– Ei! – uma voz masculina gritou às suas costas. – Espere!

Arthur acelerou. Agora, podia ver a porta de saída; só mais alguns passos e estaria fora dali.

– Ei! – o grito repetiu-se, e ele pôde ouvir passos apressando-se atrás dele. Uma mão agarrou seu ombro.

– Ei, cara.

Arthur virou-se. O homem estendia-lhe a tampa de plástico da sua embalagem de sorvete.

– Acho que você deixou cair isto.

– Obrigado. – Ele ainda carregava sua caixa de truques. As chaves mestras estavam por cima. – Não percebi que ela tinha caído.

– Sem problema. – O homem estava prestes a se afastar. – Isto são chaves mestras? – perguntou.

Arthur olhou para baixo e confirmou: – São. – Esperou o soco no nariz, ou que seu braço fosse agarrado, enquanto o homem levava-o para seu apartamento.

– Ótimo. – Fiquei preso fora do meu apartamento. Você consegue me fazer entrar?

Arthur engoliu em seco.

– Posso tentar.

Fez com que o trabalho parecesse mais difícil do que era. Retorceu uma das chaves na fechadura. Soprou e bufou. Por fim, abriu a porta.

– Fantástico. Vou lhe fazer um chá, como agradecimento – disse o homem.

Arthur lembrou-se de Mike dizendo que o homem parecia um sedutor, até você saber que era um ladrão.

– Tudo bem – disse. – Preciso mesmo ir andando.

Ao deixar o apartamento, teve certeza de ouvir o homem resmungando consigo mesmo, perguntando por que a cadeira não estava onde a havia deixado.

Pensou em escrever uma nota, ou deixar algum dinheiro, mas sabia como Mike era orgulhoso. Em vez disso, levantou a tampa da sua caixa de correio e enfiou o relógio. O pequeno baque que ele fez ao cair no fundo da caixa deu-lhe uma satisfação inigualável.

28

FIM DA JORNADA?

– Fator quarenta? – Lucy disse, lendo sua lista.
– Sim – Arthur respondeu.
– Hidratante labial?
– Confere.
– O hidratante dos lábios tem proteção contra o sol?

Arthur pegou o bastão azul-marinho e olhou a pequena escrita em branco.
– Tem. Fator 15.
– Hum – Lucy disse. – Seria melhor um mais alto.
– Este serve.
– Vou ver o que tenho na minha bolsa de maquiagem.
– Está bom assim. Eu *já* viajei de férias antes, você sabe.
– Não pra um lugar tão longe, nem tão quente – Lucy disse com determinação. – Não quero que me liguem dizendo que você teve insolação.

Arthur mudou de assunto:
– Você foi ao cinema com o Terry de novo?

Lucy sorriu. – Foi uma delícia. Vamos sair pra jantar na sexta, naquele novo restaurante da cidade. Ele também adora crianças – ela acrescentou.

Arthur tinha pedido a Terry que desse uma olhada na casa. – Frederica gosta que a molhem logo cedo pra ficar úmida o dia todo.

– Você já me disse isso cinco vezes – Terry disse. – E vou acender suas luzes todas as noites e fechar suas cortinas, assim as pessoas vão pensar que você ainda está em casa.

– Ótimo. E se alguma vez você quiser que eu cuide do jabuti, tudo bem. – Na verdade, ele não tinha a mínima ideia do que fazer com o bichinho, mas se sentiu bem por oferecer.

– Você colocou os óculos escuros na mala? – Lucy recomeçou.

– Coloquei.

– Espere aí. São aqueles que você usava quando eu era pequena?

– Só tive um par na vida toda. São de qualidade. Aros de tartaruga. – Ele colocou os óculos.

– Acho que agora voltaram a estar bem na moda.

Arthur fechou a mala. – Tenho tudo. Se tiver esquecido alguma coisa, posso comprar no aeroporto.

– Você nunca esteve, na verdade, num aeroporto, a não ser para se despedir do Dan.

– Não sou criança.

Os dois riram. Isto era algo que Lucy costumava dizer na adolescência.

– Falando sério, pai. Um mês fora é muito tempo. Você precisa estar preparado. Não vai ser como os dias que você passou em Bridlington, com a mamãe.

– Espero que não. – Ele riu. – Quero experimentar comida e cultura novas.

– Você mudou mesmo. Fico pensando no que mamãe diria se pudesse vê-lo agora.

Arthur pegou seus óculos escuros.

– Acho que ela gostaria. – Ele deu uma olhada no relógio. – O táxi está dez minutos atrasado – disse.

– Você tem tempo de sobra.

Quando se passaram mais dez minutos, Arthur começou a se preocupar.

– Vou ligar pra eles – disse Lucy. Ela levou o celular para a cozinha. – Tudo bem. Eles disseram que não tinham registrado o seu chamado. Vão arrumar alguém pra vir pra cá assim que possível, mas estão com falta de pessoal. É hora do rush, então pode levar uma hora.

– Uma hora?

– Eu sei. Não vai dar. Precisamos dar um jeito de você sair já. Se você ficar parado no trânsito... Tem alguém a quem você possa pedir carona?

– Não – disse Arthur, mas na verdade ele conhecia alguém, uma amiga em quem poderia confiar pelo resto da vida.

Bernadette e Nathan chegaram em dez minutos.

– Você conhece mesmo o caminho, não é? – Ele pôde ouvir a voz dela antes do toque da campainha. *Brimmm!*

– Como é que ela faz isto soar tão alto? – Lucy perguntou.

Arthur deu de ombros e abriu a porta.

– Não se preocupe, Arthur. – Bernadette entrou agitada. Colocou uma sacola de compras em sua mão. – Alguns enroladinhos de salsicha feitos agora para a sua viagem. Nathan o deixa lá a tempo.

Nathan assentiu. Pegou servilmente a maleta e a mala de Arthur e as colocou no porta-malas. Depois, entrou no carro e esperou. Lucy e Bernadette ficaram no corredor. Arthur sentiu-se como um menino, com duas tias acenando-lhe em despedida.

– Sempre levo umas barras de cereal – Bernadette acrescentou – para o caso de não gostar da comida quando chegar lá.

Arthur deu um abraço demorado em Lucy e um beijo.

– Eu mando um postal.

– Acho bom. – Ela acenou com a cabeça e saiu da casa. – Eu amo você, pai.

– Eu também amo você.

Bernadette parecia emocionada.

– Vou sentir um pouco a sua falta, Arthur Pepper – disse.

– Você está cheia de outras causas perdidas para cuidar.

– Você nunca foi um caso perdido, Arthur. Só alguém que tinha perdido um pouco o sentido.

– De quem eu vou me esconder agora?

Os dois riram, e ele notou, pela primeira vez, como os olhos dela eram claros, com um tom verde-oliva e manchas marrons. Ele adorava a maneira como ela abraçava a vida e a apertava com força contra seu amplo busto, nunca a deixando escapar.

– Você nunca desistiu de mim – disse. – Mesmo quando eu desisti de mim mesmo. – Ele quis abraçá-la. Bernadette hesitou por um instante, e depois se aproximou. Eles se seguraram por alguns segundos, antes de se afastarem. Ele teria gostado de segurá-la por mais tempo, e a sensação pegou-o de surpresa. Ela se encaixava bem no seu corpo, como se fosse um lugar ao qual fosse destinada.

– Vejo você em um mês – ele disse, animado.

– É – ela respondeu. – Verá.

Nathan dominou o trânsito. Entrou em brechas, pegou atalhos, atravessou uns dois sinais no amarelo. Estava o tempo todo calmo. Cantarolava e batucava o dedo na direção com uma música tão baixa que Arthur mal a escutava.

– Eu vou levá-lo lá, não se preocupe – disse. – Meus amigos têm inveja de mim, sabia? Todos queriam que seus avôs fossem como você, sabe, aventureiro e outras coisas. Eu meio que contei pra eles que você era como um avô postiço pra mim, já que eu não tenho um.

Era um papel que Arthur estava disposto a desenvolver com o tempo. Já pensara em estocar cobertura de bolo, farinha e aquelas bolas brilhantes, comestíveis, quando voltasse, para o caso de Nathan se interessar em fazerem um bolo juntos, um dia.

Recostou-se no banco e se deslumbrou com a transformação do rapaz. Tinha-o julgado pelo cabelo, e aquilo era apenas um jeito de disfarçar uma natureza sensível.

– Sua mãe está bem agora?

– Está, graças a Deus. Eu estava preocupado que fosse ficar órfão aos dezoito anos. Aquilo seria um saco. Obrigado por ficar ao lado dela. É bom saber que quando eu for pra faculdade de gastronomia ela vai ter um bom amigo pra cuidar dela. Scarborough também não é longe demais.

– Eu estive na escola – Arthur disse, sorrindo por causa da aula de desenho natural. – O Departamento de Arte é agradável.

– Eu posso cozinhar pra você e pra minha mãe.

– Que ótimo. Mas, por favor, não me faça bolo de marzipã.

– Não se preocupe. Eu detesto.

– Eu também. Mas não sei como contar pra sua mãe.

– Nem eu.

O aeroporto era tão claro quanto um consultório de dentista, e as lojas estavam cheias de joias, ursinhos, roupas, perfumes, bebidas. Ele vagou por lá e comprou algumas bolinhas de gude, um elefante de pelúcia e um guia de viagens para si mesmo. Abriu a primeira página e havia um mapa-múndi. A Inglaterra era uma mancha minúscula. *Tem tanta coisa para ver*, pensou.

Quando seu voo foi anunciado, sentiu um frio na barriga. Juntou-se a uma fila de pessoas e segurou seu passaporte aberto na página certa, como haviam lhe dito. Seguiu a fila. Um pequeno ônibus levou-o até o avião. Não tinha imaginado que seria tão enorme, um animal branco brilhante, com nariz romano e cauda vermelha. Uma mulher simpática de cabelo loiro, fio reto, recebeu-o a bordo, e ele encontrou seu lugar. Sentou-se e afivelou o cinto. Depois, concentrou-se na agitação à sua volta: pessoas encontrando seus lugares, avisos, uma revista no bolso do assento à frente. A senhora ao seu lado ofereceu-lhe seu suporte extra de pescoço e uma bala de hortelã. Os motores foram acionados. Observou atentamente as instruções de emergência dos tripulantes, depois se recostou no assento e agarrou os braços da poltrona quando o avião decolou.

Estava a caminho de sua próxima jornada.

29

O FUTURO

Arthur sentou-se na beirada da sua espreguiçadeira e afundou os dedos nus na areia branca e quente. Sua calça creme de linho estava enrolada até os joelhos e a folgada camisa branca de algodão meio enfiada na cintura. O calor envolvia-o por completo. Fazia com que se sentisse letárgico, mais lento. O suor pinicava debaixo dos braços e aflorava em sua testa como minúsculas contas de vidro. Gostava disto, desta sensação de estar dentro de um forno.

Contemplou o mar azul batendo na praia, depositando uma faixa de espuma branca. Um grupo de garotinhos entrou na água, completamente vestidos, molhando uns aos outros. À sua volta, havia barcos de madeira emborcados; os pescadores já tinham ido para o mar e voltado com sua carga de peixes. Podia sentir o cheiro nos churrascos nas barracas ao longo da praia. Logo os turistas subiriam, com suas cangas e bijuterias de cores fortes, para jantar e beber cerveja no gargalo.

O sol estava se pondo e o céu já estava raiado de faixas magenta e alaranjadas, como um tecido de sari. Palmeiras estendiam-se como mãos para tocar o céu magnífico. Um arco-íris de echarpes, sarongues e toalhas, penduradas nas cabanas de praia, acenava na brisa.

Arthur levantou-se e caminhou até a beira da água. A areia parecia poeira morna debaixo dos seus pés. Em uma mão, segurava com força o pingente de elefante; na outra, o livro quase lido: *A Rough Guide to India*.

Tinha sido uma decisão difícil escolher Goa em vez da Austrália, mas precisava vir para o lugar onde sua jornada começara, desde a chamada telefônica para o sr. Mehra. Aquilo tinha mudado a maneira como via a esposa, como se via.

Ele e Lucy já tinham providenciado para passar o Natal com Dan. Aquilo era melhor para sua filha, quando podia viajar nas férias escolares.

Abriu a mão e o elefante de ouro brilhou. Conforme o sol foi afundando, mergulhando no mar, a luz resvalou pelo pingente e Arthur poderia jurar que o elefante piscou para ele.

– Você está ficando velho – disse em voz alta para si mesmo.

– Está vendo coisas.

Então, reparou que não tinha dito *você está velho*, tinha dito *você está* ficando *velho*. Estava apenas a caminho.

– Sr. Arthur Pepper, sr. Pepper. – Um garotinho de não mais de seis anos correu para ele. Suas orelhas pareciam asas de xícara e ele tinha uma espessa cabeleira preta.

– Senhor, é hora do chá na casa.

Arthur assentiu. Voltou para a espreguiçadeira, enfiou suas sandálias e seguiu o menino, deixando a praia. Passaram por uma vaca que mascava o couro gasto do assento de uma enferrujada bicicleta a motor.

– Siga-me, senhor. – O menino levou-o por um pesado portão turquesa até um jardim interno. Após ter chegado, no escuro na noite anterior, Arthur estava feliz por ter quem o acompanhasse até seu anfitrião.

Rajesh Mehra esperava ao lado de uma pequena fonte incrustada de mosaicos. A água escorria e parecia um fluxo prateado. Uma mesinha redonda tinha sido montada com um bule de prata e duas xícaras de porcelana. Ele estava todo vestido de branco e não tinha um fio de cabelo na cabeça. Os olhos eram fundos e bondosos.

– Ainda não consigo acreditar que esteja aqui, meu amigo. Estou muito feliz que tenha vindo ficar comigo. Está gostando de tomar sol?

– Estou. Muito. Nunca me senti tão aquecido.

– Pode ficar quente demais. Agora não está tão ruim. Miriam costumava gostar do sol. Dizia que era como um lagarto e que precisava do sol para aquecer seus ossos.

Arthur sorriu. Ela dizia a mesma coisa para ele. Até mesmo com uma nesga de sol ela se deitava no jardim com uma revista e se embebia nos raios.

Eles tomaram o chá no pátio interno.

– Sou uma criatura metódica – disse Rajesh. – Gosto de tomar meu chá na mesma hora, todos os dias. Gosto do meu jornal dobrado da mesma maneira e levo precisamente trinta minutos para sentar e ler.

– Então, estou atrapalhando sua rotina.

– Você não está atrapalhando, está aprimorando. É bom reorganizar as coisas.

Arthur contou a Rajesh sobre seus próprios hábitos, como eles tinham começado como um conforto e se tornado uma prisão. Estava prestes a dizer que uma senhora muito agradável chamada Bernadette o tinha ajudado a sair disso, mas era ele mesmo o responsável. Tinha encontrado a pulseira. Tinha telefonado para o sr. Mehra. Era responsável pela mudança em sua vida.

– Eu me lembro que Miriam não era chegada a rotinas. Acho que era um espírito livre – Rajesh disse. – Acho que ela era uma pessoa especial. A vida dela foi boa?

Arthur não titubeou. – Foi – disse com orgulho. – Ela cuidou de você, brincou com tigres, inspirou um poema, influenciou a grande arte, foi uma mãe fantástica. A gente se amava de verdade. Ela era notável.

Esperou que Rajesh servisse seu chá, e tomou um gole. A xícara de porcelana era delicada, pintada com minúsculas rosas cor-de-rosa. Miriam a teria adorado. Ele e ela tinham vivido suas vidas em sentidos opostos. A de Miriam tinha sido colorida, vital e vibrante, mas depois se aquietara ao conhecê-lo. Ele, por sua vez, nunca tinha desejado nada além da esposa e dos filhos; no entanto, aqui estava, com as sandálias brancas de areia e os tornozelos bronzeados. Era inesperado, revigorante. E sua esposa tinha-o conduzido até ali.

– Quer que eu o leve pra ver o quarto dela?

Arthur assentiu, com um nó lhe subindo à garganta.

O quarto era pequeno, não chegava a 2,5 metros de comprimento e cerca de 1,5 de largura. Havia uma cama simples e baixa de madeira e uma escrivaninha. As paredes eram de gesso branco e havia buracos onde fotos e pinturas tinham sido afixadas ao longo dos anos. Imaginou-a sentada à escrivaninha, olhando pela janela e rindo das crianças brincando no pátio, rolando bolinhas de gude entre os dedos. Poderia ter escrito uma carta animada a Sonny, aqui, sem saber que tipo de acontecimento terrível sobreviria ao voltar para casa.

Ficou parado à janela e fechou os olhos, deixando que o sol no poente aquecesse seu rosto. A parte de trás do seu pescoço já estava rosada e ardendo, da maneira como ele gostava.

Exatamente naquele momento seu celular vibrou no bolso.

– Alô, Arthur Pepper. Pois não? – disse, sem olhar para a tela.

– Ah, oi, Lucy. Estou bem. Por favor, não fale demais. As chamadas de celular são muito caras. Não se preocupe comigo, de verdade. Aqui é lindíssimo, e o sr. Mehra e sua família são muito acolhedores. Posso imaginar sua mãe aqui, quando moça. Ela deve ter se sentido feliz e livre, com a vida pela frente, como a sua agora. Como a minha está. Temos que aproveitar. É o que ela gostaria. Certo, bem, até mais, querida. Muito bom ouvir sua voz. Amo você.

Ele enfiou o celular de volta no bolso. Depois, deu um pequeno sorriso e deixou o pingente de elefante na cama, de volta aonde pertencia. Voltou para o pátio.

– Minha filha estava ao telefone – disse. – Ela se preocupa comigo.

– A gente se preocupa com os filhos, e depois eles se preocupam com a gente – Rajesh respondeu. – É o círculo da vida. Aproveite.

– Vou aproveitar.

– Você sabia que Miriam e eu caminhávamos até a cidade juntos, todos os dias? Nosso prazer era cada um comprar um pão fresco, tirar o miolo e ir comendo na volta. Um dia, eu declarei meu amor por ela, e ela foi muito meiga. Me disse que quando eu ficasse mais velho encontraria o amor da minha vida, e aí seria de verdade. Ela estava certa, é claro. Miriam disse que também sonhava encontrar seu verdadeiro amor. "Não vou me arriscar", ela me disse. "Só vou me casar uma vez. Vou levar a sério e me casar com o homem com quem passarei o resto da minha vida." Eu me lembrei do que ela disse ao conhecer Priya e sentir aquele raio de amor me acertar no peito. E esperei que Miriam também tivesse encontrado isso. E é claro que ela encontrou ao conhecê-lo. Ela seguiu seu coração.

Arthur fechou os olhos. Visualizou as fileiras e colunas de fotografias que Dan e Lucy tinham arrumado na sala da frente. Viu Miriam sorrindo, feliz. Viu as palavras em sua carta para Sonny.

– Sinto orgulho de ter sido o escolhido por ela, assim como ela foi a escolhida por mim. Acho que a vida que ela teve foi a que escolheu ter.

Rajesh concordou com a cabeça. – Venha, vamos andar.

Os dois homens caminharam de volta para a beira do mar de mercúrio. Atrás deles, uma fileira de fogos brilhava nas cabanas da praia. O cheiro de peixe grelhado pairava no ar. Dois cachorros se perseguiam ao longo da praia. Arthur chutou fora as sandálias e deixou o mar beijar seus dedos.

— À Miriam. — Rajesh levantou sua xícara de chá num brinde.

— À minha esposa maravilhosa — Arthur disse.

Eles, então, ficaram parados olhando o céu alaranjado escurecer para índigo, e o sol, finalmente, afundar no mar.

Impressão e Acabamento:
GRÁFICA STAMPPA LTDA.